Hurlebois

Jean-Louis Magnon

Hurlebois

ROMAN

Albin Michel

© Éditions Albin Michel S.A., 1999
22, rue Huyghens, 75014 Paris

ISBN 2-226-10858-0

L'herbe, raidie par le givre, craquait sous ses pas. Le pré descendait en pente douce vers la lisière des mélèzes. A cet endroit il y avait peu de neige. La ligne de ses empreintes suivait la crête, marquées dans le sucre glace qui, à cette heure matinale, couvrait la montagne jusqu'aux cabanes de Lazerthe. Là, l'ubac remontait brutalement et la grande étendue blanche commençait. Elle allait jusqu'à Hurlebois. Sur la gauche, après le col, tout basculait dans un brouillard épais.

Il lui faudrait frapper dans la portion de route entre le col et Hurlebois et profiter de cette ouate épaisse qui tenait presque toute la matinée, se déchirait par bandes dans la lumière de midi puis se coagulait à nouveau bien avant la tombée du jour. Après, les nombreux chemins éparpillés à travers les pâtures permettraient facilement de brouiller les pistes.

Si quelqu'un avait observé la crête à ce moment, il aurait vu nettement cette silhouette noire qui tranchait violemment sur l'herbe givrée et les plaques de neige. Mais au hameau, par ce temps, personne ne mettait le nez dehors si tôt et, depuis la mi-octobre, il n'y avait plus de moutons ni de berger à l'estive. A cette heure matinale, les bêtes, entassées dans les bergeries de la vallée, mâchonnaient tranquillement leur fourrage.

Personne n'observait la crête.

La silhouette s'éloigna vers les grands arbres, les pins élevés, les frênes et les chênes entre lesquels, de place en place, un érable posait une tache de feu.

Après la Croix de Maurel, le chemin rattrapait en deux tournants la petite route qui passait devant la maison forestière et rejoignait celle de Hurlebois, noyée dans le brouillard.

Il était sept heures. Le méchant sourire que semblait avoir provoqué le spectacle de la brume complice, disparut derrière un pan de laine noire rabattu sèchement. La main qui retenait le coin de la cape ne tremblait pas.

Dans la vallée, on entendait le cliquetis du chasse-neige. Ils devaient dégager la congère habituelle de Valmont. Dans quelques jours, demain peut-être, à la première chute de neige plus abondante que les autres, la machine monterait jusqu'au col, pas forcément à Hurlebois.

Cela aussi faisait partie du plan.

1

A la troisième sonnerie – un grelottement aigre qui l'énervait –, Franck Maréchal tendit la main vers le combiné. Tandis qu'il l'approchait de son oreille tout en allumant la lampe de chevet, l'olive de l'interrupteur glissa entre ses doigts, il tira sur le fil, la lampe bascula et, après un violent éclair qui illumina le bouddha sur l'étagère, l'ampoule grilla. Il parvint à coller l'écouteur à son oreille :

– ... mon chéri.

La voix de Laetitia.

Il comprit que ce n'était que la fin d'une phrase et demanda :

– Tu peux me répéter ce que tu as dit... avant ? La lampe, tu comprends, enfin, l'ampoule...

Réalisant que son explication était dénuée de sens, il s'interrompit. La voix, calme et posée comme toujours – enfin, presque toujours... – se fit entendre à nouveau :

– Je voulais seulement vérifier que tu avais réussi à te réveiller... mon chéri.

Il y avait, malgré tout, une pointe d'impatience dans les derniers mots. Il balbutia :

– Mais on est encore en pleine nuit !

– Tu devrais ouvrir la fenêtre.

La voix de la jeune femme avait repris son cours tranquille. Maréchal pensa : « Elle devrait m'engueuler ! Comme ça, je raccrocherais et je pourrais me rendormir... » Mais, en même temps, il s'aperçut qu'il était à présent tout à fait réveillé. En tâtonnant il avait de sa main libre saisi le paquet de Gauloises, en avait coincé une entre les lèvres et l'allumait. La flamme du briquet illumina à son tour le bouddha.

– Salut, toi ! fit Maréchal.

– Qu'est-ce que tu dis ?

– Rien, ne quitte pas, je vais faire ce que tu m'as demandé.

Il posa le combiné sur le lit, se leva et, les deux mains en avant, alla vers la fenêtre. Quand il ouvrit les volets, il vit qu'au-dessus des collines, après les vignes, un fin liseré rose ourlait les crêtes vers les Cévennes.

L'air de la nuit finissante était encore chargé de parfums mais déjà une légère brise froide les bousculait. Elle descendait du nord et faisait cliqueter les peupliers le long de la rivière.

Maréchal était presque nu, il frissonna. « On dirait bien que c'est l'automne », pensa-t-il. Mais en même temps, il se souvint que novembre venait de s'achever. Seule une de ces accalmies, qui rendaient les automnes si agréables à La Grézade, permettait de cultiver l'illusion d'un été sans fin. Celui-ci était pourtant bel et bien perdu en arrière. Maréchal le regrettait. Cela avait été de beaux mois heureux, comme il n'en avait pas connu depuis longtemps. En juillet, il avait rencontré Laetitia...

– Bon Dieu ! s'exclama-t-il, Laetitia !

Il se précipita vers le téléphone.

– Excuse-moi, ma chérie, le volet était coincé.

Il regrettait déjà ce mensonge.

– Bon ! maintenant que tu es vraiment réveillé, je te rappelle que tu dois passer me prendre à huit heures, chez Adèle.

Bien entendu, il avait oublié cette sortie projetée une semaine plus tôt parce que quelqu'un – il avait aussi oublié qui ! – avait dit que les érables du col du Minier étaient splendides dans les premiers jours de décembre.

– J'y serai, sois tranquille.

– J'espère bien ! répondit-elle en raccrochant.

Maréchal pensa que cette fois elle ne lui avait pas dit « je t'aime ».

Il s'aperçut que la cendre de la Gauloise faisait deux bons centimètres, mais trop tard. Elle tomba sur le drap et quand il voulut la chasser de la main, il ne parvint qu'à l'incruster dans la toile.

– Il y a des jours comme ça, lança-t-il, désabusé.

Un quart d'heure plus tard, après une toilette de chat, il ouvrait la porte-fenêtre du séjour. Son café à la main, il sortit sur la terrasse. Le liquide brûlait sa paume à travers le quart en aluminium. Laetitia lui avait offert – et avait tenté de lui imposer – des tasses ou des bols, pourtant il restait fidèle à ce récipient cabossé qu'il traînait avec lui depuis trente ans. C'était dans sa vie, tous les matins, le rappel d'une époque qui restait importante. Ses années à la fac, difficiles parfois, mais aussi celles pendant lesquelles il avait commencé à écrire, timidement d'abord, reproduisant tant bien que mal les œuvres qu'il lisait avec avidité. Puis, peu à peu, son style s'était affirmé jusqu'à devenir celui, inimitable et reconnu, de Maréchal.

Malgré l'aube, malgré le soleil qui avait remplacé le liseré rose des collines, le jardin restait plongé dans l'ombre. A le contempler ainsi, masse obscure et mouvante dans la brise du Nord, il ressentit la même impression d'habituelle satisfaction qu'il éprouvait à la vue de tout ce qu'il avait créé ici. Quand le jour aurait chassé l'ombre dans les massifs entre les arbres, il verrait s'étaler devant lui les magnifiques couleurs de l'automne.

Assis sur la balustrade, il alluma la troisième Gauloise depuis son réveil, la retira de ses lèvres, la contempla.

– Saloperie !

Mais au lieu de la jeter, il en tira plusieurs bouffées avec la volupté de celui qui n'a pas encore pris sa dose matinale de nicotine.

Vers le nord-est, on devinait de mieux en mieux, à mesure que le ciel s'éclaircissait, les pointes des Cévennes, et il essaya de repérer l'endroit où il devait se rendre avec Laetitia.

Il frissonna encore et pensa qu'il aurait préféré rester à La Grézade et aller faire un tour au marché du dimanche. Ou passer la journée entière sans se raser, à lire, à écouter de la musique, et aussi bien sûr à attendre l'arrivée de Laetitia... Mais il n'avait pas davantage envie de savoir ce qui se cachait derrière cette espèce de lassitude, récente, étrange, et parfois fort agréable.

La vieille 4L beige de Maréchal passait la nuit sous un gros mûrier derrière la maison. En la rejoignant, il imagina le regard que ne manquerait pas de lui jeter Laetitia. Mais pour lui, cette voiture en valait bien d'autres. Le coffre était très commode pour transporter le bois et le ciment. « Tous ces sacs de ciment ! » pensa-t-il. C'était lui qui, peu à peu, avait reconstruit La Valette. Dix ans, cela lui avait pris dix ans. Aujourd'hui, la maison était complètement retapée et exactement dans son état d'origine. Un Parisien, venu pour lui extorquer un contrat, avait dit : « Il ne manque que la piscine ! » Maréchal, pour s'amuser, avait demandé : « Où la mettriez-vous ? » L'autre, qui n'avait pas honte de son costume blanc ni de ses souliers à pompons, avait répondu avec le ton de l'évidence : « Là, bien entendu ! » En plein dans le parc, à la place des lauriers-roses ! Maréchal avait failli le boxer.

Se souvenant de la scène, il remarqua que les arbustes avaient grandi et dépassaient maintenant le mur de pierre qui séparait La Valette de la route de Ganges. Le temps avait passé : plus personne ne se déplaçait pour lui proposer des contrats et la maison était achevée, ou presque – ce presque qui permet de continuer. Il se rappela aussi que Laetitia, l'autre jour, lui avait reproché d'avoir les mains « râpeuses ». C'était la faute du ciment, et un souvenir désagréable parce qu'un ou deux mois plus tôt elle ne lui en disait rien.

Au premier coup de démarreur, la voiture ronronna. « Une montre ! » pensa-t-il. Depuis qu'il l'avait
confiée à Jules Viadieu pour l'entretien, même les
matins humides n'entamaient pas sa bonne volonté.

Il jeta un coup d'œil sur le désordre qui régnait
dans la voiture, les papiers, les cartes, les outils, de
vieilles couvertures, des journaux. Laetitia avait dit :
« Il ne te manque qu'un chien dans ce bazar ! » Il
n'avait pas osé lui dire qu'il en avait eu un. D'ailleurs,
il ne souhaitait pas parler de ça... même avec elle. Il
comprenait maintenant qu'il pensait : « ...surtout avec
elle ! » Cela faisait une mouche noire de plus à chasser
s'il ne voulait pas se laisser gâter la journée. Quand il
alluma les codes, il convint même en signe d'apaise-
ment : « Les phares sont faibles ! » – elle disait aussi
cela. Mais leur lueur lui suffisait largement et il
connaissait tous les chemins comme sa poche. D'ailleurs, dès qu'il fut sorti de chez lui et qu'il eut parcouru un kilomètre, arrivé sur la départementale il
n'en avait plus besoin et les éteignit.

Il remonta par la route qui traversait La Grézade.
Les fenêtres des maisons isolées étaient allumées.
Maréchal aimait cette heure où dans les cuisines flotte
la bonne odeur du café et la fumée un peu âcre du
feu qu'on vient d'allumer. Derrière toutes ces fenêtres
éclairées, dans toutes ces maisons en train de s'éveiller,
Maréchal connaissait tout le monde. Il avait mis du
temps mais il y était parvenu. Après les premières
années où il avait bien fallu que se satisfasse la curiosité
publique pour ce drôle de type qui venait de Paris,
avait de la famille dans le coin – mais on ne savait
où –, roulait dans une voiture de paysan sur tous les

chemins impossibles du secteur et dont on voyait de temps en temps la photo dans les journaux de Paris qu'on feuilletait chez Pradal sans les acheter.

En passant devant le Café des Platanes, il vit Ginette Bonnafous en train de passer ses vitres au blanc d'Espagne. Elle lui fit un bonjour amical de la main sans se retourner, elle connaissait le bruit de la 4L.

La bonne du notaire sortait la poubelle. Le boucher ouvrait sa boutique. Le père Garrigues fumait sa dernière cigarette de la nuit devant la porte de son fournil. La Grézade s'éveillait. Maréchal était heureux. Il était parvenu à chasser toutes les mouches noires.

A la sortie du bourg, la grande maison d'Adèle Campagnac se teintait du rose lumineux du matin. Maison de maître à la façade percée de hautes fenêtres à l'entourage de pierre ocre, aux volets dont la teinte bleu charrette passée retournait peu à peu à la poussière sous les doigts. Devant la maison, le jardin, cerné de lauriers-tins, était encore rempli de fleurs. Sur le flanc droit de la bâtisse descendait le toit de la bergerie, inutilisée depuis longtemps, comme la cave placée en arrière sous les pins, après la cour grise dont les herbes folles signaient l'abandon des charrois de vendanges.

Quand la lourde porte de chêne s'ouvrit et que Laetitia apparut, Maréchal le regretta tant il aimait entrer chez Adèle à ces heures matinales. Alors, le vestibule immense s'éclairait à peine par la fenêtre de l'est, il y flottait l'odeur de la cire d'abeille qui faisait briller le parquet et les marches du grand escalier au départ duquel miroitaient les facettes de la boule de verre de la rampe. Une autre odeur venue de la cuisine, mélange de celle du café au lait d'Adèle et du feu ranimé, offrait dans ces moments à Maréchal un de ces goûts d'enfance qu'il recherchait avec la fureur violente des amants éconduits.

Quand il venait tôt le matin chez la tante de Laetitia, il aimait s'asseoir dans cette cuisine aux meubles patinés par l'usage et accordés, avec une perfection qu'il admirait, à l'équilibre même de la pièce, centrée par sa cheminée en campane et dallée de tomettes rouges. Adèle même, dans ses tabliers de coton à fleurettes, le chignon de cheveux blancs ramené en arrière par des épingles noires, les mains toujours occupées à quelque besogne – ce qui était, lui avait-elle avoué un jour, le seul moyen qu'elle connaissait de continuer à vivre dans la solitude –, Adèle même, inchangée malgré les années, semblait incluse dans ce monde de douceur de vivre.

Par la fenêtre, on voyait s'étaler dans la direction de la mer une vaste étendue de vignes, ponctuée des alignements d'amandiers des chemins, rompue par les boules d'argent frissonnantes des oliveraies. Au-delà, tout se perdait dans l'incertitude de l'horizon, vers des pays dont Adèle se souciait peu. Le morcellement, puis la vente inéluctable de ses vignes avaient paru la soulager alors que tous craignaient pour elle une peine irrémédiable. Désormais, son monde se limitait presque aux murs de la maison. Pourtant tous les échos de l'autre parvenaient jusqu'à elle dans le rectangle de sa télé et lui arrachaient plus de grimaces que de sourires.

Au-dessus de la cuisine se trouvait la chambre de Laetitia, dans laquelle Maréchal n'était jamais entré, bien que familier d'Adèle depuis longtemps. La compréhension de celle-ci, pourtant vaste, s'arrêtait au seuil de cette pièce, lui-même et Laetitia l'avaient très bien senti.

Mais ce matin Maréchal ne trouverait pas dans la maison d'Adèle ces lambeaux de souvenirs d'enfance qui lui servaient à écrire ses textes les plus précieux, ceux qu'il ne faisait lire à personne. Déjà Laetitia descendait les marches quatre à quatre, après un rapide salut à sa tante qui, d'un de ses inimitables gestes d'affection, venait de remonter sur son cou le col de son anorak et faisait maintenant à Maréchal un signe d'amitié de la main.

Ce dernier eut le temps d'admirer une fois de plus la silhouette de son amie, les longues jambes moulées par le jean, l'allure parfaite et cette élégance dans le mouvement des mains qu'il admirait à chacun de ses gestes. Même l'anorak ne parvenait pas à lui enlever sa grâce.

Dès qu'elle fut dans la voiture, elle lui posa un léger baiser sur les lèvres et :

– Quelle ponctualité ! Je savais bien que tu n'oublierais pas notre sortie...

– Ce n'était pas nécessaire de me tirer du lit à l'aurore ! lança-t-il, sans guère de conviction.

– J'en suis sûre, dit-elle, ce n'était qu'une précaution.

Maréchal préféra éviter de la regarder à ce moment, certain que son sourire ne lui ferait pas plaisir. Il démarra et prit la route des Cévennes.

Après dix kilomètres de montée la route entra dans
la forêt. Celle-ci commençait à mi-pente et grimpait
vers le ciel dans un long déroulement sombre qui
escaladait les crêtes et allait ensuite couvrir les Cévennes sur des lieues, faisant un contraste saisissant par
sa teinte vert foncé avec la vallée d'où venait la route,
et qui, à peine plus élevée que celle de La Grézade,
présentait encore un aspect méridional et pénétrait
en longues bandes claires, comme des langues rosées,
dans la fourrure des bois.

Même l'aspect de la forêt était trompeur et Maréchal savait que dès qu'ils auraient passé le premier col,
ils déboucheraient sur un paysage d'abord seulement
moucheté puis très vite carrément couvert d'une neige
qui de semaine en semaine ne ferait que s'épaissir.

Tout en écrasant, sitôt allumée, sa huitième Gauloise, à cause du regard de Laetitia qu'il devinait
même s'il évitait soigneusement de le rencontrer à cet
instant, il grommela en constatant que le ciel clair
qu'il avait vu depuis sa fenêtre lors de son réveil pré-
cipité s'était depuis une demi-heure chargé de lourdes
teintes grises qui s'accumulaient comme des couvertures roulées au-devant d'eux.

– Qu'est-ce que tu dis ? demanda la jeune femme.

Maréchal hésita. S'il disait ce qu'il pensait, elle vou-
drait peut-être rebrousser chemin. Pire : elle souhai-
terait sûrement qu'ils aillent passer la journée en ville,
ce qu'il aurait détesté – sans compter qu'il tenait beaucoup à voir les érables ! D'un autre côté, il s'était toujours efforcé à la sincérité – autant qu'il en était capable, en tout cas...

– La neige va bientôt tomber par là-haut, répondit-il, en ajoutant d'un ton aussi détaché que possible : Et même un joli paquet !

Il fut stupéfait par la réponse de Laetitia :

– Chic, ça fait longtemps que je ne l'ai pas vue de près !

A nouveau Maréchal fut frappé par le ton enfantin que pouvait de temps en temps prendre la voix de la jeune femme. Ce n'était pas la première fois que cela arrivait et chacune de ces occasions en était une de se rappeler les années qui les séparaient. Il profita d'un virage à droite pour jeter un coup d'œil dans sa direction. Le long corps mince de son amie était enveloppé dans l'anorak qui portait en travers du dos un logo publicitaire dont seule la première lettre – un A – dépassait du siège. Ses cheveux bruns, courts, lui cachaient le front, les yeux et la moitié de la joue. Il restait visible ce pur profil qu'il avait tant aimé regarder dans dernières semaines où elle avait partagé ses nuits à La Valette. Elle passait alors des heures devant le grand feu de mûrier qu'il allumait tous les soirs, pendant que lui-même s'efforçait à quelque lecture vite ennuyeuse ou mettait un disque. Impatient de rejoindre avec elle la chambre du premier étage, il comprenait néanmoins ce besoin de calme et de paix. C'était le même qu'il éprouvait quand il était seul et peut-être aussi était-il dû seulement à l'ambiance de la pièce, aux murs de la vieille maison. Mais quand elle était là, impatient, il l'était, oui ! Comme si de la tenir dans ses bras, de la réchauffer, de l'aimer, lui permettait mieux, à lui, de rejoindre sa propre jeunesse déjà bien lointaine – éloignement qu'il supportait maintenant parce qu'après toutes les crises qu'il

avait traversées une sorte d'acceptation, sans résigna-
tion aucune, du temps qui passe lui était venue.
Contemplant à nouveau le profil de la jeune femme,
il vit que les cheveux laissaient apparaître le lobe ourlé
d'une oreille et en avant un petit sourire qui tendait
ses lèvres.

– Tu ne crois pas que tu ferais mieux de regarder la
route ?

« Dans le mille ! » pensa-t-il. Mais il ne s'agissait pas
de perdre la face – même si ce n'était qu'un jeu.

– On va bientôt arriver au col.

Il frémit en réalisant la banalité de sa réponse.

Mais au fond il était parfaitement heureux. Depuis
des années, il avait parcouru cette région au volant de
cette même vieille auto pour laquelle il éprouvait une
affection qu'il jugeait stupide dans ses moments de
lucidité mais qui l'enchantait. La plupart du temps, il
était seul. Les quelques femmes qui avaient occupé la
place de Laetitia ne comptaient guère. D'ailleurs, elles
n'avaient traversé son existence que pendant quelques
jours. Aucune n'avait tenu plus de deux semaines et
encore moins six mois comme celle qui l'accompagnait aujourd'hui sur la route du Minier. « Six mois ! »
pensa Maréchal, un peu ébahi comme à chaque fois
devant cette constatation. Et, avec sa régularité habituelle, lui vint le souvenir de leur première rencontre
à Montpellier, un soir de juillet. La place de la Comé-
die se vidait peu à peu en raison de l'heure tardive. Il
contemplait le spectacle de la ville la nuit – le seul
moment où il aimait s'y trouver. Attablé devant une
Margarita à la terrasse du Café Riche, il avait vu arriver
la jeune femme, seule, ce qui n'était pas ordinaire

– mais cette solitude ne prêtait à aucune équivoque. Elle s'était assise à la table voisine de la sienne et, quand le garçon était venu, elle avait paru chercher ce qu'elle allait commander. Quand elle avait dit : « La même chose que monsieur ! » ils avaient éclaté de rire ensemble. Alors seulement il avait reconnu la violoncelliste du concert auquel il venait d'assister : on avait joué des quatuors de Schumann. Et c'était bien seulement la passion de la musique qui pouvait attirer Maréchal jusqu'à la ville un soir d'été !

Ensuite ? Comment cela était-il arrivé entre eux ? Il aurait eu – malgré toutes les occasions où il se l'était demandé – beaucoup de mal à l'expliquer vraiment ! Un moment, il avait cru qu'elle attendait quelqu'un. Puis, en écoutant le bruit de la fontaine, il avait chantonné un air en pianotant sur le marbre de la table.

– « Scènes de la forêt », avait-elle dit. « Les fleurs solitaires. »

Oui, c'était cela, la musique, Schumann, qui les avait réunis. Ce n'était que plus tard qu'il avait su qu'elle était née à Saint-Donnat tout près de La Grézade où vivait Adèle, sa tante, et encore bien plus tard qu'elle avait avoué qu'elle le connaissait depuis longtemps, mais que lui ne l'avait jamais regardée. « Ça m'étonne ! avait-il répondu bêtement. Il est vrai qu'en général je ne regarde pas les petites filles. » Mais cet aveu lui en avait fichu un coup.

Un grand froissement de branches l'éloigna de ses agréables souvenirs. Depuis un moment la route était entrée dans la forêt, de hautes futaies de chênes sur les bords mais très vite au-delà une armée de pins d'Autriche déjà marqués pour les futures coupes et dont, une fois de plus, Maréchal constata que leur croissance – économiquement intéressante car rapide – avait fait disparaître le sous-bois qui depuis des millénaires servait aux bêtes de refuge et avait procuré aux hommes leur petites subsistances. De méchantes rafales de vent couchaient le sommet des chênes et c'étaient elles qui avaient tiré Maréchal de sa rêverie.

Décidément le temps se gâtait et beaucoup plus rapidement qu'il ne l'avait prévu. Il se doutait de ce qui les attendait quand ils sortiraient de la forêt et atteindraient le plateau. Pour faire diversion, il tenta d'allumer le vieil autoradio de la 4L, mais en vain comme presque toujours. L'appareil était faible et surtout ils se trouvaient dans un de ces endroits dont il avait appris avec ravissement qu'ils portaient le nom de « zone de silence radio » et qui l'enchantaient dans la mesure où on pouvait ainsi imaginer qu'elles étaient protégées de tous les bruits inutiles et mensongers du monde.

Laetitia le surprit en poussant elle-même le bouton du poste :

– Pas besoin de ce truc ! Ecoute le vent, comme c'est beau !

La regardant, il lui trouva le même sourire de profonde satisfaction qu'elle montrait quand ils écoutaient ensemble Schubert ou Mozart. « Curieuse fille », pensa-t-il pour la millième fois depuis qu'il la connaissait, obligé d'admettre – aussi une millième fois – qu'il était éperdument amoureux d'elle, comme au premier jour.

Sa passion partagée pour la musique n'empêchait pas Maréchal de ressentir désagréablement les pointes

22

d'inquiétude qu'il éprouvait depuis un moment avec les remords d'avoir entraîné Laetitia dans ce qui devenait une véritable expédition pour satisfaire son goût personnel pour quelques bosquets d'érables disséminés sur les pentes du Minier. D'ailleurs, ils ne pourraient sans doute jamais les atteindre – en tout cas, pas aujourd'hui si les rafales de vent et la teinte de plus en plus foncée du ciel au-dessus de leur route tenaient leurs promesses de gros temps sur le plateau.

Cette hypothèse se vérifia tout à fait quand ils sortirent de la forêt et entrèrent dans les pâtures qui encerclaient sur des kilomètres la cabane refuge plantée sous trois trembles couchés par le vent au carrefour des routes. Dans toutes les directions la vue était bouchée. Des nuages bas venaient s'effilocher au-dessus du plateau où ils éclataient en averses de grésil. Il faisait froid dans la voiture que le chauffage très insuffisant ne parvenait pas à réchauffer. Tout dans ce véhicule était insuffisant, y compris les minces essuie-glaces qui peinaient avec des grincements pitoyables à repousser les paquets de grésil s'abattant sur la vitre. Maréchal fut tenté de fournir quelque explication tirée de la force des éléments à cette insuffisance. C'était inutile : Laetitia semblait ravie.

– On dirait le décor d'un opéra de Weber ! lança-t-elle même.

Maréchal ne pipa mot, toujours préoccupé par une situation qui pouvait devenir périlleuse d'un moment à l'autre.

Il gara la 4L à l'abri du vent contre le mur de la cabane et stoppa le moteur, ce qui était risqué, il le savait, malgré la confiance aveugle qu'il faisait aux talents de mécanicien de Jules Viadieu. Mais il venait de se souvenir qu'il avait oublié de faire le plein à la pompe de Pierrefeu. Quant à se fier à la jauge, c'était inutile, il y avait longtemps qu'elle avait contracté la danse de Saint-Guy...

Il attrapa le K-Way qu'il réussit à découvrir dans le fouillis à l'arrière et sortit en l'enfilant dans une accalmie de la tempête. Mais, quand Laetitia le rejoignit, enveloppée dans son anorak dont elle avait rabattu la capuche, le vent, à peine freiné par les vieux murs de la cabane, se remit à galoper de plus belle, bousculant la jeune femme. Celle-ci se pendit à la main que lui tendait Maréchal et vint se serrer contre lui. Là, elle l'embrassa longuement et il devait garder longtemps le souvenir de ce baiser mouillé de pluie glacée.

Il lui montra le carrefour et expliqua la situation. Comme elle faisait signe qu'elle n'entendait pas, il cria :

– Là, c'est la route du Minier, celle qu'on devait prendre. Mais le gros temps vient de là-bas. De toute façon, avec ce brouillard adieu les érables ! L'autre chemin c'est celui du col de Hurlebois.

Il montrait une route en face qui s'enfonçait en montant à travers le plateau jusqu'à des hauteurs gris souris couvertes de bois où elle disparaissait.

– Il doit y avoir de la neige par là-haut mais la chaussée est bonne et après le col on descend vite vers La Grézade, ajouta-t-il. A moins que tu ne préfères qu'on rentre par le chemin qu'on vient de prendre.

Il désignait la direction d'où ils venaient mais, comme un signe du destin, le vent redoubla de violence et ils entendirent un craquement sinistre encore plus fort que le vacarme des rafales. Un vieux pin suivi, comme dans la chute d'un château de cartes, de deux plus petits s'abattit sur la route à l'endroit exact où la 4L était passée cinq minutes plus tôt.

– On n'a même plus le choix ! fit Maréchal en écartant les mains en signe d'impuissance.

– Va pour Hurlebois, dit joyeusement Laetitia en remontant dans la voiture. (Elle ajouta :) On pourrait en profiter pour aller voir ces gens dont tu me parles si souvent, ton copain...

– Michel Fargue ? Oui, c'est une idée. D'autant qu'avec un pareil temps on est sûrs de le trouver au coin du feu !

– Michel et sa femme..., insinua la jeune femme. Après ce que tu m'en as dit, j'aimerais bien la connaître celle-là !

– Tu ne vas pas être jalouse de Solange ? C'est une fille sympa, c'est tout...

– Et une beauté ! Enfin, toujours d'après ce que tu m'as dit.

– Ma foi, concéda Maréchal.

Mais son esprit n'était guère au marivaudage. D'abord, il fallait croiser les doigts pour que la voiture démarre. Et, surtout, il regardait le vieux cabanon derrière les coulées de pluie sur la vitre.

– Ouh, ouh, fit la jeune femme en lui passant la main devant les yeux. Tu rêves ?

– C'est cette maison... Une vieille histoire...

– Tu pourrais peut-être m'en faire profiter.

– Oui, une vieille histoire. J'avais oublié. Je m'en suis servi dans un roman, il y a presque dix ans...

Sans faire attention, il avait allumé une Gauloise. Mais Laetitia attendait la suite.

– C'est ici qu'on a trouvé une fillette. Morte, égorgée après avoir été violée et mutilée. C'est Michel, justement, qui m'a raconté ça, il l'avait découverte au cours d'une de ses tournées d'inspection. Elle était de la vallée, on la cherchait en bas depuis qu'elle avait disparu. Un carnage... C'était un berger des Contadins qui avait fait le coup. Un jeune, un pauvre type. Un samedi soir, il était allé au bal dans un village de la vallée et là il avait été éconduit par une fille avec laquelle il avait dansé deux ou trois slows. Mais ça l'avait rendu fou... Du moins il l'a dit, et on l'a cru. On l'a enfermé, à l'hôpital psychiatrique. Je suis venu ici, avec Michel, quand j'écrivais le roman. Il avait la clé. Du sang plein les murs... une horreur.

Il secoua la cendre de sa cigarette sur le plancher comme il faisait souvent quand il était seul.

– Une horreur, répéta-t-il. (Puis il revint à la réalité :) Quelle idée de te raconter des trucs pareils ! tenta-t-il de plaisanter. Comme si ça pouvait t'intéresser...

– Si, ça m'intéresse. C'est comme ça que tu trouves tes sujets ?

– Des fois, pas toujours. Mais il faut dire que jusqu'à maintenant j'ai été gâté, les histoires je les attire, on dirait.

– Ah bon ?

– Je te raconterai plus tard ! fit-il en souriant. Maintenant : fais une prière !

– Pourquoi ? demanda-t-elle, intriguée.

– Plus la peine, répondit Maréchal quand le moteur démarra au premier tour de clé.

Dans des rafales de plus en plus fortes d'un grésil qui s'épaississait de minute en minute, il recula, contourna la cabane et prit la route de Hurlebois.

2

Après un kilomètre, la neige fit son apparition de chaque côté de la chaussée. Elle était déjà épaisse, « Très épaisse même, pensa Maréchal. Pour le moment le bitume a fait fondre celle qui est tombée sur la route, mais ça ne va pas durer. »

De fait, après deux ou trois petites côtes, les pneus de la 4L commencèrent à rouler dans un mélange brunâtre d'eau et de neige sale. De tous les côtés, la visibilité s'arrêtait à quelques dizaines de mètres, limitée par la brume qui s'accrochait aux lisières des bois, dont on devinait les troncs, et les branches dégarnies des arbres. Le vent soufflait moins fort à présent, seules quelques bouffées isolées venaient par moments soulever la neige au-dessus des buis qui parsemaient les landes. Même les oiseaux avaient déserté le ciel. On n'apercevait pas âme qui vive.

Au moment où Maréchal pensait cela, il distingua une silhouette qui avançait sur le bas-côté, à trente mètres environ devant eux. En approchant il lui sembla qu'il s'agissait d'un homme et comme il était enveloppé dans un grand ciré noir, il dit :

– Un berger. On va lui proposer de l'emmener.

– Si tu crois que tu peux l'installer dans ce fatras, fit Laetitia en montrant du pouce l'arrière de la voiture.

– Tu n'imagines pas comme ces gens sont habitués à vivre à la dure, essaya de plaisanter Maréchal.

Il arriva à la hauteur de l'individu, qui de près lui parut moins grand que tout à l'heure. Laetitia fit coulisser sa vitre. Mais l'autre avançait toujours, sans se retourner.

– Monsieur ! lança la jeune femme. Montez !

Brutalement et sans qu'ils aient eu le temps de voir son visage, l'autre partit à travers la prairie à grandes enjambées et disparut en quelques secondes dans l'abri des fourrés en avant de la ligne des arbres. Ses pas dans la neige restaient le seul témoignage de leur rencontre.

– Ben, celui-là…, fit Maréchal. On dirait qu'il n'aime pas la compagnie.

– On dirait même qu'il la fuit… comme s'il avait quelque chose à cacher…

– Tu vois bien que je n'aurais pas dû te raconter mes histoires de brigands, répliqua Maréchal.

– Reconnais…, avança Laetitia.

– Rien du tout ! affirma Maréchal. C'est un silencieux, voilà tout. Il a passé l'été seul dans la montagne avec ses bêtes et il n'a simplement aucune envie de nous faire la conversation ! Point à la ligne.

Mais comme il relançait la 4L, il ne put pas ne pas remarquer l'air soucieux de sa compagne. Ne sachant que faire, il se mit à siffloter. Il eut la chance que peu après un panneau indicateur truffé de coups de fusils de chasseurs se dresse avant un virage.

– Col de Hurlebois : quatre kilomètres, lut-il à voix haute. On approche du salut !

La jeune femme ne broncha pas.

Le col était fermé. Quand ils y parvinrent cela faisait presque une heure qu'ils avançaient péniblement, les pneus « un peu lisses » – comme en était convenu Maréchal sans insister – de la 4L étaient bien loin de faciliter ce genre de trajet. Un peu avant le col, un chemin montait sur la droite vers le hameau dont on distinguait quelques fumées qui s'élevaient dans la brume. Maréchal pensa que si la neige recommençait à tomber, il serait à son tour impraticable. Mais ils allaient chez Michel Fargue et puis, de toute façon, il était impossible de continuer par la départementale jusqu'à la vallée et plus bas encore La Grézade où, pourtant, il aurait préféré se trouver. Son seul sujet de satisfaction était le fait que Laetitia semblait prendre très bien la situation et trouver beaucoup de plaisir dans la contemplation du spectacle – magnifique, dut admettre Maréchal – qui s'offrait à eux.

Le bon kilomètre de montée jusqu'aux premières maisons fut encore plus difficile à franchir pour la vieille voiture, au point que, à cause des nids-de-poule particulièrement traîtres dissimulés par la neige, il se demanda s'il n'allaient pas devoir l'abandonner comme une épave dans les congères et gagner à pied le hameau. Mais au prix de quelques glissades plutôt spectaculaires et d'une dangereuse surchauffe du moteur et de l'embrayage, elle parvint à les amener à l'entrée de Hurlebois.

Après la grande ferme des Santerres où la cheminée fumait en volutes grises, ils entrèrent dans la grand'rue qui se confondait avec la place tant elle était large. Ils traversèrent facilement le hameau, abrité par une corne des grands bois de sapins qui s'étendaient au sud. La plupart des maisons de l'ancien village étaient fermées en cette saison. Mais elles étaient en bon état, occupées pendant l'été par la première vague des citadins qui avaient colonisé, comme souvent dans la région, les bourgs désertés par l'exode rural des années cinquante. La seule habitée en permanence était celle du père Vauthier, un des rares habitants d'origine. Et encore : employé de pharmacie à Montpellier, il était revenu à Hurlebois au moment de la retraite et habitait depuis la maison de famille à l'angle de la place. Maréchal le connaissait, grâce à Michel Fargue qui semblait l'estimer, disant que nul comme lui ne connaissait les plantes du pays qu'il herborisait à longueur d'année, pour son plaisir personnel. Le retraité sortait à cet instant de chez lui, muni d'une grande pelle à neige en fer-blanc et chaudement vêtu. Quand il aperçut la 4L de Maréchal, il fit signe avec le bras.

– Bonjour !

– Bonjour, monsieur Vauthier, répondit Maréchal en s'arrêtant à sa hauteur. Sale temps, n'est-ce pas ?

– Oh, vous savez... ici, en hiver, on a l'habitude.

Vous voyez, on est équipé ! ajouta-t-il en montrant son outil.

Tout en parlant, il s'était approché de la voiture dont la fumée du pot d'échappement voletait dans l'air froid.

– Mais vous n'êtes pas seul, cette fois ! Quelle charmante demoiselle, poursuivit-il en tendant sa main devant Maréchal, jusqu'à Laetitia.

Maréchal n'aima pas cela. Le ton du vieil homme et cette main tendue – trop longtemps – lui déplurent. Il pensa toutefois : « Tu ne vas pas être jaloux d'un vieillard, maintenant ? » Malgré cela l'impression persista, d'autant que Vauthier venait à peine de lâcher la main de la jeune femme que ses petits yeux, enfoncés dans son visage luisant, continuaient à l'examiner avec insistance, de la tête aux pieds.

– Bon ! On va chez les Fargue, lança Maréchal.

– Michel est chez lui. Avec la neige, tout le monde se tient à l'abri. J'espère que j'aurai le plaisir de vous revoir. Et un peu plus longtemps. Passez me voir…

Maréchal, en redémarrant, eut le sentiment que cette phrase ne s'adressait qu'à Laetitia. Il fut très satisfait quand celle-ci dit, comme pour elle seule :

– Ce type ne me plaît pas…

Dans son rétroviseur, Maréchal constata que le père Vauthier les regardait s'éloigner avant de s'activer avec sa pelle à dégager son devant de porte.

Ils avaient laissé à droite la rue qui menait en dessous du village jusqu'au petit lac de la retenue, sur le ruisseau du Douloir. Une étendue d'eau assez vaste pour qu'une deuxième vague de colons vacanciers vienne y construire dans les dix dernières années une quinzaine de chalets en bois. Le chemin qui conduisait chez les Fargue commençait, lui, tout au bout du vieux village, à l'extrémité de la place. Dès la dernière maison, la neige recouvrait de nouveau la chaussée, mais la 4L semblait à présent s'en jouer, comme si elle sentait l'écurie...

La maison des Fargue apparut bientôt, au bout d'une prairie enneigée, une bâtisse en pierre à étage, aux volets verts, pimpante et accueillante. Un grand chien couleur de feu accourut de l'arrière mais lui aussi paraissait sympathique. Quand il reconnut Maréchal, il cessa d'aboyer et accompagna la voiture qui, une fois passé la clôture en rondins de châtaigniers séparant la propriété de la route, remonta l'allée pour venir se garer devant l'entrée. Maréchal descendit et, tout en klaxonnant, il caressa le fauve de la main :

– Salut Nestor ! Alors, on dirait bien que tu me reconnais !

En guise de réponse, le chien gémit et vint flairer les jambes de Laetitia, nullement impressionnée, qui était descendue à son tour.

Les coups de Klaxon de Maréchal provoquèrent l'ouverture d'une fenêtre du premier étage où apparut le visage d'une superbe rousse qui cria :

– Salut Franck ! Montez tous les deux ! Michel est à l'atelier.

Ils escaladèrent les marches où était collée une fine couche de neige. Solange Fargue ouvrit.

– Entrez donc.

Maréchal fit les présentations, négligeant le coup d'œil que Laetitia lui lançait en désignant la jolie femme d'un mouvement de la tête, pendant que celle-ci les précédait à l'intérieur.

– Vous prendrez du café, je viens de le faire passer...

– Vous avez une bien jolie maison, dit Laetitia qui depuis son arrivée admirait les lieux.

Les murs étaient tapissés de bois de mélèze comme les vrais chalets alpins. Dans la grande cheminée en pierres blondes brûlait un très beau feu. Une ambiance chaleureuse, l'impression forte d'une maison heureuse, encore renforcée par l'entrée à ce moment d'une petite fille d'une dizaine d'années, aussi jolie et rousse que sa mère, qui vint embrasser Maréchal :

– Bonjour, Sarah ! Je croyais que tu étais à l'école !

– Peuh ! On est dimanche, aujourd'hui, répliqua la fillette. Mais toi, tu sais plus ça : tu es trop vieux ! ajouta-t-elle en éclatant de rire.

Maréchal rengaina sa vexation :

– Laetitia, je te présente Sarah, la plus laide des petites filles que je connaisse !

– C'est pas mon avis, dit Laetitia en souriant et en tendant sa joue à la fillette, tu es aussi jolie que ta maman !

– Merci, fit Solange. Venez, Laetitia ! Laissons tout seul ce méchant monsieur. Je vais vous montrer ma cuisine.

– C'est ça, lança Maréchal, pendant ce temps, moi, je vais voir Michel.

Quand il se trouva sur la terrasse, il constata que l'horizon était encore plus fermé que tout à l'heure. Le ciel très sombre paraissait peser sur Hurlebois comme un couvercle de plomb dont il avait la même couleur peu sympathique. Le vent était à présent complètement tombé et un extraordinaire silence régnait sur le petit plateau, seulement rompu à deux ou trois reprises par le rugissement étouffé d'une tronçonneuse dans les lisières des sapins.

Maréchal traversa le potager à l'arrière de la maison, dans lequel seuls quelques choux réussissaient à percer la couche de neige. Au bout d'une allée gravillonnée se trouvait l'appentis en préfabriqué qui servait d'atelier à Michel, grand bricoleur devant l'Eternel et dont plus d'une fois Maréchal avait pu admirer le talent. En approchant, il sourit. Un sourire encore accentué à l'ouverture de la porte. Le grondement d'une meuleuse se mélangeait aux accents du grand orchestre de Duke Ellington qui sortaient d'une radiocassette posée sur une étagère.

Maréchal dut frapper sur l'épaule de son ami pour que celui-ci s'aperçoive de sa présence. Il sursauta et, le reconnaissant, stoppa la machine.

– Oh ! Si je m'attendais !

– Toujours les mêmes amours, fit Maréchal en montrant du doigt la radiocassette.

– Que veux-tu : Solange n'aime que les chansons, constata Michel avec une pointe de regret. Alors, ici, je peux m'en mettre plein les oreilles...

– C'est le cas de le dire, lança Maréchal en éclatant de rire.

Prenant l'air vexé, Fargue éteignit le magnétophone. Mais sa voix était chaleureuse et amicale quand il demanda :

– Qu'est-ce qui t'amène ? Tu as choisi le jour !

– Tu ne penses pas si bien dire, fit Maréchal penaud.

Je voulais pousser jusqu'au Minier… pour voir les érables.

– Toi, alors, tu n'en manques pas une ! Comme si tu ne pouvais pas m'appeler avant… Je t'aurais dit que nous étions sous la neige et que ça allait continuer.

– Qu'est-ce que tu fabriques ? demanda Maréchal, cherchant une diversion.

– Un récupérateur de chaleur. Un nouveau modèle que j'ai trouvé dans une revue canadienne, et tu sais, là-bas, ils savent de quoi ils parlent. Comme je suis coincé ici, j'en profite.

Il montrait ce qui n'était encore qu'un assemblage informe de tôles et de tubes mais qui, Maréchal en était sûr, deviendrait dans quelques jours une superbe machine.

– Ah, à propos, je ne suis pas seul…

– Enfin, tu t'es décidé à nous la montrer ! Et…

– Elle est avec Solange, fit Maréchal. Mais on s'est juste arrêtés en passant…, ajouta-t-il dans un de ces réflexes de réserve qui lui étaient habituels, oubliant même le panneau qui indiquait que le col était fermé et les trois sapins abattus sur la route de la vallée.

– M'étonnerait ! fit Michel. Le col est fermé.

– Mais on doit pouvoir passer quand même, tu sais bien que c'est pour les touristes qu'on met le panneau !

– Pas cette fois et, dans une demi-heure, ta 4L n'arrivera même pas au col !

Il faisait signe vers la petite fenêtre qui donnait le jour à l'atelier. Maréchal s'en approcha. De gros flocons descendaient sur Hurlebois.

– Aujourd'hui, dit Michel que la constatation paraissait particulièrement réjouir, tu es fichu ! Obligé de rester et de dormir ici. Le chasse-neige ne passera pas avant demain, et encore ! s'il passe ! Allez, ne fais pas cette tête ! Tu sais bien qu'on a de la place pour vous loger.

Il parut traversé par une idée contrariante quand il ajouta :

– Solange sera très contente d'avoir des invités. Elle se sent un peu seule, des fois...

Mais son sourire amical réapparut quand il fit signe à Maréchal :

– Rallume le machin et écoute le solo de Cootie Williams ! Moi, je finis une soudure ou deux.

Maréchal s'assit sur une caisse et pressa la touche du magnétophone. Tout en contemplant le rideau à présent continu de neige derrière la vitre, il rêva un long moment à cause de cette trompette magique qui lui rappelait quelque chose.

Quand ils quittèrent l'atelier, il faisait très sombre dehors. La neige tombait moins fort, mais la couche était terriblement épaisse et Maréchal dut se rendre à l'évidence : jamais la 4L ne passerait ! Pourtant, au fond de lui-même, il était très heureux d'être coincé ici avec Laetitia. En approchant de la maison, les rires des deux femmes et celui, plus fin, de la fillette, semblèrent encore renforcer son sentiment.

– C'est l'anniversaire de Sarah. On lui a acheté un vélo, un VTT ! Tu te rends compte : c'est bien le jour !

Maréchal rit avec lui puis :

– Dis-moi, on a fait une drôle de rencontre en montant ici : un type qui marchait au bord de la route vers

les Graniers, on lui a proposé de l'amener et il a filé
à toutes jambes dans les bois !
– Il portait un ciré de berger ? demanda Michel,
brusquement assombri.
– Oui, exactement ! Comment tu as deviné ?
– Tu es le deuxième à me raconter ça : il a fait le
même coup hier après-midi au livreur de mazout.
Il ajouta, l'air préoccupé :
– Je me demande bien qui est-ce qui rôde comme
ça dans le coin.
A ce moment, une bête hurla dans le fond du vallon
au-delà du lac. Maréchal savait qu'il n'y avait plus de
loups depuis des lustres dans le secteur mais, néanmoins, il tressaillit :
– Qu'est-ce que c'est ?
– Le chien de la Palinette ! La vieille sorcière ! Un
monstre : il y a un mois, il a failli déchiqueter Nestor.
Comme ils atteignaient l'escalier, il grommela : « Je
n'aime pas ça. » Maréchal ne sut s'il s'agissait du chien
ou de leur conversation précédente.

Le repas que Solange avait préparé était délicieux
bien que la jeune femme ait dû composer avec la
présence de ses invités forcés. Au dessert, un magnifique vacherin, sorti du congélateur et couronné de
dix bougies, le termina en beauté. Quand ils étaient
rentrés de l'atelier, Solange avait montré leur chambre
à Laetitia et Maréchal. Ce dernier avait apprécié
qu'elle ait la franchise de ne pas leur proposer de faire
chambre à part pour la nuit.
Ils étaient restés longtemps à table, avaient passé

l'après-midi à bavarder. La neige avait continué à tomber. Il n'était nullement question d'aller se promener.

Après un dîner léger, ils s'étaient installés devant le feu et bientôt Sarah, épuisée par ses allées et venues au sous-sol avec sa bicyclette neuve, s'était endormie. Sa mère l'avait couchée, pendant que Michel débouchait une bouteille d'armagnac et que Laetitia débarrassait la table. Quand Solange était redescendue, elle avait protesté, mais les deux femmes s'étaient ensuite réfugiées dans la cuisine. Les hommes, assis au salon, entendaient leur bavardage, bien convaincus qu'ils en faisaient les frais.

La soirée avait été presque merveilleuse aux yeux de Maréchal. « Presque » seulement à cause de deux ou trois réflexions de Solange sur l'isolement de Hurlebois dont elle paraissait souffrir. Cela devait, il s'en doutait, remettre en cause bien des choix pour son ami. Et aussi, un peu plus tard, Michel était resté un moment devant la fenêtre, à scruter les alentours. Maréchal était venu près de lui et avait regardé à son tour. La lune, encore cachée derrière les crêtes, illuminait pourtant le ciel et éclairait tout le vallon de Hurlebois. La neige avait cessé de tomber et le brouillard semblait s'être volatilisé. On voyait distinctement chaque repli de terrain, les ombres des maisons du hameau, les silhouettes dénudées des peupliers le long du Douloir et, au fond, de l'autre côté du lac, le rideau des grands sapins, là d'où était venu le hurlement du chien.

Michel avait allumé sa pipe et tapotant le carreau il dit :

– C'est beau, n'est-ce pas ? Ça t'inspire ?

– Possible ! Mais tu sais j'ai déjà beaucoup parlé de la neige dans mes livres... Il faudrait que j'envisage de me déplacer un peu.

– Ah ! Toi aussi ! fit Fargue, désabusé.

– Pourquoi tu dis ça ? demanda Maréchal qui savait très bien qu'il s'agissait de Solange.

Michel secoua les épaules :

– Pour rien, comme ça... Laisse tomber ! Ne nous gâchons pas la soirée...

Son ton démentait ses paroles. Il posa une autre question avec cette fois non du découragement, mais de l'inquiétude dans la voix :

– Ce type au ciré, tu as vu son visage ?

– Non ! répondit Laetitia, qu'ils n'avaient pas entendue arriver. Nous n'avons pas eu le temps : il a filé comme un lapin...

Michel regarda derrière elle, parut soulagé qu'elle soit seule et dit rapidement à voix basse :

– Pas un mot à Solange, je vous en prie. Nous n'avons pas besoin de ça en ce moment...

Une heure plus tard, quand ils s'étaient retrouvés dans la chambre, Maréchal avait dit à Laetitia :

– Je me demande ce qui se passe entre eux.

– Pourtant ce n'est pas difficile à imaginer ! Elle en a assez de vivre ici. Trop loin de tout : l'école, les courses et tout ce chemin, par tous les temps, pour aller voir ses malades. Mais lui ne comprend pas ça... Comme tous les hommes...

– Ah ! Parce que...

Elle l'avait coupé :

– Je ne dis pas ça pour toi, mon chéri ! Bien entendu.

41

Après, elle s'était faite câline. Cela avait été un beau moment pour Maréchal.

Vers minuit, ils s'étaient levés tous deux, étaient allés à la fenêtre d'où, sous la lune maintenant énorme qui avait sauté la crête, le spectacle était encore plus magnifique. Laetitia, serrée contre lui, avait murmuré :

– Comme c'est beau.

Ils étaient restés un moment ainsi, puis Maréchal avait remarqué qu'elle scrutait le paysage.

– Qu'est-ce que tu regardes ? avait-il demandé.

– Je me demande qui peut bien se promener ainsi à cette heure...

– Où ça ?

– Là-bas, sous le village, pas loin du lac.

Maréchal avait fixé la direction qu'elle lui indiquait, il n'avait vu aucun mouvement.

– Il n'y a rien ! Tu as dû confondre, une de ces ombres, peut-être...

– Non ! affirma-t-elle, ce n'était pas une ombre : il y avait quelqu'un qui marchait le long de la rive.

Maréchal haussa les épaules et l'attira :

– Si tu veux... Viens te recoucher : **nous** avons mieux à faire que de surveiller la campagne.

– Et quoi donc, s'il te plaît ? fit-elle en tombant avec lui sur le lit.

3

Maréchal se leva au petit jour – une vague lueur dans le ciel entre des nuées, au-dessus du brouillard. Vers la fin de la nuit la neige était encore tombée pendant tout une heure. Il avait passé ce temps derrière la vitre, cherchant malgré lui à repérer un mouvement quelconque vers le lac. Il entendait le souffle tranquille de Laetitia endormie. Puis il s'était recouché et avait dormi d'un sommeil de plomb pendant deux heures. Maintenant, il était debout, lavé, rasé de frais et en pleine forme. La jeune femme dormait toujours, il tira les rideaux et sortit de la chambre.

La maison était silencieuse, il était encore très tôt. Après une tasse de café qu'il prit dans la cuisine, il sortit, observé du coin de l'œil par Nestor qui sommeillait dans l'entrée, mais ne manifesta pas le désir de le suivre.

Il faisait très froid. La neige était vraiment épaisse et une couche d'au moins dix centimètres recouvrait le toit et le capot de la 4L. Maréchal fut tout heureux de constater que cela lui donnait un air plutôt pimpant, même s'il était hors de question de s'en servir.

Il frémit en se demandant ce qui se passerait quand il faudrait repartir. Dans le coffre, il prit de grosses chaussettes et une paire de bottes qu'il enfila. Puis, couvert de sa vieille pelisse en peau de mouton et coiffé d'un bonnet de montagnard qu'il traînait partout, il prit le chemin de Hurlebois.

Il se surprit à chercher une silhouette dans la direction de la retenue d'eau. Le lac avait gelé dans la nuit et les rares rayons qui parvenaient à se glisser à travers les nuages venaient allumer de minces éclats métalliques à la surface. Mais il n'y avait personne dehors.

Une fois sur le chemin du village, il regarda autour de lui. Un peu plus haut sur la gauche, il vit de la lumière à la fenêtre de la ferme des Martel. Il lui sembla qu'elle provenait de l'atelier de Jacqueline, elle devait être en train de tisser, ou de coudre. Une vaillante, Jacqueline Martel ! Et Noël aussi. Pas facile de vivre ici, sur une exploitation, même de surface confortable. Et avec trois enfants en plus ! Maréchal se demanda ce qu'il aurait fait, lui, de trois enfants. Ou même d'un seul... Mais penser à cela n'avait aucun intérêt : ce n'était en aucune façon d'actualité.

Cette fenêtre éclairée lui plaisait. Il pensa à cette jeune femme de trente ans qu'il avait vue quelquefois sur les marchés de la vallée, avec ses coupons de laine et ses abat-jour en soie. Blonde, mince, presque maigre, elle n'était pas jolie, mais elle avait un sourire du tonnerre !

En tout cas sa maison vivait ! Ce ne semblait pas être le cas de celle des Chavert, qu'il voyait maintenant sur sa droite, derrière une haie de cyprès noirs, présentant sa façade sombre à ceux qui passaient sur la route.

L'ancien jardin de devant, « Un jardin magnifique au temps du grand-père Chavert », avait dit un jour Michel, avait été presque entièrement bétonné par Jacques Chavert qui lui aussi était revenu au pays à la retraite, mais bien plus jeune que Vauthier car il était militaire. « Pas très sympathique », c'était tout ce qu'aurait pu dire Maréchal pour le définir. En plus, on parlait de lui parfois comme d'un type violent, à la colère facile. Y compris chez lui. Sa Léonie ne devait pas rire tous les jours. D'ailleurs, à soixante ans, ils en paraissaient dix de plus, surtout elle qui allait partout en traînant ce qu'elle appelait « son malheur » – « Avec mon malheur, vous comprenez, ma bonne ! » – Au début, Maréchal s'était demandé ce qu'était ce malheur. Le jour où il s'était décidé à poser la question à Solange, il avait été stupéfait par la réponse : « Son malheur ? Je vais te le dire : leur fille a été "abandonnée" quand le petit Nicolas est né ! Voilà leur "malheur". Pas mal, non ? » avait conclu la jeune femme en accompagnant ces mots d'un de ses sourires ravageurs. Ce matin, Maréchal se souvenait vaguement de cette Sylvie Chavert, une fille effacée, emmitouflée dans un imperméable, qui marchait derrière ses parents à la foire d'Anduze, tenant par la main un jeune garçon, qui ne l'avait pas marqué non plus.

La maison, telle qu'en ce matin de neige, paraissait parfaitement accordée à ce qu'avait ainsi appris peu à peu Maréchal de ses habitants. Il n'y avait ni lumière ni, en fait, le moindre signe de vie. Il frissonna un peu en poursuivant sa route et atteignit le hameau.

Sur la place la neige était moins épaisse à cause de l'abri des maisons. Les façades aux volets fermés n'étaient elles non plus pas très gaies. Une faible lueur éclairait celle du père Vauthier, mais Maréchal, encore sous la mauvaise impression de la veille, passa rapidement. En plus, il savait très bien ce qu'il aurait aperçu s'il avait jeté un coup d'œil à l'intérieur. Le tuyau venait encore de Michel. Maréchal se dit que, au cours de toutes ces balades qu'il avait effectuées avec le garde forestier, il avait fini par apprendre à peu près tout ce qui concernait les habitants de Hurlebois ! Michel lui avait raconté que le vieil homme écoutait tous les matins les cours de la Bourse de New York à la radio :

– Il y a dix ans il a placé des économies, « un gros paquet » d'après lui, dans des actions d'une société américaine spécialisée dans l'écologie. Dans la mouvance New Age ! Tu vois ce que je veux dire ! Depuis, il attend que les cours remontent ! Tous les matins, il écoute ceux de la veille à Wall Street ; comme il est dur d'oreille, il colle la tête contre le haut-parleur ! Mais l'écologie... pas facile de faire marcher ça avec le fric, non ?

Maréchal était d'accord et, à ce moment-là, il avait plutôt été ému par le pauvre homme grugé par les requins internationaux de la préservation de la nature. Ce matin, il était davantage enclin à voir dans ce comportement celui d'un spéculateur peu sympathique.

Entre le militaire et le boursicoteur, ces gens avaient fini par lui gâter son plaisir. Il le retrouva en sortant du bourg et en apercevant dans la cour de sa ferme la silhouette dégingandée de Marc Santerres en bleu de travail devant sa bergerie, une fourche à la main.

Il s'approcha.

– Bonjour Marc ! déjà au boulot ?

– Bonjour m'sieur Maréchal. Eh oui !... Mais vous aussi, on dirait.

– Non, Marc. Aujourd'hui je me promène.

– Ah bon ! fit le jeune homme, déçu. Je croyais que vous prépariez un nouveau livre.

Maréchal sourit. Marc et Gisèle Santerres faisaient partie de ses fidèles lecteurs. Ils étaient les seuls à Hurlebois. Michel et Solange ne comptaient pas : il leur envoyait ses livres. Mais ces deux jeunes gens de vingt-cinq ans les achetaient et cela faisait une différence de taille. Maréchal se demandait toujours comment, dans les mille tracas de la vie si difficile qu'ils menaient tous deux sur leur petite exploitation, ils parvenaient encore à trouver le temps de lire. Un jour, il était entré chez eux pour leur dédicacer son dernier roman à la demande timide de Gisèle. Il avait été stupéfait : tout un mur de la salle de séjour était occupé par une bibliothèque. Jetant un coup d'œil sur les titres, il avait été encore plus surpris : c'étaient de vrais livres ! Pas si fréquent que ça !

Maréchal s'aperçut qu'il était resté absorbé dans ses pensées un moment. Mais le grand jeune homme attendait, patiemment. Ce genre de respect, qu'on lui témoignait parfois, gênait Maréchal.

– En fait, je suis bloqué ici par la neige. Je suis chez les Fargue depuis hier au soir avec mon amie.

– Vous risquez de passer quelque temps chez nous, monsieur Maréchal !

– Ah bon... ! Et comment vous savez ça ? dit Maréchal, contrarié.

Le garçon montra les rochers qui surplombaient le hameau, près de la lisière de la forêt du nord :

– J'ai toujours entendu mon grand-père dire que quand la neige tenait sur cette paroi, on en avait pour un moment !

– J'aurais sûrement eu beaucoup d'estime pour votre aïeul, Marc, mais j'espère que pour ça il disait n'importe quoi.

– Vous auriez eu raison, monsieur Maréchal !

– Pour quoi ?

– Pour l'estime ! C'était un type formidable. Un jour, je vous raconterai. Il faut que je vous laisse ! Vous entendez ?

Un grand remue-ménage se faisait entendre dans la bergerie. Marc s'y engouffra.

– A bientôt ! fit Maréchal en s'éloignant.

La conversation avec le jeune Santerres l'avait remis d'aplomb et il prit la route du col avec beaucoup de plaisir.

Entre-temps, le jour, modeste et pâlichon, s'était levé. Mais son peu de vigueur suffisait à lever de grandes éclaboussures de lumière sur la neige.

Celle-ci couvrait la route tout entière dont on devinait seulement le tracé grâce aux longs piquets de châtaigniers plantés de part et d'autre de la chaussée tous les cinq mètres. Mais sur le bas-côté de droite, un muret de pierre qui bordait la route avait retenu la neige et, en le suivant, Maréchal put avancer plus ou moins aisément, ses bottes enfoncées tout de même jusqu'à mi-jambe dans la poudreuse. Le plus inquiétant restait que le froid avait gelé la couche inférieure des jours précédents, une plaque de glace dure et qui rendrait longtemps la circulation difficile – impraticable peut-être même pour la 4L. Pour l'heure, il lui suffisait de se méfier en posant les pieds.

Mais il se sentait bien et allait d'un bon pas le long de la route. Derrière lui, le village se colorait légèrement de rose avec le jour. Le brouillard était levé sur le vallon mais s'accrochait encore de manière tenace sur la forêt, avant de revenir tout masquer avec le réchauffement de l'air. Celui-ci surviendrait au plus tôt d'ici une heure et Maréchal estima que ça lui laissait le temps d'aller au col se rendre compte de la situation et d'en revenir comme il en avait l'intention. Tout était silencieux sur des kilomètres. Silencieux et sans vie. Seuls trois ou quatre corbeaux, installés sur des souches mortes de châtaigniers, battaient de temps en temps des ailes, sans bruit.

Quand il eut dépassé la masse compacte de la forêt de sapins sur sa gauche, le terrain se dégagea complètement devant lui. A droite, la route longeait quelques pâtures que cassait brutalement un ressaut longitudinal surplombant le grand ravin de Gaillasse, qui commençait à la pointe de la ferme des Santerres, suivait la route et allait se perdre bien au-delà du col dans des fonds inaccessibles même aux autres saisons et où prospérait la sauvagine. Le grand espace plat qui était apparu à la fin des sapins formait un quadrilatère limité par la route et la forêt donc au nord et à l'ouest, au sud par la départementale par laquelle étaient arrivés Maréchal et Laetitia et, vers l'est, par une ligne de crêtes peu élevées où l'on apercevait les silhouettes de deux ou trois constructions de pierre qu'on appelait les Cabanes de Lazerthe. Le milieu approximatif du rectangle était coupé par le ruisseau du Douloir qui descendait dans la direction de la route départementale où il passait sous un petit pont. L'eau scintillait au milieu de la neige et les rives étaient marquées par des alignements de massettes pour la plupart sèches et couchées par le vent.

Maréchal fit une pause. Il avait beau se dire que la marche dans la neige était pénible, il ne pouvait s'empêcher de constater malgré tout que les douleurs qu'il ressentait désormais dans les articulations n'avaient guère d'autre origine possible que l'âge qui venait. « Cinquante ans, ce n'est pas vieux, bon sang ! » grommela-t-il à l'adresse de quelque censeur invisible. Cela ne suffisait pas. Pour faire bonne mesure, il ajouta le souvenir de la nuit précédente, mais là aussi il savait qu'il y aurait beaucoup à dire. « Le mieux c'est donc de se taire ! » ajouta-t-il, à sa propre intention cette fois.

En examinant la portion de chemin qu'il venait de parcourir, il constata que, dans la réalité, celle-ci était beaucoup plus encaissée par la forêt qu'il ne s'en était rendu compte tant qu'il y marchait. La lisière des bois était abrupte, un peu en surplomb de la route, sauf – et cela se voyait même de là où il était – à l'endroit où le chemin forestier commençait, à trois cents mètres environ de la ferme des Santerres. Par contre, la partie où il se trouvait à présent était dégagée jusqu'au col. Il pensa : « Si j'avais à tendre un piège à quelqu'un, je le ferais en face des bois ! » Puis aussitôt : « Un piège ? Quelle idée ! Pourquoi je pense à ça ? » Il s'interrogea peu de temps : la réponse était évidente, la conversation avec Michel concernant le mystérieux rôdeur, les mots de Laetitia au sujet d'un promeneur nocturne. Cela n'avait aucun sens et, pourtant, cette idée ne l'abandonnait pas facilement.

Comme pour la lui faire oublier, le soleil fit une brutale et très spectaculaire apparition au-dessus des Cabanes de Lazerthe et vint allumer des feux d'étincelles sur le Douloir. Maréchal se secoua et se remit en marche.

Juste avant qu'il ne parvienne à l'embranchement de la départementale le muret s'interrompit, et il s'enfonça brusquement jusqu'aux genoux dans la neige. Il se préparait à rebrousser chemin, convaincu à présent qu'il était de toute façon impossible de quitter Hurlebois, quand il entendit un rugissement un peu plus bas sur la route. Bientôt celui-ci grandit encore et Maréchal vit un gros insecte jaune qui lançait des gerbes blanches à plusieurs mètres de hauteur et venait vers lui très lentement. Le chasse-neige peinait dans la montée et il lui fallut près d'un quart d'heure pour arriver à sa hauteur.

Quand Maréchal distingua sa figure derrière la vitre de l'engin, le conducteur paraissait soucieux, en tout cas fort occupé par sa tâche. Il le héla plusieurs fois et, au troisième appel, l'autre s'aperçut de sa présence et stoppa à sa hauteur. La machine cracha encore quelques quintaux de neige avant de s'arrêter dans un hoquet. L'homme, que Maréchal ne connaissait pas, paraissait sonné.

Dès qu'il fut sur son marchepied, il grogna :

– La saison commence bien ! Et quand je pense que l'hiver est au début ! Ça promet. Il m'a fallu deux heures pour arriver ici.

– Il y a de la neige si bas que ça ?, demanda Maréchal.

– Non, mais à cinq kilomètres il a fallu qu'on dégage la route : trois pins étaient tombés en travers et on n'a pu avoir la pelle que ce matin.

– Oui, je sais, dit Maréchal, je suis venu par là hier au soir ! Et je suis bloqué à Hurlebois. Mais maintenant vous allez arranger ça...

– Hurlebois ? Ben, je crains que vous ne deviez attendre encore : moi, c'est le col que je dois dégager d'abord, pour libérer la route de la vallée.

– Mais enfin, fit Maréchal, vous n'allez pas laisser le village coupé de tout ?

– Ils ont l'habitude, fit l'autre sans sourciller. Et puis moi j'ai des ordres : seulement la départementale ! Un collègue montera peut-être plus tard dans la journée, qui sait ?

Il regrimpait déjà dans sa cabine et allumait une cigarette qu'il avait roulée pendant la conversation. Il allait remettre le contact quand il s'arrêta et ressortit la tête :

– Puisque vous êtes de Hurlebois, vous pouvez leur faire une commission ?

Maréchal acquiesça. Il y avait longtemps qu'il avait compris que toute lutte avec l'administration est une bataille perdue d'avance.

– Dites-leur d'amener les enfants jusqu'ici à huit heures. Le car de ramassage va monter mais bien sûr il ne pourra pas aller jusqu'au hameau !

– Bien sûr, fit Maréchal, stoïque.

Il poussa même l'hypocrisie jusqu'à saluer de la main le pilote de l'insecte jaune qui prenait la direction du col puis de la vallée – au bout de laquelle se trouvait La Grézade ! – dans un feu d'artifice de poudreuse.

Un peu découragé Maréchal revint vers Hurlebois. Il avait l'impression que ses jambes lui reprochaient bien davantage encore les difficultés du trajet. En passant devant l'embranchement du chemin forestier, il se dit qu'au bout de celui-ci se trouvait la maison des seuls habitants de Hurlebois dont il n'avait pas évoqué la présence ce matin : la Palinette et son fils Jules. Mais il était un peu las et il lui tardait de retrouver Laetitia et ses amis.

Une heure plus tard, il assistait au départ des enfants vers la route. Marc Santerres s'était proposé à les accompagner quand Michel était passé chez chacun prévenir que le car ne pourrait pas venir au hameau. Le jeune homme était quelqu'un d'organisé et il les compta soigneusement. Ils étaient six déjà qui l'entouraient sur la place. Les trois Martel : Mélanie, Christophe et Romain ; Nicolas Chavert que son grand-père de militaire avait amené et qui se tenait à son exemple presque au garde-à-vous ; enfin les deux propres enfants de Marc : Pierre et Lucie.

– Il en manque un ! annonça Santerres.

– La voilà, répondit Laetitia qui se tenait près de Maréchal.

On vit arriver Sarah, qui courait à peine, suivie de Solange, un peu essoufflée.

– Elle reste des heures dans la salle de bains à se

pomponner. On croirait qu'elle se prépare pour aller au bal ! dit la jeune femme avec l'air de s'excuser.

– Ça me rappelle quelque chose, fit Laetitia pour elle-même.

Finalement Sarah rejoignit les autres. Quand il les eut autour de lui, Marc Santerres leur fit la leçon :

– Bon, c'est bien entendu ? Vous restez ensemble à côté de moi tout le temps sur le chemin. Il y a beaucoup de neige et en plus le brouillard est de retour. On y va !

Le petit groupe s'en alla vers la route. Juste comme ils sortaient de la place, Maréchal vit que Sarah gratifiait Pierre Santerres d'un coup de soulier dans le tibia. A lui aussi, cela rappelait quelque chose. Mais alors que les enfants passaient devant la maison du père Vauthier, il nota autre chose : le regard du vieillard dans leur direction, qui ne lui plut pas du tout. Il hésita, même pour lui, à le qualifier sinon il aurait dû utiliser le seul mot qui lui venait, celui de « salace ». Mais il devait se tromper, il se reprit et se dit que le comportement du bonhomme vis-à-vis de Laetitia, la veille, l'avait rendu jaloux et qu'à présent il chargeait le retraité de tous les maux de la terre. Pour lui donner raison, le vieil homme le salua gentiment en soulevant sa casquette à oreilles et disparut dans son intérieur.

Maréchal revint vers la maison et rattrapa en chemin Laetitia et Solange en grande conversation. Michel les attendait sur la terrasse.

– Ça y est ? Ils sont partis ?

– Oui, répondit Maréchal. Il n'y a pas de raisons de s'inquiéter : Marc Santerres est un garçon sérieux.

– Ce n'est pas Marc qui m'inquiète, reprit Fargue

quand les jeunes femmes furent entrées dans la maison. C'est le ciel ! Et surtout le brouillard. Regarde !

De fait tout le vallon était à présent pris dans une épaisse ouate grise. Du village lui-même on ne distinguait que les silhouettes des maisons et, au-delà, jusqu'au lac et bien entendu vers la route, tout disparaissait dans la brume.

– Bah ! dit finalement Michel, tu as raison : je m'inquiète pour rien. Viens, on va demander à Solange de nous préparer un déjeuner de montagnards.

Une heure après, ils étaient encore installés devant le jambon et les miches de pain, en train de bavarder. Il était neuf heures à présent – Maréchal devait se souvenir qu'à ce moment-là il avait regardé la pendule.

Solange rangeait sa vaisselle de la veille, elle s'arrêta brusquement et fit signe vers la baie devant laquelle elle se trouvait.

– Michel ! Viens voir : il y a quelqu'un qui court vers chez nous !

– C'est Marc ! s'exclama Fargue.

Maréchal le suivit. Ils atteignirent le portail au moment où Marc Santerres y parvenait lui aussi. Le jeune homme avait le visage décomposé, il haletait. Il dut tousser plusieurs fois avant de reprendre haleine. Alors, il cria :

– On a perdu Mélanie Martel dans le brouillard !

4

– On était arrivés à mi-chemin. Depuis le début les gosses m'avaient fait des difficultés. Les plus petits ne voulaient plus avancer, les grands marchaient trop vite. Moi, j'ai dû aller de l'un à l'autre sans arrêt. Le brouillard était très épais, de plus en plus ! J'ai eu envie de retourner. Mais on était déjà loin du village... J'ai pensé que quand on aurait dépassé la forêt, on y verrait plus clair, c'est toujours comme ça à cet endroit... Pas vrai Michel ?

Celui-ci acquiesça. Il tapa sur l'épaule de Marc Santerres pour l'encourager :

– Mais oui, Marc : c'est vrai ! Vous étiez où à ce moment ?

– A mi-chemin : on avait fait à peu près cinq cents mètres après le chemin forestier. A la hauteur du grand chêne, tu vois ?

Michel hocha la tête.

– Comment tu t'es rendu compte que Mélanie n'était plus avec vous ?

– C'est quand j'ai pris Nicolas sur mes épaules : le pauvre gosse n'avançait plus, il ne doit pas avoir l'habitude de marcher beaucoup. Quand je suis revenu devant, j'ai vu qu'il manquait Mélanie. J'ai pensé qu'elle avait pris de l'avance mais je ne pouvais pas m'éloigner des autres, à ce moment on n'y voyait pas à cinq mètres ! J'ai demandé à Christophe et Romain où était passée leur sœur. La seule explication que j'ai pu leur tirer c'était : « Elle veut toujours faire la maligne ! » Je ne savais plus que faire, j'ai appelé, bien sûr, et les enfants avec moi. Je les ai rassemblés et on est revenus un peu en arrière. On a encore appelé et j'ai cherché des traces dans la neige : rien ! J'ai essayé de demander à ses frères s'ils reconnaissaient l'endroit où elle s'était séparée des autres. Ils ont bien ri : « Tu vois bien que c'est partout pareil. » C'était vrai. Si j'avais été seul, j'aurais pleuré ! Je leur ai dit : « On va continuer pour aller jusqu'au car et je reviendrai chercher Mélanie. » Ils avaient l'air de prendre ça pour un jeu, c'était aussi bien. On est repartis et, bientôt, on a dépassé les sapins. On y voyait beaucoup mieux et on est allés plus vite. Heureusement parce qu'à ce moment le bus arrivait. J'ai expliqué au chauffeur ce qui se passait, j'ai embarqué les gosses et je suis revenu à toute vitesse. Mais j'ai eu beau chercher, je n'ai trouvé aucune trace de la petite. Aussi : comment savoir exactement à quel moment elle s'est écartée ? Quand j'ai constaté que je n'arrivais à rien, j'ai décidé de venir vous le dire.

Ils étaient dans la salle de séjour des Fargue. Quand il eut terminé son récit, Marc Santerres s'effondra :

– C'est de ma faute ! Comment j'ai fait pour la perdre ? Bon Dieu c'est pas possible !

– Ce n'est pas de ta faute, Marc : c'est elle qui n'a pas obéi.

– Oui, mais si j'avais mieux surveillé, ce ne serait pas arrivé ! Faut dire : avec ceux qui traînaient et elle qui allait trop vite devant, je n'y arrivais plus ! Mais c'est pas une excuse ! C'est de ma faute !

– Ecoute, Marc ! On va aller la chercher, tous ensemble. Mais on a besoin de toi pour cela, il faut que tu réagisses. D'abord tu vas te reposer un peu. Pendant ce temps, on va prévenir tout le monde. Pour le moment, on peut pas faire grand-chose à cause du brouillard, mais il finira bien par se lever. Je vais t'accompagner chez toi avec Maréchal puis j'irai prévenir les Martel que leur fille s'est égarée.

En sortant, il fit signe à sa femme qui, à côté de Laetitia, paraissait atterrée :

– Solange, vous deux vous descendrez sur la place dans une demi-heure. Il faudrait passer prévenir les Chavert. Et le père Vauthier aussi. Tu peux faire ça ?

La jeune femme acquiesça.

Quand ils arrivèrent chez lui, Marc Santerres se précipita dans les bras de sa femme. Michel expliqua à Gisèle ce qui s'était passé, en insistant sur le fait que n'importe qui aurait eu le même problème à la place de son mari et que lui-même dans une telle situation se serait comporté exactement de la même façon.

– Marc n'est pas responsable, répéta-t-il. Maintenant, il faut qu'il se repose un moment parce que tout à l'heure on va partir à la recherche de Mélanie tous ensemble, et on aura besoin de lui.

Gisèle entraîna son mari vers la maison. Elle avait gardé, remarqua Maréchal, depuis leur arrivée et bien qu'elle soit visiblement bouleversée par ce qu'elle venait d'apprendre, le visage calme et rassurant qu'il lui avait toujours vu. Noémie Landaut, sa mère, une grosse personne d'une soixantaine d'années qui vivait avec eux, demanda lorsque les deux jeunes gens furent à l'intérieur :

– Vous allez la retrouver ?

– Bien sûr ! Pourquoi voudriez-vous qu'on ne la retrouve pas, madame Landaut ?

– Vous savez bien, Michel... La montagne, la neige... (Et, comme à regret, elle ajouta :) Les hommes... Vous aussi vous connaissez le pays : ce ne serait pas la première...

– Je sais, Noémie. Mais les temps ont changé ! Mélanie est une grande fille. Et puis : on ne se perd plus aujourd'hui, bon sang !

– En tout cas je souhaite que vous ayez raison : « ils » n'ont pas besoin de ça. (Elle montra la maison.) Ils joignent à peine les deux bouts : s'il n'y avait pas ma pension..., alors s'il arrive quelque chose à Mélanie... Je ne sais pas comment Marc prendra ça.

Le plus dur restait à faire pour les deux hommes : prévenir Noël Martel et sa femme de la disparition de leur fille. Pour cela ils devaient remonter de l'autre côté du hameau, ce qui leur laissait le temps de se préparer à l'épreuve.

Ce fut Maréchal qui rompit le silence :

– Je me demande comment ils vont prendre la chose ?

– Mal, répliqua Michel. Qu'est-ce que tu ferais à leur place ?

– Moi ? Je n'en sais rien : je n'ai pas d'enfant.

– C'est vrai, excuse-moi. En ce qui me concerne, je sais que si ça m'était arrivé à moi, je serais sûrement très monté contre Marc.

– Pourquoi ? demanda Maréchal. Tu crois que c'est de sa faute ?

– Justement, c'est ça le problème : nous ne le saurons jamais. Même si parce que je le connais bien je suis sûr que non, il n'en reste pas moins que le doute subsistera. Surtout...

– Surtout ? interrogea Maréchal en s'arrêtant brusquement.

– Surtout si on ne la retrouve pas...

– Mais toi-même, il y a un moment...

– Bien entendu ! Pour tout le monde, je répéterai ce que j'ai dit. Tant qu'on ne l'aura pas trouvée. Mais je suis inquiet, Franck. Très inquiet. Il y a des tas de pièges dans le brouillard, surtout le ravin. Et aussi...

– Quoi ?

– On en a parlé hier... Ce type en ciré qui rôde dans les bois.

– Ah non ! Tu vas pas remettre ça. Ne fais pas comme Laetitia !

– Laetitia ?

Maréchal lui raconta ce qu'avait cru voir la jeune femme pendant la nuit. Il insista :

– Ce qu'elle a *cru* voir, Michel. Pas plus !

– Si tu veux, mais ça ne change rien.

Ils étaient arrivés devant la ferme des Martel. Michel avait dit qu'il détesterait avoir à prévenir d'abord la mère de Mélanie. Par chance, juste à ce moment, Noël Martel sortit de son hangar à tracteurs. Ils vint vers eux, la main tendue. C'était un homme d'une trentaine d'années et, bien que de taille moyenne, très costaud. Il souriait franchement, mais en voyant le visage des deux hommes il se figea :

– Qu'est-ce qui se passe ?

– On a eu un problème avec les enfants, répondit Michel.

– Les enfants ? Quoi ?

– Mélanie, dit Maréchal pour venir en aide à son ami.

– Mélanie ? rugit Martel. Qu'est-ce qu'il y a ? Qu'est-ce qui lui est arrivé ?

Son visage s'était transformé. Il était à présent très rouge, encore sous le coup de l'angoisse, et Maréchal pensa que, comme le craignait Michel, la colère viendrait vite.

– Elle s'est égarée dans le brouillard en allant rejoindre le bus avec les autres enfants !

– Egarée ? Le brouillard ? Qu'est-ce que tu racontes ? Et vous n'êtes pas en train de la chercher ? N'importe qui aurait pu me prévenir !

– Ecoute Noël : on a besoin de Marc pour savoir où exactement elle s'est écartée des autres. Il faut qu'il se repose ! Il a marché longtemps dans la neige, tu sais !

– Se reposer ? Alors que ma fille est perdue ? Ferait beau voir !

– Et puis : tant que la brume sera aussi épaisse, on n'a aucune chance.

– Chance, chance ! Tu crois que c'est une histoire de chance ? C'est de ma fille que tu parles ! Ma Mélanie s'est perdue. Il faut y aller !

– Mais on va y aller, Noël...

– Tout de suite oui !

Il se précipita vers la maison à grandes enjambées. Il entra suivi par Maréchal et Michel Fargue.

Il était furieux. Seule l'arrivée de Jacqueline, attirée par les cris, permit de le calmer un peu. La jeune femme resta beaucoup plus maîtresse d'elle-même. Ainsi Michel put-il raconter exactement ce qui s'était passé. Malheureusement, quand il expliqua que Marc avait été retardé en portant le petit Nicolas Chavert, ces mots provoquèrent une nouvelle explosion de la part de Noël Martel :

– Bien sûr ! C'est la faute d'un de ceux-là ! Les Chavert, toujours les Chavert !

Maréchal savait qu'il y avait des dissensions entre les deux familles. Pourtant, il n'aurait pas imaginé que cela fût si grave. Il lui faudrait interroger Michel.

La colère s'éteignit d'elle-même, ou alors Martel se rendit compte qu'il accusait Nicolas, un gamin de huit ans qui n'était à l'évidence responsable de rien. Toujours est-il qu'il se calma. Il alla jusqu'au buffet, en tira une bouteille de trois-six, la porta à ses lèvres et en avala une grande rasade. Puis il essuya sa bouche sur son revers et lança :

– On y va ?

Maréchal avait noté le regard douloureux de Jacqueline Martel au moment où il avait pris la bouteille. Mais elle était forte et elle avait davantage de bon sens que lui quand elle dit :

– Et tu vas partir comme ça, en souliers, dans presque un mètre de neige ? Et sans manteau ?

Tandis que son mari, tassé par l'alcool, allait chercher ses bottes et sa canadienne dans la pièce voisine, Maréchal se dit que, décidément, Jacqueline Martel était une femme de caractère. Toutefois, c'est en chuchotant et la voix hachée de sanglots qu'elle glissa à Michel :

– Ramène-la-nous, Michel. Ramène-la ici.

– Bien sûr, Jacqueline. Nous allons la retrouver. Elle doit être bien embêtée, maintenant. Ça lui fera une leçon. Regarde : le brouillard se lève.

Jacqueline sourit tristement en regardant à son tour par la vitre. Elle murmura encore :

– Essaie d'empêcher Noël de s'approcher du père Chavert si tu peux...

Quand ils traversèrent la cour, Martel dit aux deux hommes :

– Excusez-moi pour tout à l'heure. Vous n'êtes pour rien dans tout ça. Mais ma fille, ma Mélanie, vous comprenez...

Il sourit un peu avant d'ajouter, surtout pour lui-même :

– C'est ma préférée.

En redescendant vers la place, Maréchal constata qu'au-delà de Hurlebois la visibilité s'était considérablement améliorée. Seules quelques bandes de brouillard persistaient entre les arbres mais partout ailleurs il se levait très vite et l'on voyait de mieux en mieux l'étendue blanche de neige qui couvrait tout le pays.

Laetitia arrivait avec Solange et le couple Chavert, lui devant, raide et boutonné, elle suivant discrètement. On aurait dit une caricature de la soumission. Maréchal nota l'absence de Sylvie, la fille. Il en eut l'explication quand il retrouva Laetitia : elle avait la grippe.

– Et M. Vauthier n'était pas chez lui, ajouta la jeune femme.

Contrairement à ce que les deux amis craignaient, la rencontre de Noël Martel avec Marc Santerres ne donna lieu à aucun incident, le père de Mélanie était redevenu raisonnable. Il coupa même court très vite aux explications embarrassées du jeune homme :

– Maintenant, il faut qu'on y aille et que tu nous montres où ça s'est passé.

– Exact, enchaîna Michel. On va tous descendre jusqu'à l'endroit où Mélanie a probablement quitté le groupe. Là, on essayera de retrouver ses traces dans la neige : c'est notre chance. Pendant ce temps, je propose que les femmes cherchent de leur côté, autour du hameau, où il y a peu de neige ; peut-être Mélanie est-elle déjà ici et peut-être aussi qu'elle se cache pour ne pas se faire gronder !

– Tu vois, il « propose », murmura Solange à l'oreille de Laetitia, il propose et en fait c'est un ordre. C'est lui le chef...

– C'est aussi une qualité, répondit Laetitia sur le même ton.

– Exact, mais parfois c'est pesant !

Jacques Chavert, toujours aussi raide, s'avança vers Michel Fargue.

– Vous avez prévenu les gendarmes, j'imagine. Alors pourquoi ne sont-ils pas encore là ?

– Même si on les avait appelés, ça m'étonnerait qu'ils puissent arriver ici aussi rapidement, répondit Maréchal que l'attitude du militaire agaçait prodigieusement.

– On ne les a pas encore appelés, monsieur Chavert, dit Michel Fargue patiemment. Je vous promets qu'on le fera si dans deux heures on n'a rien trouvé.

Maréchal constata les ravages que la réflexion du butor avait produits sur Jacqueline Martel. Heureusement, Michel donna le signal du départ, et les cinq hommes prirent le même chemin que Maréchal avait suivi le matin.

Ils atteignirent rapidement le vieux chêne aux alentours duquel Marc Santerres estimait qu'il avait perdu Mélanie. Ils se séparèrent en deux groupes, un qui remonterait sur leurs pas et l'autre qui se dirigerait vers la route à la recherche des traces que la fillette n'avait pas pu manquer de laisser quand elle s'était écartée. Ce fut le second groupe qui les découvrit. Maréchal se trouvait à quelques mètres en arrière de Noël Martel quand ce dernier cria :

– Les voilà ! Venez.

Maréchal et Michel Fargue accoururent. Ce dernier avait prévenu Santerres et Chavert qui remontaient vers le hameau.

A partir de la piste marquée d'abord par Maréchal, ensuite par le passage des enfants, enfin par les allées et venues de Santerres, on distinguait en effet des pas dans la neige, peu profonds, quelqu'un de léger.

– Ce doit être ça, dit Fargue. On va les suivre. Mais prenons nos précautions pour ne pas les brouiller. On y va les uns derrière les autres et à un mètre de la trace.

Les pas quittaient la piste du muret puis paraissaient y revenir avant d'obliquer brutalement vers les bois, plein est. Les cinq hommes prirent la même direction, mais à la hauteur d'un gros rocher que la trace contournait, Michel qui marchait devant se laissa doubler et fit un signe discret à Maréchal qui n'attendait que cela. Quand les deux hommes furent un peu en arrière des trois autres, Michel murmura :

– Tu as vu ?

– Oui !

– Qu'est-ce qu'on fait ?

– Il faudrait écarter Martel, dit Maréchal.

Ce qu'il avait vu, comme Michel, et que leurs compagnons n'avaient pas remarqué, c'était une autre trace de pas, nettement mieux imprimés dans la neige, à environ trois ou quatre mètres sur la gauche de la piste des petites marques. Ça, c'était très inquiétant. Au mieux quelqu'un avait suivi Mélanie, au pire, on l'avait attirée vers les sapins. D'où la remarque de Maréchal au sujet de Noël Martel. On ne savait pas ce qu'il y avait au bout de la piste, peut-être le pire.

Peu après le détour du rocher, la piste de la fillette faisait un angle brutal à quatre-vingt-dix degrés – Maréchal remarqua que l'autre aussi, même si elle s'écartait

un peu – et se dirigeait maintenant vers la corne inférieure des bois qu'elle contourna avant de filer droit
sur le ruisseau du Douloir qui en sortait à cet endroit.
Les pas s'interrompaient brutalement au bord de
l'eau.

Les cinq hommes se tenaient le long de la berge,
scrutant l'autre rive à la recherche de traces. Mais en
vain : la piste s'arrêtait là.

– Il n'y a pas beaucoup d'eau, dit Michel. Elle a pu
suivre le lit un moment en marchant sur les galets et
remonter de l'autre côté, ou du même, un peu plus
bas ou un peu plus haut. On va se séparer : Noël et
Marc, vous allez prendre vers la route et nous trois,
on va remonter.

Il avait été si affirmatif que personne ne protesta et
Noël Martel entraîna Santerres dans le sens du ruisseau. Quand ils eurent fait quelques mètres, Fargue
mit Chavert au courant de leur découverte. Maréchal
fut impressionné par la façon dont le militaire cogna
ses poings l'un contre l'autre en grommelant : « Le
salaud ! » C'était aller un peu vite mais, d'un autre
côté, il retrouvèrent rapidement les traces de la fillette
dans la portion du ruisseau qui sortait des bois. Leurs
deux compagnons, descendus déjà bas dans les prairies, étaient invisibles de cet endroit.

– J'en étais sûr ! fit Fargue.

– C'est clair que pour un piège le mieux c'étaient
les bois, dit Maréchal en se souvenant avec malaise de
ce qu'il avait pensé lui-même le matin en examinant
la lisière des sapins.

– Mais maintenant, on a un autre problème, dit
Michel.

– Lequel ? demanda Chavert.

– La neige ! répondit Maréchal à la place de son ami. Il y en a peu dans le sous-bois. Si encore il y avait beaucoup de fourrés, mais cette forêt est très bien entretenue.

– Ne m'en parle pas, murmura Fargue en souriant tristement.

– Enfin, on sait à quel endroit ils sont entrés dans la forêt. Le mieux est de marcher en éventail...

– En tirailleurs, monsieur, en tirailleurs !

– Si vous voulez, concéda Maréchal en souriant, en tirailleurs. On finira peut-être par découvrir quelque chose.

– De toute façon, dit Michel, en remontant dans la direction où la piste entrait dans les bois, on va bientôt recouper le chemin forestier. Là, il devrait y avoir de la neige à nouveau.

Les trois hommes s'écartèrent et avancèrent en regardant soigneusement à leurs pieds. Mais très vite les traces se perdaient tout à fait. Ils firent environ cinq cents mètres avant de voir les arbres s'éclaircir et de tomber sur le chemin forestier dont avait parlé Michel.

Le chemin était recouvert d'une fine couche de neige, mais on n'y lisait aucune piste. Ils allaient se préparer à chercher plus loin quand ils entendirent des cris qui venaient des pâtures.

– Ils nous appellent, dit Michel. Peut-être l'ont-ils retrouvée.

– Peut-être, fit Maréchal. Allez-y, moi je vais remonter par le chemin. Je vous attendrai au débouché.

– Comme tu veux…, fit Fargue. Vous venez, Chavert ?

Quand ils eurent disparu dans les bois, Maréchal
regarda soigneusement autour de lui. Il était sûr que
ce n'était pas Mélanie que les autres avaient retrouvée.
Parce qu'il était sûr, lui, qu'elle était par là, d'un côté
ou de l'autre de ce chemin ! Si on lui avait demandé
pourquoi, il aurait répondu : « Une intuition ! » – ce
qui n'avait aucun sens. Et puis il avait réfléchi tout à
l'heure en voyant les autres marques. Elles étaient net-
tes, fortement imprimées. Ce devaient être celle d'un
homme, d'un adulte en tout cas. Et, en continuant à
réfléchir, il s'était dit que ce pouvait être n'importe
qui du hameau, pour le moment du moins. Il ignorait
les faits et gestes de chacun dans la matinée et jusqu'à
plus ample informé n'importe qui aurait pu s'échapper pendant une heure.

Là-dessus, il entreprit ce pour quoi il était resté seul
et suivit le chemin, non pas dans la direction de Hurlebois, mais de l'autre côté.

Il se félicita un moment plus tard en constatant la
réapparition des petites traces : seules cette fois.

– Pas mal ! se dit-il.

Mais dix mètres plus loin les grosses les rejoignaient
presque. Ce n'était tout de même pas comme si la
fillette avait marché côte à côte avec un adulte. Non :
l'autre semblait la précéder. Il en fut ainsi jusqu'à ce
que Maréchal arrive devant une construction en rondins de bois bien entretenue devant laquelle les traces
s'interrompaient, faute de neige sous le couvert des
branches qui même défeuillées formaient à cet
endroit un entrelacs impénétrable.

Lorsque Michel Fargue, suivi comme son ombre par Chavert, sortit du bois, il aperçut Noël Martel et Marc Santerres qui faisaient de grands gestes dans leur direction. Ils n'étaient pas seuls, deux hommes se tenaient à côté d'eux. Michel avait une vue plus perçante que celle de Chavert. Il commenta :

– Vous pouvez être satisfait, nous n'avons pas eu besoin de les appeler : ce sont les gendarmes !

– Tant mieux, fit le militaire, cette histoire sent le roussi !

– Allons les rejoindre, répondit simplement Fargue.

Quand ils furent suffisamment proches, il vit que l'un des deux gendarmes était Paul Vialat. « Drôle de coïncidence, pensa-t-il. Voilà justement le papa de Laetitia ! Maréchal va être content. » En les rejoignant, il constata que, comme toujours, l'adjudant Vialat était flanqué de son compagnon habituel : Louis Montagné. Il connaissait bien les deux hommes pour avoir souvent affaire à eux dans son travail. Ce n'étaient pas des « flèches » mais au moins cela valait mieux que de se trouver avec deux de ces jeunes inconnus qu'on expédiait parfois à leur sortie de l'école pour les aguerrir un peu avant de les muter enfin dans quelque brigade plus reluisante que celle de Saint-Donnat.

Michel compléta le récit de Martel. L'adjudant paraissait soucieux et Fargue se rappela que l'heure de la retraite approchait pour Vialat. Cette affaire, pas simple et sans doute dramatique, tombait plutôt mal pour quelqu'un à qui il ne restait que quelques mois à tirer avant d'atteindre le nirvana des fonctionnaires et de disposer de tout son temps pour les légumes de son potager ou la pêche à la truite !

Michel Fargue proposa de remonter jusqu'au débouché du chemin forestier pour retrouver Maréchal.

– Quoi ? fit Paul Vialat. Maréchal est ici ?

Michel savait que l'adjudant voyait d'un très mauvais œil la liaison de sa fille avec ce drôle de type qu'était son ami, par ailleurs beaucoup plus âgé qu'elle, ce qui n'arrangeait rien. Il ne put résister à compléter le tableau de la situation :

– Votre fille aussi. Ils logent chez moi. Ils ont été bloqués par la neige hier au soir.

Paul Vialat se renfrogna encore.

– Bon, on y va ? s'impatienta Noël Martel.

Michel s'en voulut terriblement d'avoir presque oublié un moment pourquoi ils étaient là.

Ils remontèrent tous vers Hurlebois, jusqu'au chemin à l'entrée duquel ils ne trouvèrent pas Maréchal. Entraînés par Fargue, ils s'enfoncèrent dans les bois.

5

Planté devant la maison forestière, Franck Maréchal les vit arriver dans le chemin. Il leur fit signe de s'arrêter et les rejoignit. Il présentait une mine défaite. Noël Martel comprit tout de suite :

– Vous l'avez trouvée ! Où elle est ?

Déjà il se précipitait. Maréchal l'arrêta, il le tenait solidement par le bras. Martel essayait de s'échapper, son visage était devenu aussi pâle que la neige qui couvrait le sentier.

– Elle est... monsieur Maréchal, elle est... ?

– Il faut être courageux, Noël. Vous ne pouvez pas y aller encore. Il faut laisser faire ces messieurs, dit-il en montrant Vialat et Montagné. Je vais les accompagner. Restez avec Michel et les autres.

– Mais pourquoi ? Si elle est... je veux la voir.

– Pas encore, Noël. Il ne faut rien déranger sinon on perdra beaucoup de chances d'avoir celui qui a ...

Maréchal hésita, il avait souvent remarqué que tant que certains mots n'avaient pas été prononcés, les événements les plus terribles paraissaient n'avoir pas encore de réalité. Comme en écho à ces pensées, Noël Martel dit :

– Oh, j'ai compris, allez ! Maintenant je sais qu'elle est morte.

Il avait le visage plein de larmes et s'effondra dans les bras de Michel qui avait posé la main sur son épaule.

– Vous venez, messieurs ? fit Maréchal aussitôt.

Sans attendre la réponse des gendarmes, il tourna les talons et s'en alla vers la clairière où se trouvait la maison forestière. Paul Vialat le rattrapa :

– Qu'est-ce que vous foutez ici, vous ? Et en plus il paraît que vous êtes venu avec ma fille !

– Vous croyez que c'est le moment, Paul ?

Vialat baissa la tête :

– Non, vous avez raison. Elle est dans le chalet ?

– Je l'ai cru tout d'abord. La porte a été forcée, mais il est vide. Non : elle est plus haut, dans un pierrier.

Quelques pas plus loin, il ajouta :

– Je vous préviens : ce n'est pas joli à voir.

– Vous en faites pas, monsieur Maréchal ! On a l'habitude ! fit Montagné d'un ton bravache.

Trois minutes plus tard, le même Montagné eut un hoquet de dégoût en découvrant comme son chef le corps de Mélanie Martel, la tête fracassée, allongée sur le dos en travers d'un grand tas de pierres grises couvertes de neige tachée de sang. L'arme du crime, une des pierres, gisait à côté du cadavre.

– Nom de dieu ! dit Paul Vialat, qui marchait sans aucune précaution sur le pierrier.

Maréchal se dit que de toute façon, avec ce genre

de méthode, on ne trouverait aucune empreinte sur la pierre, ni même aucun indice dans le voisinage.

Cette fois, les coups de téléphone que lança Paul Vialat durent provoquer pas mal d'ébullition du côté de l'Equipement car deux heures plus tard, le chasse-neige arriva et dégagea la route entre Hurlebois et le col.

– Ce n'est que partie remise ! déclara le conducteur en roulant une cigarette.

– Probable, acquiesça Michel en examinant le ciel qui à nouveau se chargeait de nuées sombres dans un air adouci.

Ils avaient ramené chez elle le corps de Mélanie en attendant le fourgon qui le transporterait à Montpellier, « aux fins d'autopsie », comme avait déclaré Paul Vialat aux Martel, ce qui n'était pas délicat mais, pensa Maréchal, trahissait surtout la gêne considérable de l'adjudant.

Lui-même avait craint un moment difficile lorsque Vialat avait retrouvé sa fille en se rendant chez Fargue pour donner ses coups de fil. En fait, l'adjudant n'avait presque rien dit, là aussi probablement trop préoccupé par cette affaire qui lui tombait sur les bras sans qu'il l'ait souhaité : l'époque des promotions était passée depuis longtemps pour lui !

Vers six heures, le retour du bus de ramassage, qui cette fois déposa les enfants sur la place, annonçait de bien plus pénibles difficultés.

Quand ils le virent revenir, Michel dit à sa femme :

– Comment va-t-on annoncer ça à Sarah ?

– Pense plutôt à ce qui attend Noël et Jacqueline quand ils devront dire la vérité à Christophe et à Romain ! répondit Solange.

– Tu as raison, concéda Michel en prenant la jeune femme par l'épaule.

– Pour Sarah, je m'en charge, dit Solange, qui ajouta malgré tout : Avec l'aide de Laetitia si elle veut bien...

– Bien sûr, répondit celle-ci.

Maréchal fut frappé de cette preuve de caractère de son amie. Frappé mais, à la réflexion, modérément surpris.

– Michel, dit Solange, tu devrais aller au village avec Franck et M. Vialat quand Sarah arrivera ici : ce sera plus facile si vous n'êtes pas là.

Ils croisèrent la fillette alors qu'elle arrivait devant chez elle. Michel l'embrassa, et Maréchal fit de même. Elle jeta un coup d'œil curieux sur l'uniforme de Paul Vialat, mais ne dit rien et entra chez elle sous le regard soucieux du gendarme.

Après quelques pas, Michel lui demanda :

– A quoi pensez-vous Vialat ?

– Je pense, Fargue, que vous allez devoir nous aider à surveiller ces gosses ! Avec le malade que nous avons maintenant sur les bras dans ce coin, il n'y aura pas de trop de toutes les bonnes volontés !

– Vous avez une idée ? demanda Maréchal, conciliant.

– Je voudrais bien..., reconnut l'adjudant. Mais vous l'avez vu vous-même : pas de traces !

– Enfin, comme ça, au premier coup d'œil. On n'a pas tout examiné !

– Parce que vous y croyez, vous ? Comme dans les romans policiers ! On trouve l'écharpe de l'assassin ! Pourquoi pas ses papiers d'identité tant que vous y êtes ? Non, croyez-moi Maréchal ! Par ici ça va être difficile ! Il y a assez longtemps que je suis dans le secteur ! Et si je vous disais le nombre de fois où on n'a trouvé personne !

– Peut-être, fit Maréchal toujours avec précaution, mais quand même… il faudrait chercher mieux. Vous ne comptez pas appeler la PJ ? Ils ont des spécialistes pour ce genre de trucs…

– Parce que vous me croyez incapable de démêler cette affaire ? s'emporta le gendarme.

– Voyons, Vialat ! Je n'ai pas dit ça. Mais parfois deux avis valent mieux qu'un.

– Ce n'est pas d'actualité ! dit Vialat d'un ton définitif avant d'ajouter : Ah ! Voilà Montagné, je vais voir s'il a recueilli tous les témoignages.

– Parce que vous pensez que ce peut être quelqu'un d'ici ? demanda Michel.

– Pas d'idée préconçue, Fargue ! Et on vérifie tout ! Votre ami Maréchal doit savoir ça ! Dans les bouquins policiers, ça s'appelle « la routine », n'est-ce pas ?

Maréchal haussa les épaules tandis que l'adjudant partait à grandes enjambées rejoindre son collègue qui venait d'entrer chez le père Vauthier.

– Pourquoi est-il aussi désagréable avec toi ? demanda Michel.

– Tu sais bien que c'est à cause de Laetitia…

– Oui, je sais… Mais tout de même ! Elle aurait pu tomber plus mal !

– Merci… Que veux-tu ? Il avait des projets pour

elle : il voulait la marier à quelqu'un « de confiance », comme il dit. Tu imagines bien quelle a été la réaction de Laetitia ! Comme c'est à peu près à ce moment-là que nous nous sommes rencontrés, il me met tout sur le dos. Bah, je m'en fiche ! Ce qui compte, c'est son opinion à elle...

Quelques secondes plus tard, il murmura :

– Le père Vauthier... Tiens, tiens...

– Quoi, le père Vauthier ?

– Tu n'as pas remarqué ?

– Que voulais-tu que je remarque ? questionna Michel, interloqué.

– Il était le seul à ne pas être avec nous quand nous sommes partis chercher Mélanie... Laetitia a dit qu'il ne se trouvait pas chez lui quand elles y sont allées.

– Ça ne veut rien dire : il est souvent absent ! Tu sais bien qu'il...

– ... herborise ! le coupa Maréchal. Je sais. Mais avec le temps qu'il fait ! Je serais curieux de savoir ce qu'il va raconter à Vialat.

– Ça m'étonnerait que l'adjudant te le dise !

– Lui, sûrement pas... Mais son collègue, qui sait ? Un apéritif ou deux, et il se lance...

Maréchal hésita et décida de ne rien communiquer à Michel de ses constatations concernant l'attitude et surtout le regard du père Vauthier le matin au moment du départ des enfants : c'était trop grave. Plus tard peut-être... Il lui fallait y réfléchir d'abord. Il poursuivit :

– J'ai entendu que tu parlais du rôdeur à Vialat. Qu'est-ce qu'il en pense ?

– « Moi, je pense pas ! J'agis ! » fit Michel en carica-
turant le gendarme. Bah ! Il m'a à peine écouté !

Les deux amis éclatèrent de rire.

Ils arrivèrent devant la maison de Vauthier au
moment où Vialat et Montagné en sortaient.

– Ils n'ont pas dû lui demander grand-chose,
constata Maréchal à voix basse.

Paul Vialat vint vers eux.

– Montagné a eu la réponse de mes supérieurs par
radio. Une ambulance va venir dans une heure chercher le corps de la petite pour l'amener à Montpellier,
à l'institut médico-légal. Il me faut aller le dire aux
parents. Vous pouvez venir avec moi, Fargue ? Vous
les connaissez bien, non ?

Maréchal les regarda s'éloigner en se disant que pour
une fois l'animosité du père de Laetitia lui rendait service en lui évitant d'assister à une scène pénible.

Le soir venait maintenant, il n'y avait personne sur
la place ni dans les ruelles de Hurlebois. Un peu de
neige tombait. Des flocons légers, pas pressés, ils
avaient tout l'hiver devant eux.

Maréchal frissonna. Il regarda autour de lui. Les
lumières du hameau s'allumaient l'une après l'autre.
Il frappa son poing contre sa paume. Bon sang ! Comment cela avait-il pu arriver ? Ce village paisible où il
aimait venir, les amis qu'il s'y était faits au fil des ans.
Et ce malheur ! Et Vialat avait raison ! Cette menace.
Tant qu'on ne tiendrait pas le monstre qui avait fait
ça, tous les enfants de Hurlebois – et d'ailleurs –
seraient en danger de mort. Vialat avait raison.

Penser à l'adjudant lui fit lever les yeux vers la maison des Fargue où les lampes venaient à leur tour de

s'éclairer. L'hostilité de Vialat était un fait acquis. Il la regrettait mais, comme elle était sans fondement, cela ne comptait guère pour lui. Laetitia, par contre, la supportait mal et il se doutait bien qu'elle en souffrait. Mais que faire ? « Débrouiller cette affaire et en laisser le bénéfice à Vialat... Ça lui adoucira peut-être le caractère ! » ironisa Maréchal qui s'aperçut aussitôt qu'il avait en fait très envie de trouver tout seul la solution.

– Si je comprends bien, on reste ici ! dit Laetitia.

– Encore un jour ou deux, seulement. Et si tu es d'accord bien entendu, répondit Maréchal.

– Je n'ai rien contre cette idée, affirma la jeune femme. Mais avoue que ce drame t'intéresse !

– Pourquoi le cacher ? La réponse est oui. Je ne peux pas m'empêcher de revoir le corps de cette gamine, là-bas dans la forêt.

Laetitia frissonna et murmura :

– Moi aussi, j'y pense. Comment cela peut-il arriver ?

– Oh, les hommes sont ce qu'ils sont, fit Maréchal, désabusé.

– On dirait que tu n'as pas une bonne opinion du genre humain, dit-elle.

– N'oublie pas, fit-il sentencieux en tendant l'index vers elle, que je suis un vieux monsieur !

– Pas si vieux que ça, quand même, s'exclama-t-elle en se serrant contre lui.

– J'aimerais que ton père soit de cet avis, glissa-t-il.

– Même si tu avais cinq ans de moins que moi, il se

comporterait exactement de la même façon ! N'y fais pas attention !

– C'est ce à quoi je m'efforce... Mais tu vois, si je reste c'est aussi parce qu'il est buté comme...

Il se retint, elle compléta :

– ... un âne ! C'est vrai. Pourtant, il fait bien son métier, enfin je crois, d'après ce que j'ai entendu dire.

– Probablement. Dans ce cas précis, il refuse de chercher des indices autour de la cabane près de laquelle on a retrouvé Mélanie. Et le pire, je vais te dire : c'est peut-être seulement parce que c'est moi qui en ai parlé ! Demain matin, j'irai là-bas moi-même.

Ils se trouvaient tous les deux comme la veille devant la baie de leur chambre. Cette nuit la lune n'apparaissait que par intermittence entre des nuages de velours.

Le repas avait été lugubre. Pourtant leur amitié les avait réchauffés. Michel et Solange semblaient moins à cran que la veille, à cause de Sarah sans doute. Dès son retour la fillette s'était précipitée vers sa bicyclette, comme si elle ne voulait rien savoir de ce qui s'était passé. Un peu plus tard, elle avait interrogé sa mère et Laetitia. Celles-ci avaient fait front et lui avaient dit toute la vérité : elle aurait fini par l'apprendre, de toute façon. Sarah avait un peu pleuré puis elle était retournée à son vélo. Mais au milieu du repas, elle avait interrogé sa mère :

– Alors Mélanie, elle est au ciel maintenant ?

Les yeux de Solange s'étaient remplis de larmes. Maréchal était venu à son secours :

– Oui, ma chérie ! Elle est au ciel, avec les anges.

La fillette avait replongé sa cuillère dans son flan, l'air rasséréné. Maréchal fut heureux du regard de gratitude de Solange et de Michel, et plus encore du sourire de Laetitia. Cette dernière savait bien ce qu'il pensait des anges !

A présent, ils contemplaient la nuit.

– Tu crois que c'est « lui » que j'ai vu, près du lac, la nuit dernière ?, demanda Laetitia en frissonnant.

Maréchal aurait aimé pouvoir lui dire qu'elle avait rêvé. Il n'en était plus tellement sûr lui-même.

– Viens te coucher, dit-il simplement.

6

Le lendemain matin de bonne heure, quand Maréchal sortit de la maison, il trouva Michel qui essayait de faire démarrer sa Méhari.

– Elle est capricieuse, si tu savais ! A la moindre trace d'humidité, c'est la croix et la bannière. Bien dormi ?

– Ma foi... Comme toi, je suppose...

Michel hocha la tête. Il regarda le hameau comme s'il existait quelque part une trace visible du drame qui s'était déroulé. « Non, rien n'a changé, Michel, sauf que le malheur est venu ici, pensa Maréchal. Mais ça ne voit pas : tout est toujours aussi beau ! »

Comme s'il avait lu dans ses pensées, Fargue reprit :

– On dirait qu'il ne s'est rien passé.

Puis, la voiture ayant enfin consenti à démarrer après un hoquet, il demanda :

– Je t'amène ? Je vais passer chez les Martel et après je dois me rendre à Valdome. J'aurais déjà dû y aller hier, j'ai une sombre histoire de braconnage à régler. Maintenant que la route est dégagée, il faut que j'en profite.

– Tu n'auras qu'à me laisser sur la place. Je t'avoue qu'aller chez les Martel...

– Qu'est-ce que tu comptes faire ?

– Le travail de Vialat : chercher des traces là-bas...

– Tu crois que tu peux découvrir quelque chose ?

– Je ne sais pas. Peut-être qu'il n'est pas tombé assez de neige hier au soir pour tout effacer.

– Sûrement pas : le coin est abrité par la forêt. Bon, je te laisse ici. En rentrant de Valdome, je passerai par le chemin forestier, comme ça, si tu es encore par là, je te ramènerai.

Maréchal descendit et Michel prit la direction de la ferme des Martel. « Je ne donnerais pas ma place pour la sienne ! » pensa Maréchal qui n'éprouvait aucune honte de sa lâcheté.

Il remarqua que ce matin la maison du père Vauthier était entièrement close. « Il a encore dû partir herboriser ! » ironisa-t-il.

Après le passage du chasse-neige, la route était libre dans la direction du col. Seule la couche de la veille couvrait la chaussée, elle n'était pas épaisse. Maréchal pensa que si le matin précédent le conducteur du chasse-neige avait eu l'intelligence ou le simple courage d'enfreindre les sacro-saints ordres du chef de section, Mélanie serait encore vivante. Mais... Maréchal n'avait pas besoin qu'on lui rappelle qu'avec des « si »...

Il atteignit en vingt minutes le carrefour du chemin forestier. Comme il y parvenait, le soleil basculait au-dessus des crêtes, du côté des Cabanes de Lazerthe, allumant des feux un peu partout sur la neige. Il n'y avait aucun nuage dans le ciel. Au moment où il

entrait dans le bois, il vit la tache bleue de la camionnette de la gendarmerie qui débouchait de la départementale et remontait vers Hurlebois.

Maréchal se dissimula derrière un buisson et
l'observa, se disant que peut-être Vialat aurait changé
d'avis et viendrait faire ce qu'il lui avait conseillé la
veille. Mais cinq minutes plus tard, la camionnette
dépassa le carrefour à toute petite vitesse et remonta
vers le village. « Têtu comme un mulet, oui, pas un
âne ! » grogna Maréchal.

Dans la forêt, à cause des sapins, le soleil n'avait pas
réussi à chasser toute les ombres de la nuit. Malgré
cela les traces des allées et venues de la veille étaient
bien visibles sur le chemin. Maréchal se souvint des
hommes emportant le corps de la gamine. Ses poings
se crispèrent. Il marcha un moment et arriva à
l'endroit où le sentier passait sur un petit pont au-
dessus du Douloir. Il regarda l'eau, très claire, qui
courait sans bruit sur les galets. Elle était haute et
remuait de grandes herbes qui ressemblaient à des
serpents. Tout près du pont, un sentier commençait à
angle droit avec le chemin forestier et suivait la rive
en remontant vers Hurlebois ou, plus exactement,
pensa Maréchal, vers le lac de la retenue. A son aspect
il était évident que quelqu'un l'empruntait régulièrement. « Qui ? » se demanda Maréchal avant de se souvenir qu'à cet endroit il ne devait pas être très loin de
la maison de la Palinette. L'usager du chemin ce pouvait être elle, ou son fils. Quand ils partaient tous les
deux faire la tournée des villages avec leur fourgon-

nette d'épicerie ambulante, ils empruntaient forcément une autre voie, sans doute la petite route qui faisait le tour du lac depuis que des chalets avaient été construits sur la rive nord. Mais rien n'empêchait Jules de se servir de ce sentier, par exemple pour partir « chasser » comme disait sa mère. « Braconner, oui ! » avait affirmé un jour Michel en écartant aussitôt les bras en signe d'impuissance et en ajoutant : « D'abord, personne n'a jamais pu le prouver. Et puis, s'ils n'avaient pas ça ! Ce ne sont pas les ventes qu'elle peut faire avec son camion qui les feraient vivre. »

Maréchal se dit qu'il avait tout son temps. Pourquoi ne pas aller faire un tour par là-bas ? Il prit le sentier le long du Douloir.

Tout en marchant, il se mit à penser à la Palinette. A une époque, il avait écouté avec beaucoup d'attention les histoires qu'on racontait sur elle. Et pas seulement à Hurlebois, un peu partout dans le secteur. Il suffisait de lancer son nom et il était rare que quelqu'un ne vienne pas ajouter une pierre à l'édifice de calomnies qui dressait son monument ! Cela avait intéressé Maréchal dans la mesure où, à ce moment-là, il avait le projet d'un livre qui mettrait en scène des sorciers de la montagne. Il avait abandonné l'idée peu après, à cause d'un autre sujet, lui semblait-il vaguement. Au total il avait appris beaucoup de choses, entre autres sur la vieille femme. Avec le recul, ce dont il se rappelait le mieux, c'étaient des regards de crainte que jetaient autour d'eux en parlant la plupart de ceux qui se laissaient aller à des confidences à son égard. On se moquait, mais à distance !

Son fils lui aussi constituait une légende vivante ! Il

devait avoir dans les cinquante ans d'après ce dont se souvenait Maréchal. Une force de la nature, un type énorme, toujours par monts et par vaux, été comme hiver, le fusil à la main. Sauf quand il prenait le volant de la fourgonnette et emmenait sa mère dans les hameaux. Une fois que l'étal était ouvert, il se rasseyait à la place du conducteur et restait là, immobile, attendant qu'elle ait servi ses pratiques, de très vieilles femmes qui devaient lui demander autre chose que du camembert ou du sucre ! Personne ne s'arrêtait pour parler au fils. Cela n'avait pas l'air de l'indisposer ; il fixait l'horizon sans sourciller, des heures durant. On disait pourtant que c'était un violent. A dix-huit ans, les gendarmes étaient venus le chercher pour le conseil de révision. « Bon pour le service », évidemment ! Un costaud comme lui ! Les ennuis avaient commencé quand on avait voulu l'incorporer. Il avait tout cassé. Au point qu'au bout d'une semaine le major avait décidé de le réformer : « incompatibilité avec la vie communautaire. » C'était ce qu'il y avait de mieux à faire. Du moins Maréchal pensait ainsi. Il se dit, en se remémorant ces souvenirs, que le capitaine Chavert ne serait sûrement pas de cet avis !

Maréchal parvint dans une éclaircie de la forêt. Un peu de brume flottait encore à cet endroit. Il ne devait plus être très loin du lac et les sapins masquaient les rayons du soleil qui flambait de l'autre côté du bois. Il se rendit compte qu'il avait machinalement suivi le sentier fréquenté et qu'à présent il quittait la direction de la retenue et s'enfonçait à nouveau au milieu des arbres.

Le chemin arrivait sur la maison par l'arrière et

Maréchal l'apercevait à travers les chênes. Il ralentit son pas. Une fourgonnette était garée sous un appentis en planches de sapin bâti contre le pignon. Ainsi la Palinette était chez elle. Maréchal se demanda si Jules y était aussi. Il s'interrogea du même coup sur l'origine du surnom de la mère qu'il avait été incapable de définir autrefois. Il ne trouvait pas davantage maintenant d'étymologie plausible. Il haussa les épaules : comme si cela comptait ! Il sourit en se disant que si quelqu'un l'avait observé, on aurait dit de lui : « Il parle tout seul ! » mais c'était un comportement habituel et il le savait. Cette attitude ne lui était pas propre ! il avait trouvé un jour dans une lettre de Nietzsche cette phrase qui lui convenait : « Je marche beaucoup à travers les forêts et j'ai de remarquables entretiens avec moi-même… »

Ici, personne ne l'observait. Du moins, il pouvait le penser. Il avança vers la maison. Il avait envie de voir ce que devenait la Palinette. Il se dit que le mieux était de faire le tour et d'aller tout simplement frapper à sa porte. Il allait mettre ce projet à exécution quand un rugissement ébranla le calme des bois et un chien énorme – sans race mais énorme – bondit d'une caisse à savon remplie de paille qui lui servait de niche et fonça sur lui, les crocs découverts avec un nouveau cri qui se termina en feulement quand il se trouva étranglé par son collier de force et rejeté en arrière au bout d'une chaîne chromée à gros maillons d'au moins cinq mètres de long. Une fois rétabli sur ses pattes, il recommença ses manœuvres d'intimidation, mais avec moins de conviction, comme s'il avait deviné que

Maréchal se réjouissait de le voir réduit à l'impuissance.

Toutefois le vacarme qu'il avait déclenché eut le mérite d'entraîner la sortie de la propriétaire des lieux, une petite femme noire, maigre comme un sarment, que Maréchal reconnut comme la Palinette pour l'avoir aperçue deux ou trois fois derrière son étal ambulant dans des hameaux de la montagne. Même si ce n'avait pas été le cas, il aurait été facile de l'identifier : qui d'autre pourrait bien accepter de vivre ici, à cet âge, dans la solitude et l'ombre perpétuelle des bois ?

Quand il remarqua le sourire de la femme, Maréchal se reprocha ses préjugés. Parce que ce sourire, qui n'était probablement qu'aimable, il le trouva tout de suite sournois !

Le chien bondissait toujours en grognant et en écumant au bout de sa chaîne. Mais la Palinette siffla très doucement entre ses dentiers et il se coucha brutalement, comme paralysé, avant de battre en retraite en rampant vers sa caisse à savon.

– Il n'est pas méchant, vous savez ! dit-elle.

– Non ! Sûrement pas, mentit Maréchal. Il défend seulement sa maison...

– C'est exactement ça, acquiesça la vieille femme.

– Je me suis perdu, affirma Maréchal.

– Ça arrive de temps en temps, répondit-elle.

Maréchal comprit qu'elle n'en croyait pas un mot !

– Je voulais aller au lac, j'ai dû me tromper de route.

Elle le regarda. Elle attendait la suite.

– Je suis venu par le sentier forestier, j'habite à Hurlebois. Enfin, pas tout à fait : disons que je suis chez des amis : les Fargue, vous les connaissez sûrement.

– Bien sûr ! répondit-elle avec amabilité.

Maréchal crut rêver quand elle ajouta de sa voix de vieille dame gentille :

– Je vous connais aussi, vous êtes Franck Maréchal, l'écrivain.

Il était hors de question qu'elle connaisse ses livres : cela ne cadrait pas du tout. Mais après tout, elle avait pu apprendre à l'époque par quelque méchante langue qu'il demandait des renseignements sur elle. « Sans importance », conclut-il pour lui-même.

– Oui, c'est exact, se borna-t-il à répondre.

– Chez les Fargue, vous avez dit ? Ils ont une bien jolie petite fille.

Cette réflexion intrigua Maréchal. Il tenta le coup :

– Vous connaissiez aussi Mélanie Martel ?

– Oui, bien sûr ! Vous savez, je connais tous les enfants du pays ! Je suis la seule à vendre encore des sucres d'orge comme ceux d'avant, dit-elle en montrant sa fourgonnette. Alors, Mélanie aussi bien sûr. Pourquoi vous me demandez ça ?

Maréchal crut la déstabiliser avec la question suivante :

– Vous ne savez pas qu'elle est morte ? Elle a été assassinée hier, dans le bois, à un kilomètre d'ici.

Il en fut pour ses frais. L'émotion de la Palinette était bien visible, toutefois elle ne correspondait qu'à celle qu'on pouvait attendre d'une vieille personne apprenant qu'un enfant qu'elle connaissait bien avait été tué. Maréchal en conçut même de gros remords pour la brutalité de sa révélation.

– Excusez-moi ! Je vois que cette nouvelle vous bouleverse. J'ai manqué de tact !

– Laissez, ça m'arrive assez souvent... Je veux dire pour le tact.

Maréchal était de plus en plus gêné. Il balbutia :

– Je pensais que vous saviez...

Ce qui était dénué de sens après ses questions ! Il s'en rendit compte et préféra se taire pour éviter de s'enferrer davantage. Le visage de la Palinette reprit très vite son aspect amène habituel. « Trop vite », ne put éviter de penser Maréchal qui demanda :

– Par où dois-je passer pour rejoindre le lac ?

– Suivez-moi !

Il le fit. Elle contourna la maison et montra un chemin de terre, sommairement empierré, qui commençait après une vague clôture de roseaux délimitant un jardin potager à l'abandon situé devant la maison.

– Passez par là ! C'est le chemin que nous prenons avec le camion, dans deux cents mètres vous serez au bord du lac.

– Bien, je vous remercie. Je vous laisse maintenant... Et... excusez-moi pour tout à l'heure.

– Ce n'est rien, dit-elle avec beaucoup de gentillesse.

– Au revoir, madame.

– Au revoir, monsieur Maréchal ! Et si un jour vous voulez me poser des questions, venez me voir... n'hésitez pas.

« La garce ! Elle sait donc que j'ai pris des renseignements sur elle autrefois ! Bien fait pour toi ! » se dit Maréchal.

Il ne demanda pas son reste, fit un signe de la main et marcha d'un bon pas sur le chemin de terre.

Cinq minutes plus tard, il se trouvait devant le petit lac. Il préférait ne pas trop penser à sa récente rencontre : il valait mieux prendre du recul, cette vieille femme était déconcertante. « Plus forte qu'elle ne paraît ! » se dit-il.

Le lac, pourtant pas très étendu, occupait tout l'espace. Il était borné par la forêt du côté où se trouvait Maréchal et, sur l'autre rive, une quinzaine de chalets de vacanciers le séparaient du village sur la gauche et de la propriété des Chavert en face. Celle-ci était dominée par la maison des Fargue dont Maréchal voyait très distinctement la terrasse et la toiture d'ardoises et, plus haut encore, par des prairies à moutons qui escaladaient jusqu'aux crêtes du nord. De là où il était, Maréchal voyait aussi très bien le bas de Hurlebois et à nouveau la tache bleue de la voiture des gendarmes, immobilisée sur la place.

Il se fit la remarque que, de cet endroit, on pouvait surveiller facilement tout le village et les moindres allées et venues des uns et des autres. Un remarquable poste de guet. Cela pouvait servir à l'occasion. Cela pouvait aussi expliquer certaines choses, mais là il se reprocha d'être de nouveau victime des préjugés.

Il voulait revenir à son but initial : la maison forestière. Il pouvait rattraper la route du col, toute proche, et ensuite reprendre le chemin forestier qu'il avait quitté au petit pont sur le Douloir. Il pouvait aussi tenter de parvenir sur le lieu du drame en suivant la route qui faisait le tour du lac sur sa droite avant de rejoindre le lotissement des chalets. Ce serait bien le diable s'il n'y avait pas quelque sentier de promeneur qui rattrape le chemin forestier. Il choisit la deuxième solution et suivit la rive du lac.

Le vent s'était levé du nord et il faisait froid. Il n'y avait plus la moindre trace de brouillard et de petites vagues soulevaient les plaques de glace à la surface de l'eau.

Maréchal remonta son col. Pendant qu'il marchait, il ne pouvait se défaire d'une impression étrange : celle que quelqu'un l'accompagnait. Il s'arrêta même un instant pour regarder autour de lui. « Tu rêves ! Manquait plus que ça ! » dit-il à voix basse. Bien sûr, il était seul !

Il trouva ce qu'il cherchait, un petit sentier commençait sur sa gauche, en face d'un bosquet d'aulnes enracinés sur la berge, et s'enfonçait dans les bois. Il prenait à peu près la direction qu'il espérait. Il s'y engagea.

Son impression d'être suivi s'accentua brusquement. Il fit quelques pas tout en jetant un coup d'œil de part et d'autre du chemin. Il en était sûr à présent, il y avait quelqu'un, dans les fourrés à trente mètres de lui. Il vit se balancer une touffe de viornes aux feuilles raides et brunes. Là ! Il hésita, puis marcha d'un pas décidé vers les arbustes, déclenchant une fuite. Il courut vers l'endroit. Trop tard, l'oiseau s'était envolé. Un gros oiseau dont il vit peu de chose. Juste une silhouette déjà trop loin de lui pour qu'il pût décider même si c'était un homme ou une femme. En tout cas, c'était quelqu'un qui ne souhaitait pas qu'on le découvre. Et donc, conclusion facile : qui avait quelque chose à cacher. Se lancer à sa poursuite ? Trop d'avance ! Et puis Maréchal se doutait qu'il n'avait aucune chance de le retrouver. Le personnage se faufilait trop facilement à travers les fourrés : il devait bien connaître les lieux. Mieux que lui-même, c'était clair ! Il s'assura qu'il ne restait sur le sol aucune trace identifiable de sa fuite et, revenant sur ses pas, prit à nouveau le sentier de promeneur.

Cette histoire lui donnait à réfléchir. Qui donc pouvait avoir intérêt à le surveiller ? La réponse qui venait tout de suite à l'esprit c'était : la Palinette, mais Maréchal n'imaginait pas qu'elle puisse filer aussi vite à travers les bois. Alors qui ? Son fils Jules, bien sûr ! Même si Maréchal ne l'avait pas vu, il pouvait très bien se trouver dans la maison et l'avoir suivi jusqu'au lac puis le long de la route. Evidemment ! Et Maréchal pensa : « Justement ! C'est trop évident. » Parce qu'en fait n'importe qui, enfin n'importe qui concerné par le crime, avait pu le suivre depuis son départ de Hurlebois, il ne manquait pas de chemins pour cela.

Il traversa un bois de bouleaux de Sibérie dont les troncs servaient de hampes à de longues lanières grises d'écorce. Il y avait un peu plus de neige à cet endroit et, par plaques, on voyait qu'elle recouvrait une mousse d'un vert tendre comme de la salade. Le coin était magnifique. Maréchal connaissait mal cette partie de Hurlebois. Quand il venait, il évitait le secteur du lac, surtout en été à cause des vacanciers. Maréchal avait avec eux – à tort ou à raison – peu d'affinités. L'été dernier, depuis la route, il en avait vu un, qui faisait – ou plutôt s'escrimait piteusement à faire – de

la planche à voile sur la retenue d'eau. Une misère !
Maréchal n'était pas loin de penser que c'était celle
des temps d'aujourd'hui. Autrefois... Oui ! Mais autrefois était-ce si bien que cela ? Il faudrait demander à
des vieux. Cela aussi il l'avait fait ! Sans résultat : il
avait vite compris qu'autrefois c'était toujours mieux
parce qu'ils étaient jeunes alors... Il eut une idée sau-
grenue : il faudrait demander à la Palinette. Quel âge
lui donner ? Soixante-dix ? Quatre-vingts ? Difficile.
Elle avait dû connaître une drôle de vie ! Une vie à
en faire un roman ! Comme toujours. Comme toutes
les vies ! On le lui disait assez souvent : « Ah, vous êtes
écrivain ! Si je vous racontais ma vie ! Il y a un livre à
faire avec tout ce qui m'est arrivé ! »

Perdu dans ces considérations, Maréchal avait fait
du chemin. Il arriva à un endroit où les arbres – des
frênes à présent – entouraient une clairière dans
laquelle le sentier se perdait avant de ressortir près
d'une allée de grands pins de Douglas qui devait cor-
respondre au chemin forestier. Il se trouvait sans
doute beaucoup plus haut que l'endroit où il avait
découvert la fillette.

La neige couvrait la plus grande largeur du chemin.
Au beau milieu, il vit des traces de pneus. Une double
piste, celle d'un véhicule qui était allé dans un sens
puis était revenu. Quand ? Pas ce matin, car les traces
étaient recouvertes d'une fine couche de neige. En
dehors des pneus, il n'y avait aucune marque de pas
sur le chemin.

Maréchal le prit en marchant sur le bas-côté couvert
d'un tapis de fines aiguilles de pins. Après cent mètres
en légère montée, au bout de l'allée rectiligne de cette

portion, il vit apparaître, beaucoup plus loin, la silhouette de la maison forestière. Il allait bientôt arriver sur la gauche du pierrier où Mélanie avait été assassinée. En quelques pas, près d'un carrefour où le grand chemin forestier se croisait avec un autre qui descendait vers les Cabanes de Lazerthe et débouchait à un endroit qu'on appelait la Croix de Maurel où il était allé une fois avec Michel, il stoppa brutalement.

Ce qu'il voyait était intéressant !

Les traces de pneus s'interrompaient. Visiblement, le véhicule s'était arrêté à cet endroit, avait ensuite manœuvré en marche arrière dans le sentier de la Croix de Maurel, puis il était reparti dans la direction d'où il venait.

Deux questions vinrent immédiatement à l'esprit de Maréchal. La première : combien de temps s'était-on arrêté ? Il n'avait aucun moyen d'obtenir la réponse. La deuxième : quelqu'un était-il descendu du véhicule ? Maréchal chercha soigneusement des traces de pas. Il n'en trouva pas. Cela ne voulait rien dire : la neige ne couvrait que le milieu du chemin forestier, pas les bas-côtés. On aurait très bien pu descendre sur ceux-ci, aller et venir dans le secteur, en faisant attention à ne pas poser les pieds dans la neige. Alors : pas de traces, le tapis d'aiguilles de pins, élastique et moelleux comme une moquette, n'en retenait pas.

La troisième question trouverait plus facilement une réponse convenable : quelqu'un habitait-il au bout du chemin forestier ? Et dans l'affirmative, qui ?

Ces traces posaient un problème. Il faudrait bien le résoudre. Maréchal n'en avait pas encore les moyens. Il continua sa route, marchant toujours sur les bas-côtés. A cent mètres de là, il vit la clairière où se trouvait le pierrier.

Il passa longtemps au milieu de celui-ci, examinant chaque mètre de terrain autour des traces de sang, en prenant garde à ne rien déranger. Il parcourut tout le cercle des arbres entourant l'accumulation de cailloux qui devait provenir d'un champ qu'on avait déroché autrefois et dont il distinguait le vague contour au milieu du bois. Nulle part, il ne découvrit de branches cassées ou de buisson dérangé. Il semblait que la fillette était venue là de sa propre volonté, par un des sentiers de renard qui rejoignaient le pierrier. Après ?

« Après ? se dit Maréchal. Après, on lui a tapé sur le crâne avec un caillou ! »

Imaginer cela sur le lieu même où ça s'était produit, imaginer seulement le visage de la fillette à ce moment, cela changeait complètement les perspectives. Maréchal le savait et c'est pour ça aussi qu'il aurait voulu que Paul Vialat se trouve ici, en ce moment ! Il était injuste : l'adjudant viendrait sûrement ! Le tout étant pour lui que ça ne semble pas sur les conseils de Maréchal ! « Stupide ! grogna Maréchal. Les gens font toujours ainsi. De la fierté mal placée et on fait des conn... »

Il s'efforça de recouvrer son sang-froid, non sans se demander comment il aurait réagi dans le cas où l'assassin se serait trouvé devant lui à cet instant. Ça aussi, c'était une question difficile. Et pourtant vu de loin, on prenait de ces positions sans appel : la Justice, c'est à elle de régler ça ! La vie d'un homme ! etc. Bien sûr que c'étaient des idées qu'il partageait, et qu'à certaines époques il avait défendues de toutes ses forces, quand il croyait encore aux manifestes, aux pétitions ! Depuis...

« Tu dérailles, mon vieux ! » dit-il à haute voix pour lui-même. Il tâcha de se calmer. Il reprit son enquête au début, chercha encore une marque, une trace sur la neige, des pierres dérangées. Il ne trouva rien.

Maréchal quitta les lieux du crime. Il était dix heures. Il se rapprocha de la maison forestière, tout en cherchant consciencieusement de nouvelles traces. Mais c'était en vain et, dans la neige qui couvrait l'espace libre autour de la bâtisse de rondins, seuls étaient visibles les pas de la fillette, en dehors de ceux que lui et les autres avaient laissés la veille. Elle s'était approchée de la maison, avait peut-être essayé d'ouvrir, ou même était entrée si la porte avait déjà été forcée par un maraudeur, en tout cas ses pas étaient marqués jusqu'au seuil. Puis elle avait rebroussé chemin et avait suivi sur dix mètres la route forestière. Ensuite ses pas obliquaient brusquement vers le pierrier. Maréchal eut à cet instant la certitude que quelque chose – ou plus probablement quelqu'un – l'avait attirée par là ! Sinon, elle aurait continué à suivre la voie la plus facile. Certes, il y avait du brouillard, beaucoup de brouillard ! Malgré tout le chemin était sûrement bien visible. Et elle devait le connaître. Les enfants de Hurlebois fréquentaient forcément ces bois pendant l'été.

Maréchal commençait à ressentir la fatigue. Il marchait depuis un bon moment. Il s'assit sur le banc de rondins qui se trouvait devant le refuge et alluma une

Gauloise. Cela lui fit du bien. Le bilan n'était pas si maigre finalement ! Surtout : il y avait ces traces de pneus ! Il décida d'attendre ici Michel qui avait dit qu'il viendrait le chercher après avoir réglé l'histoire des braconniers. Ce dernier mot le fit penser à Jules. Il n'avait pas encore vu de près le fils de la Palinette. Peut-être seulement sa silhouette s'enfuyant dans les fourrés ?

Une demi-heure plus tard, la Méhari arriva.

– Ne me demande rien ! fit Michel. Ces gens me rendront fous. Et toi ? Tu as trouvé quelque chose ?

– Tu ne penses pas si bien dire ! Viens voir.

Penché sur les traces de pneus, Michel sifflota :

– Ce n'est peut-être qu'une coïncidence…

– Peut-être, en effet, concéda Maréchal. Pourtant…

Il laissa son ami suivre le même cheminement de pensée que lui : les traces de pneus dans un sens, la manœuvre, le véhicule qui rebrousse chemin…

– On ne voit aucune trace de pas, fit Michel.

– Tu as vu comment les bas-côtés sont couverts d'aiguilles. Même si quelqu'un a mis pied à terre, on ne peut pas le savoir.

– Sans doute…

– Est-ce que quelqu'un habite au bout de ce chemin ? demanda Maréchal.

– Tu veux dire… ! s'exclama Michel.

– Rien du tout ! Je t'ai juste posé une question.

– A sept kilomètres le chemin aboutit à Malemort.

– Malemort ?

– Oui, tu n'es jamais allé par là-bas. Et les gens qui

y vivent ne viennent jamais à Hurlebois. Quand ils se sont installés il y a cinq ans, ils ont eu des mots avec Chavert. Depuis on ne les a pas revus. Ils dépendent de la commune de Villefort. Ce n'est pas dans mon secteur. Ça fait une éternité que je n'y suis pas allé.

Tout cela expliquait que Maréchal, pourtant familier des lieux, n'ait jamais entendu parler de Malemort. Au demeurant, le nom lui plaisait énormément.

– Et qui sont ces gens qui habitent au bout du monde ?

– Des marginaux ! Oui... en plus ! fit Fargue en souriant. Je me demande de quoi ils vivent. Bah, probablement de la vente des fromages, ou des tissus... ou alors ils font partie d'une secte ! C'est à la mode ! Tu as remarqué ?

– Ce serait intéressant de savoir s'ils ont un véhicule...

– Ça sûrement ! Ici, tu sais bien que tout le monde a au moins une voiture.

– ... et si l'un d'entre eux est venu dans le coin dans la journée d'hier.

– Il suffit de leur demander ! dit Fargue.

– Et aussi : pourquoi, dans ce cas, il a rebroussé chemin ! Quant à leur poser la question, c'est à Vialat de le faire.

– Evidemment ! On n'est pas au cinéma ! Ce n'est pas notre boulot... Quoique..., ajouta-t-il en remontant dans la Méhari.

– Quoique ? demanda Maréchal en s'installant à côté de lui sur le siège en Skaï de la voiture.

– J'ai l'impression que cela te plairait bien d'y aller

toi-même. Il me semble que tu prends goût à ce travail de flic !

– Tu veux à tout prix me fâcher définitivement avec le père de Laetitia ? Mais sois sans inquiétude, quand on va lui raconter ça, il va tout de suite mordre à l'hameçon. Et là, tu verras comme il travaille bien !

Ils retrouvèrent Paul Vialat, « flanqué de son fidèle lieutenant », comme dit Maréchal en les voyant sur la place, assis à l'intérieur de leur camionnette et occupés à rédiger des rapports.

– Il vaut mieux que ce soit toi qui parles, avait dit Maréchal.

– Hercule Poirot est prêt à abandonner la paternité de sa découverte pour la paix des ménages, ironisa gentiment Michel. Mais tu as raison : j'ai plus de chances que toi de le traîner là-bas.

Maréchal avait deux fois raison : l'adjudant mordit à l'hameçon ; mieux même : il l'avala tout entier.

Ils se rendirent sur les lieux dans la camionnette bleue. Maréchal, qui montait là-dedans pour la première fois, la trouva plus confortable que les fourgons de flics qui l'avaient ramassé en 68 du côté du boulevard Saint-Michel. Pourtant, l'odeur était presque la même.

Quand Fargue eut montré à Paul Vialat « ce que *nous* avons découvert ... », l'adjudant posa presque exactement la même question que Maréchal :

– Où mène le chemin ?

– A Malemort, répondit Fargue.

– Chez les dingues ? s'écria Montagné qui prenait

la parole pour la première fois depuis qu'ils avaient quitté Hurlebois.

– Les dingues ? demanda Maréchal.

– Enfin, tous le monde les appelle comme ça à Valdome ! Je sais pas moi…, finit un peu piteusement le gendarme Montagné en regardant son chef comme s'il craignait d'avoir dit une idiotie.

« Il ne sait pas ! pensa Maréchal. Il ne doit pas savoir grand-chose ! »

– Ce sont des marginaux, dit Paul Vialat. Ils sont installés là-bas depuis cinq ans. Trois couples. A ce qu'ils disent, ils font de l'agriculture biologique.

– Vous avez eu des problèmes avec eux ? demanda Michel.

– Pas vraiment… Seulement des histoires avec les voisins à cause des pâturages des chèvres. Et puis, des marginaux : vous vous doutez de ce que les gens de Valdome peuvent imaginer. Maintenant, pourquoi ils les appellent « les dingues », je l'ignore.

– Chef ! Vous oubliez le dossier !

Paul Vialat foudroya son équipier du regard. Maréchal sauta sur l'occasion :

– Un dossier ? A leur sujet ?

– Ce sont des affaires de service, confidentielles ! dit l'adjudant. (Il comprit qu'il était trop tard et concéda :) Au point où on en est ! Et puis, vous finirez par le savoir. Il y a trois ans on a eu un avis, des RG peut-être, il était question d'un de ces loustics. Un Allemand, un nommé Franz Herbar. Une histoire de mœurs à Paris, on n'a pas vraiment su quoi… Faut dire que ça se passait en été et avec les problèmes des vacanciers… Pas le temps.

102

Maréchal connaissait bien Vialat ! Il comprit qu'au même moment l'adjudant devait se reprocher cette négligence de l'époque. Cela l'étonnait. Le père de Laetitia avait des tas de défauts mais pas dans son travail.

– Dites-moi, Fargue, demanda Vialat en regardant soigneusement les traces pour la dixième fois, est-ce qu'à votre avis quelqu'un d'autre que les gens de Malemort a pu emprunter cette route dans la journée d'hier ?

– Pourquoi hier ? demanda Montagné.

Personne ne prit la peine de lui répondre.

– Non, dit Michel. Le chemin forestier finit en cul-de-sac à l'arrière de Malemort. Il n'y a pas d'autre route qui le rejoigne, enfin pas une route sur laquelle on puisse passer en voiture. Et comme les traces viennent de là-bas, c'est sûrement quelqu'un de chez eux qui est venu.

– Donc…, commença Vialat.

Maréchal pensa : « Ça y est, la machine est lancée ! Il commence à avoir son idée, et il ne la lâchera pas comme ça ! » Il connaissait la façon dont, son opinion une fois faite, le père de Laetitia avait de la peine à l'abandonner, ou même seulement à la mettre en question. Lui, Maréchal, trouvait la mariée trop belle ! Il s'en voulait presque de son enquête de ce matin. Cela aussi c'était un défaut : l'excès de scrupules !

– Vous croyez qu'on peut aller à Malemort maintenant, avec la camionnette ? demanda Paul Vialat à Michel.

– Je pense que oui. Le chemin forestier est presque tout le temps au milieu du bois, même hier il n'a pas dû y tomber plus de neige qu'ici. On peut toujours essayer.

– Bien ! Je crois qu'on va leur rendre une petite visite !

Au moment de remonter sur son siège, il demanda :

– Vous venez avec nous, Maréchal ?

« Manquerait plus que je doive rentrer à pied ! » pensa celui-ci, qui ne répondit pas et monta à son tour dans le fourgon.

7

Malemort ! L'endroit portait bien son nom. Pour y parvenir ils avaient roulé sur sept kilomètres. Après les trois premiers, le chemin était moins bien entretenu et peu à peu se noyait dans des couverts de coupes abandonnées.

– On n'est plus dans le domaine public, avait remarqué Fargue comme pour éviter qu'on ne mette ce laisser-aller sur le compte de ses services. Ces bois appartiennent à des gens de Valdome, mais il y a longtemps qu'on ne les exploite plus. Trop loin de tout...

Sur les deux derniers kilomètres, le chemin s'enfonçait carrément dans une combe noyée dans l'ombre. Au plus profond, Montagné alluma même ses codes tant on y voyait peu. Puis ils remontèrent assez brusquement au milieu de quelques bouleaux et de vastes bosquets d'érables. Maréchal pensa à ceux qui l'avaient amené à Hurlebois l'avant-veille ! Les spécimens qu'il avait sous les yeux ne lui apportaient qu'une maigre consolation. Certes leurs couleurs étaient magnifiques, mais ils poussaient au milieu d'une telle anarchie végétale que les troncs tordus avaient toutes les peines du monde à se frayer un chemin jusqu'à la lumière. Il en restait une impression de taches sanglantes plutôt que le spectacle qu'il avait rêvé de partager avec Laetitia au col du Minier !

Au sommet de la côte, le chemin déboucha sur un plateau. Là, il y avait pas mal de neige et les gendarmes préférèrent garer la camionnette et continuer à pied. Ils se trouvaient à deux cents mètres au plus de l'arrière des maisons de Malemort.

– On aurait pu aller là-bas avec la voiture, fit Maréchal. Le gars est bien passé ici hier, lui.

Il montrait les traces de pneus qu'ils avaient suivies depuis le début. Elles étaient beaucoup plus marquées et se dirigeaient vers la ferme.

Sur le plateau, le vent s'était levé et soufflait en rafales, raclant la dernière neige pas encore fixée. Il emporta loin de Maréchal les explications de Montagné au sujet des précautions qu'ils étaient tenus de prendre vis-à-vis des véhicules de l'administration.

– Drôle d'endroit, fit Michel en remontant le col de son blouson fourré.

– Ouais ! acquiesça l'adjudant, un vrai repaire !

« Trotte, trotte, la petite idée », pensa Maréchal. Mais son ami avait raison.

Ils approchaient des bâtiments. Cinq ou six bâtisses en pierre dont seulement trois avaient des toitures correctes. Les autres avaient été plus ou moins réparées avec de la tôle. La dernière s'était carrément enfoncée entre les murs laissant juste dépasser quelque moignons de lambourdes qui finissaient de pourrir dans les intempéries.

Les traces de pneus conduisaient, à travers une prairie jaunâtre abritée de la neige sur plusieurs mètres par un haut mur de pierre, jusqu'à un appentis où était garé un quatre-quatre, une Lada 1500, grise, en très mauvais état.

Paul Vialat alla jeter un coup d'œil à l'intérieur. Sans succès, visiblement, car il revint vers les autres.

– Il faudra lui appliquer les méthodes scientifiques que préconise notre ami Maréchal.

Celui-ci se contenta de sourire. Ainsi ça y était, l'idée avait fait son chemin : Paul Vialat tenait les coupables. Aussitôt, Maréchal se reprocha cette réflexion : il n'avait aucune certitude sur ce que pensait vraiment le père de Laetitia : seulement une intuition ! Cela suffisait-il ?

De part et d'autre de l'appentis commençaient des jardins potagers plus ou moins bien entretenus qui s'étendaient sur une vaste surface et revenaient autour des bâtiments, vers l'avant de Malemort. En dehors des rafales du vent qui feulait entre les piquets à toma-tes et les clôtures à lapins, on n'entendait aucun bruit.

Il était probable que personne n'avait détecté leur approche depuis la ferme. Les murs de l'arrière, tour-nés vers le nord, étaient pratiquement dépourvus d'ouvertures en dehors des portes des étables, closes apparemment.

Vialat passa devant et s'avança sur le chemin qui traversait les potagers et faisait le tour de la ferme. Michel Fargue et Maréchal laissèrent aussi filer Mon-tagné qui soufflait comme un phoque : ils n'avaient, eux, aucun titre à faire valoir pour entrer ainsi chez ces gens. Même s'ils mouraient d'envie de connaître la suite. Maréchal se dit que, à voir l'air décidé de Paul Vialat, elle ne faisait guère de doutes.

Ils débouchèrent sur une vaste cour grise dont le centre était occupé par une grande mare à l'eau noirâtre sur les bords de laquelle pataugeaient quelques canards.

Les bâtiments étaient disposés en fer à cheval autour de la mare. Ils étaient habités, du moins ceux aux toitures en état : des rideaux pendaient aux fenêtres et des pots de fleurs contenaient des géraniums recroquevillés par le gel. Sur la façade, des fils de fer soutenaient une longue treille et, tout à côté, un rosier grimpant escaladait le mur mal jointoyé jusqu'aux volets du premier étage. C'est en le suivant du regard que Maréchal remarqua un mouvement derrière une des vitres. Une des étables était ouverte et servait de préau à trois enfants âgés d'une dizaine d'années et d'une saleté repoussante. La petite fille surtout : elle avait les jambes couvertes de boue noire, la robe rapiécée, et des traces sombres sur le visage qui dépareillaient complètement l'effet de ses très beaux cheveux blonds. Les deux garçons ne valaient guère mieux. « Mais cela ne veut rien dire ! » pensa Maréchal. La présence de ces enfants, même dans l'état où ils apparaissaient, était un gros handicap pour la thèse qu'avait sûrement enfourchée Paul Vialat. Maréchal le regarda mais, à lui voir le front têtu et le regard décidé, il comprit que cette contradiction n'avait pas encore fait son chemin chez lui.

– Ils ont des enfants, risqua-t-il tout de même à son adresse.

– Et alors ? Qu'est-ce que ça prouve ?

– Rien, justement…, répliqua Maréchal.

Mais déjà Vialat cognait fermement aux carreaux de la porte d'entrée.

Un long moment passa et Vialat récidiva.

– Voilà, voilà ! fit une voix féminine.

La porte paraissait difficile à ouvrir. La femme dut la soulever un peu pour y parvenir.

– C'est la neige qui a fait gonfler le bois, expliqua-t-elle.

C'était une fille splendide. Grande, dans les vingt-huit, trente ans, avec des cheveux blonds comme ceux de la petite mais si longs qu'ils descendaient jusqu'à sa taille. Sa silhouette était élancée. Mais surtout elle avait un très beau visage, allongé, un peu arrondi au joues, avec de grands yeux verts.

Vialat lui même paraissait sous le charme. Il ne disait rien. Ce fut elle qui demanda :

– Qu'est-ce que vous voulez ?

Maréchal pensa que là était le défaut : sa voix était vulgaire, traînante. « Dommage ! » se dit-il.

L'adjudant revint sur terre :

– C'est bien à vous la voiture qui est garée derrière ?

– La Lada ? demanda-t-elle.

– Pourquoi ? Vous en avez d'autres ?

– Oui, il y a aussi la 309 de Luc et la R5 de Fernande.

– Ben, vous manquez pas de voitures, vous autres ! s'exclama Montagné.

– Vous avez vu où on habite ? répliqua la jeune femme.

A ce moment, en regardant la cour, Maréchal remarqua qu'un couple venait de sortir d'un des autres bâtiments et se dirigeait vers eux. Une femme plus âgée que celle qui avait ouvert la porte, en jupe longue et avec un ciré sur les épaules, et un homme portant des bottes de caoutchouc et vêtu d'une veste en peau de mouton.

La jeune femme ne leur avait pas proposé d'entrer. Ils se trouvaient sur le pas de la porte. Les nouveaux arrivants demandèrent à la blonde :

– Qu'est-ce qui se passe ?

– J'en sais rien, répliqua-t-elle. Ils ont l'air de penser qu'on est trop riches. C'est peut-être pour les impôts ? gloussa-t-elle.

L'homme rit sans conviction et, habitué probablement à éviter les complications, il entraîna sa compagne à l'intérieur. Celui-ci était fort sombre et il était impossible de savoir si quelqu'un d'autre s'y trouvait.

Maréchal alluma une Gauloise. Il constata que les gosses, qui avaient un moment abandonné les bouts de bois avec lesquels ils jouaient, étaient retournés à leur occupation sans plus marquer d'intérêt pour les visiteurs.

Visiblement, Paul Vialat n'avait pas apprécié les remarques de la jeune femme. Il demanda sèchement :

– Et la Lada, à qui elle est ?

– A tout le monde ! Comme tout ce qui est ici ! Le quatre-quatre surtout. On s'en sert pour vendre nos produits.

– Mais hier ! Qui est-ce qui l'a pris ?

Elle parut faire un effort de mémoire qui lui coûtait énormément.

– Hier ?

Elle hésita, réfléchit encore et finit par lâcher :

– Franz, il me semble.

– Et qui est Franz ?

110

– Mon mari... enfin... mon compagnon.

– Et où il est, Franz ? insista Vialat. Franz comment, d'ailleurs ?

– Herbar. Franz Herbar, dit-elle fièrement comme si tout le monde le connaissait.

– Alors, où est-il ?

La jeune femme hésita :

– Il est... parti. Oui, c'est ça, il est parti !

– Ecoutez, vous feriez mieux de me le dire tout de suite, sans que j'aie besoin de le chercher.

Maréchal écrasa sa Gauloise à moitié fumée contre le mur et dit tranquillement :

– C'est peut-être lui qui file là-bas en ce moment !

Un homme venait de sauter par-dessus un muret de pierre et s'enfuyait à travers les carrés de choux biologiques.

Longtemps encore Maréchal et Michel Fargue se rappelleraient avec quelle vélocité les deux gendarmes se lancèrent à la poursuite de Franz Herbar. Cinq minutes plus tard, ils le ramenaient, convenablement menotté. L'homme, un grand type blond d'une quarantaine d'années, les suivait de mauvais gré, en traînant les bottes dans la boue de la cour. A l'évidence, il avait roulé sa bosse et avait lui aussi l'habitude des complications. Maréchal lui trouva pourtant un visage plutôt sympathique malgré ses nombreuses cicatrices et son nez de boxeur. Ce n'était, à l'évidence, pas le cas de Paul Vialat qui le poussa à l'intérieur de la maison en disant :

– Maintenant, on va s'expliquer.

Ils se trouvaient dans une cuisine, une de ces cuisines des vieilles maisons cévenoles d'autrefois, avec le jour chiche de sa fenêtre étroite et sa cheminée dans laquelle on avait poussé une cuisinière à bois qui fumait un peu et sur laquelle était posée une grande casserole de soupe de légumes.

Une table en noyer, magnifique mais très sale, six chaises et un vaisselier surchargé complétaient le mobilier. Le carrelage était noir de crasse, tout comme les angles des murs où pourrissaient des épluchures. Maréchal s'installa contre la fenêtre, persuadé qu'ils en avaient pour un moment. Il contempla les calendriers des Postes pendus à un clou et entassés les uns sur les autres par les précédents propriétaires. Malemort avait dû être une belle ferme autrefois, mais aujourd'hui les huches étaient vides et les crochets à jambon des lambourdes ne soutenaient plus rien. Près de la fenêtre, était aussi fixée une étagère avec une dizaine de livres dont Maréchal déchiffra les titres.

– Qu'est-ce que vous lui voulez ? cria la jeune femme en voyant que Vialat et Montagné faisaient asseoir Franz Herbar sur une chaise sans ménagement.

L'Allemand ne disait rien. Il regardait fixement le mur en face de lui. Un léger sourire flottait sur ses lèvres. Maréchal pensa : « Il a vraiment une sale gueule ! Ça ne va pas l'aider. »

– Nous voulons savoir deux choses, dit Paul Vialat posément. La première, c'est pourquoi tu viens de tenter de t'enfuir à l'instant ?

Herbar haussa les épaules.

– Chaque fois qu'il y a un problème c'est sur lui que

ça retombe, cria la femme. Alors, maintenant, il file quand il voit les flics.

– Les gendarmes, rectifia Vialat avec l'approbation de Montagné qui hochait la tête.

– Pour lui c'est pareil ! dit la jeune femme.

– Admettons cela pour le moment, concéda Vialat. Maintenant voici la deuxième question : est-ce que, hier matin, tu as pris la Lada ?

Herbar hésita. Il finit par lâcher, regardant toujours le mur d'en face :

– *Ja...* Oui.

– Et tu es allé où ?

– Je voulais me rendre à Chaint-Donnat. On avait des tas de choses à liquider et là-bas il y a un marché le lundi.

Il avait un accent rauque et traînait un peu sur chaque mot, comme s'il les cherchait.

– Et tu y es allé à Saint-Donnat ?

– Pas pu ! Trop de neiche !

– Qu'est-ce que tu as fait alors ?

– Revenu en arrière, dans la forêt. Che suis rentré ici.

– C'est tout ? insinua Vialat.

– Oui !

– Tu es sûr ?

– Puisqu'il vous le dit ! glapit la jeune femme.

– Oh vous ! lança Vialat. On ne vous a rien demandé. Ne vous impatientez pas. Ça viendra !

Il souffla et reprit :

– Bon, résumons. Tu es parti pour Saint-Donnat. Ah, au fait : à quelle heure ?

– Ch'sais pas ! Sept, huit heures...

– Tu as roulé dans la forêt et, à cause de la neige, tu as rebroussé chemin. Où ça ?

– Ch'sais pas ! dans la forêt ! Près d'un chemin.

– Et ensuite, tu es rentré à Malemort. Vers quelle heure ?

– Ch'sais pas ! Neuf, neuf et demie ?

– Décidément, constata Vialat, tu sais pas grand-chose ! Et dans les bois, tu n'as rien vu ?

– Qu'est-che que vous voulez que che voie ?

– Tu n'as pas rencontré une fillette ?

– A chette heure ? Dans les bois ?

Cette idée eut l'air de le mettre en joie. Il souriait maintenant franchement. Il avait dû penser qu'on lui courait après pour quelque histoire commerciale. Là, il ne se sentait plus concerné.

– Pourquoi une fillette ? demanda la jeune femme.

Paul Vialat résuma à grands traits ce qui s'était passé la veille. Franz Herbar ne souriait plus du tout. Il était assez malin pour se rendre compte qu'il allait se retrouver dans un sacré pétrin. D'autant que Vialat lui demanda :

– Tu as bien eu des ennuis à Paris, autrefois ?

– Ch'était pas moi ! Un copain !

– Bon, on verra ça ! Et maintenant que tu as retrouvé la parole, tu ne voudrais pas nous dire pourquoi tu as filé à toutes jambes en nous voyant ?

Maréchal intervint :

– Si vous permettez adjudant ?

Vialat acquiesça à regret.

– L'herbe vous la faites pousser ici ?

Herbar le fixa méchamment. « Touché », pensa Maréchal qui poursuivit :

114

– A mon avis, si Montagné allait regarder du côté du hangar d'où celui-ci est sorti, ou peut-être le long du muret, vous auriez probablement la réponse à votre question.

Montagné était déjà debout mais il attendait les ordres de son chef. Celui-ci balançait. Finalement il se décida :

– Allez-y Montagné. Je vois que notre ami a des idées. Et d'où vous viennent-elles Maréchal ?

– Jetez un coup d'œil sur ces bouquins, adjudant. Une littérature édifiante.

Paul Vialat s'approcha et, tout en examinant le dos des livres, il lut lentement les titres et finit par reconnaître :

– Vous avez peut-être raison.

Maréchal avait raison. Montagné revint avec deux gros paquets enveloppés dans du plastique.

– Ma main à couper que c'est du cannabis, dit Maréchal. Quand on a ces lectures...

Franz Herbar lui en voulait maintenant beaucoup. Maréchal pensa qu'il y avait un peu d'ironie dans tout ça. C'était lui, l'ancien soixante-huitard, qui prêtait la main aux forces de l'ordre dans une affaire de drogue ! Mais depuis, l'eau avait coulé sous les ponts. Et il y avait eu son amie Lydie qu'on avait retrouvée morte, une overdose, dans un trou à rats, à Lyon. Elle aussi, elle avait « touché » le chanvre au début, pour voir !

– Exact, Maréchal ! fit Vialat en ouvrant un des paquets. Vous aviez raison.

Il réfléchit puis se tourna vers Herbar.

– Tu peux nous expliquer ?

L'Allemand ricana et cracha aux pieds de l'adjudant.

– Comme tu voudras, dit ce dernier tranquillement. Ces deux paquets suffisent pour qu'on t'embarque !

– Franz ! cria la femme. Qu'est-ce qu'on va devenir ?

– Chois tranquille. Demain che suis là !

Elle se calma. Elle devait avoir une très grande confiance en lui. Maréchal regarda par la fenêtre. Les gosses avaient disparu. Michel, qui n'était pas entré avec eux dans la maison, était accroupi devant la mare. « Il a l'air bien soucieux », pensa Maréchal.

– Avant d'emmener ce type, on va visiter les lieux, dit Vialat.

Poussant Herbar devant eux et suivis par la jeune femme, les deux gendarmes quittèrent la cuisine et montèrent l'escalier vers le premier étage. Maréchal les suivit. Ils visitèrent l'une après l'autre chaque pièce. Montagné ouvrit les armoires, souleva des tas de linge, inspecta les étagères, sans rien trouver de particulier. La seule chose notable était la saleté repoussante qui régnait partout.

Ils gagnèrent les pièces de l'arrière, au rez-de-chaussée. Dans l'une d'elles, plus grande que les autres, ils trouvèrent les deux personnages qui étaient apparus au début. Ils étaient en train de retourner des fromages jaunes sur des claies en châtaignier d'une propreté douteuse. Derrière la cloison de bois qui séparait la fromagerie de l'étable, on entendait les chèvres. La femme resta le nez plongé sur les claies. L'homme regarda le menottes aux poignets de Franz Herbar et siffla entre ses dents gâtées.

– C'est grave ? lui demanda-t-il.

L'autre haussa les épaules.

– Avec eux, on chait pas !

– Vous, dit Paul Vialat aux deux autres, vous ne bougez pas d'ici. Mon collègue va relever vos identités. Mais pas question de quitter Malemort. Compris ?

– Où voulez-vous qu'on aille ? demanda l'homme. Et puis, on n'a rien fait !

– Ça, on verra ! fit Vialat.

Montagné resta en arrière et Maréchal l'entendit poser des questions aux deux fromagers. Vialat poussant Herbar et toujours suivi de la jeune femme revint vers la cuisine et attendit que son collègue en ait terminé.

Maréchal en avait assez. De plus, il commençait à être indisposé par l'odeur de rance qui se dégageait de la maison tout entière et dont il eut l'impression qu'elle avait imprégné ses propres vêtements. Il sortit dans la cour et respira un grand coup. Il se demandait ce qu'il faisait ici, dans ce bourbier. Il était persuadé, sans aucune vraie raison à avancer pour expliquer cette idée, que Franz Herbar n'était pas dans le coup pour Mélanie Martel. Ce n'était, une fois encore, qu'une intuition. Mais c'était sa façon à lui de penser, « et même de vivre », se rappela-t-il en souriant. Si l'Allemand traficotait dans le cannabis, il n'avait pas une tête – « ni des lectures ! » reconnut Maréchal – à assassiner avec une sauvagerie de dément une fillette dans les forêts de Hurlebois. Qu'il ait vu quelque chose ou quelqu'un, ça, c'était parfaitement possible. Maréchal était pourtant persuadé qu'il n'en dirait jamais rien. Ce n'était pas l'avis de Paul Vialat qui ressortait, avec Franz Herbar et la jeune femme tou-

jours sur leurs talons, suivi de son collègue et s'engouf-
frait dans le deuxième bâtiment.

Michel était toujours accroupi au bord de la mare.
Maréchal s'approcha de son ami.

– Tu as des soucis ? demanda-t-il.

– Non ! Pourquoi ? répondit trop vite Fargue.

– Pour rien, dit Maréchal. Je croyais.

– Où ça en est ?

– Vialat tient son coupable !

– Il a avoué ?

Maréchal rit.

– Non, bien sûr ! Mais notre ami n'a pas besoin de
ça ! Du moins pas encore…

– Tu crois que c'est lui ?

– Non. Et toi ?

– J'en sais rien. C'est bien lui qui est allé jusque
là-bas avec le quatre-quatre ?

– Oui. Mais ça ne veut pas dire que ce soit lui l'assassin. Il prétend qu'il allait à une foire à Saint-Donnat.

– En effet le lundi, c'est le marché là-bas. Pour le
reste…

– On verra. Ou plutôt, corrigea-t-il, Vialat verra !

– Tiens, les voilà qui reviennent, fit Michel en se
levant.

– C'était encore plus sale dans la deuxième maison !
s'exclama Montagné en approchant. Il y en avait deux
qui dormaient sur des paillasses, avec un gosse. On a
eu de la peine à les réveiller. Vous ne trouvez pas qu'il
y avait une drôle d'odeur là-bas ? demanda-t-il à son
chef.

Paul Vialat haussa les épaules. Il fit avancer Franz Herbar et se dirigea aussitôt vers les potagers, à l'arrière de la maison. Il jeta par-dessus son épaule :

– Montagné ! Allez voir s'il n'y a rien dans les autres bâtiments. Moi, je conduis ce type à la camionnette.

Il s'aperçut alors que la blonde suivait toujours.

– Vous, restez ici ! Estimez-vous heureuse que je ne vous embarque pas.

– Franz ! cria la jeune femme, désespérée.

L'Allemand fit un pas vers elle, tendit les mains et lui caressa la joue.

– Che t'ai dit que che reviens ! Bientôt.

Ces quelques mots parurent la calmer. Elle sourit et resta sur place quand Vialat entraîna Franz Herbar. Maréchal et Michel leur emboîtèrent le pas.

Ils attendirent un quart d'heure dans la camionnette le retour de Montagné. Celui-ci portait un paquet de plus.

– J'ai trouvé ça dans la paille, triompha-t-il en montant dans la voiture de gendarmerie.

– Ça en fait pas mal, constata Maréchal.

Il constata aussi le regard peu amène que lui lançait Paul Vialat dans son rétroviseur pendant qu'il démarrait. Il était assis à côté de Herbar et il fut heureux de pouvoir entrouvrir la vitre coulissante pour laisser pénétrer l'air frais qui l'aida à supporter le fumet de sauvagine dégagé par l'Allemand.

Montagné avait calé à ses pieds les paquets de cannabis et il joua avec la radio.

– Ça crachote depuis ce matin, remarqua-t-il.

Tout au long du trajet de retour de Malemort jus-

119

qu'à Hurlebois, le haut-parleur de la VHF crépita régulièrement.

– On dirait qu'on cherche à nous appeler ! remarqua encore Montagné alors qu'ils se rapprochaient de la maison forestière.

« Zone de silence radio ! » pensa Maréchal rempli d'aise.

Quand ils arrivèrent sur la place de Hurlebois, Maréchal et Michel descendirent en même temps que l'adjudant. Montagné et Herbar restèrent dans la camionnette.

– Il faut que j'aille dire aux Martel qu'on fera cet après-midi l'autopsie de la petite, dit Vialat.

Il regarda Fargue, un peu gêné, et ajouta :

– Ça vous ennuie de m'accompagner ?

Michel haussa les épaules et le suivit.

Maréchal attendit son retour. Il regarda autour de lui. Il n'y avait personne sur la place. Il constata de nouveau que les volets du père Vauthier étaient clos. « Bizarre », pensa-t-il. Si Montagné avait été seul dans la voiture, il en aurait profité pour lui demander ce que l'herboriste avait donné la veille comme emploi du temps. Avec l'Allemand dans la camionnette, ce n'était pas le moment.

Maréchal s'assit sur la margelle en pierre de la fontaine. L'eau coulait à peine du canon, quelques gouttes le long d'une chandelle de glace. Et encore ce n'était dû qu'au soleil qui brillait sur Hurlebois depuis le matin. Vers l'ouest le ciel était menaçant. De nouvelles chutes de neige dans la soirée, c'était bien possible.

Il se dit que ce qu'il avait de mieux à faire ce serait d'aller chercher Laetitia, d'essayer de faire démarrer la 4L et de rentrer à La Grézade. Il commençait à être un peu las de cette affaire. D'ailleurs, personne ne lui avait rien demandé. L'adjudant Vialat se croyait capable de la résoudre. Et, peut-être, l'était-il ! Bien sûr il restait le souvenir du spectacle de Mélanie Martel dans cette forêt, la tête fracassée par un fou. Car c'était un fou ! Maréchal le pensait et, surtout, il ne pouvait imaginer aucun être doué de sens qui ait des motifs suffisants pour commettre un tel crime. Encore une fois, cela ne le regardait en aucune manière. Cela concernait uniquement les gendarmes ou plutôt, à son avis, la police judiciaire. Quand il aurait suffisamment pataugé, Vialat appellerait à l'aide, quoi qu'il lui en coûte.

Michel Fargue, les traits crispés et suivi de l'adjudant, sortit de la maison des Martel.

A cet instant, Montagné bondit de la camionnette et courut vers son supérieur.

– Chef ! chef ! On a tué un autre gosse !

Vialat accourut.

– Qu'est-ce que vous racontez ? Et le prisonnier ?

– Il est dans la voiture !

– Heureusement, fit Vialat. Bon, calmez-vous ! Qu'est-ce qui se passe ?

– C'est la radio ! Les collègues essaient de nous

appeler depuis ce matin. On a trouvé un autre mort, un enfant aussi, dans les bois de Puyvalade !

– C'est tout ce qu'ils ont dit ? demanda Paul Vialat.

– Oui… et qu'on y aille ! Vite, même !

Comme son chef remontait dans le véhicule, Maréchal entendit Montagné :

– Ah ! ils ont dit « aussi » une fillette ! Et dites, chef, pour la radio, je vous l'avais bien dit qu'on essayait de nous appeler !

L'adjudant remarqua que Maréchal écoutait, il lui lança :

– On vous tiendra au courant…

« Il a l'air de parler sérieusement », pensa Maréchal.

– Allez, Montagné ! Venez : on file à Puyvalade.

8

Le soir même, Maréchal rentra à La Grézade.

Laetitia avait paru surprise quand il lui avait annoncé sa décision.

– Je croyais que tu voulais rester ici encore un jour ou deux !

– Oui, c'est ce que je pensais... ce matin. Si tu veux bien...

– Aucun problème ! dit la jeune femme en lui prenant la main. Tu as l'air soucieux. A quoi penses-tu ?

– A rien du tout, je te promets. En fait, ce matin je me suis mêlé de ce qui ne me regardait pas. Ce n'est pas mon boulot.

– Non, bien sûr. Mais je croyais que ça t'intéressait... Je ne sais pas moi, pour tes livres ?

– Justement ! Trop, vois-tu, ça m'intéresse trop ! C'est ça qui m'inquiète. Cela m'est déjà arrivé de me trouver par hasard sur le lieu d'autres crimes. Pas des affaires comme celle-là, non, pourtant des crimes !

– Ah bon !

– Oui, deux fois. Alors, je n'ai aucune envie que ça

recommence... Je prends les choses trop à cœur à chaque fois. C'est mon défaut !

– Ça je le sais ! Et je ne m'en plains pas, dit-elle en l'embrassant.

– Et puis j'ai du travail à La Valette. Alors, si tu veux bien, on rentre !

– D'accord. Mais je vais regretter de quitter Solange aussi vite. On est devenues amies. J'espère que nous reviendrons.

– Bien sûr. Quand tout ça sera fini.

Maréchal avait été contrarié de ne pouvoir dire au revoir à Michel qui avait filé avec la Méhari à Puyvalade peu après les gendarmes. « Pour voir », avait-il dit. Il chargea Solange de lui expliquer à son retour qu'il leur fallait rentrer plus tôt que prévu à cause d'une répétition à Montpellier – pieux mensonge et demi-mensonge : Laetitia devait en effet se rendre en ville trois jours plus tard. La jeune femme regretta leur départ et fit promettre à Laetitia de revenir. Quand ils quittèrent Hurlebois, Maréchal pensa qu'il avait bien fait de dire à Solange de surveiller Sarah de près : il était toujours absolument certain que l'assassin ne se trouvait pas dans la camionnette de la gendarmerie !

Ils arrivèrent à La Grézade en fin d'après-midi. Pendant presque toute la descente depuis Hurlebois, ils avaient roulé entre de grosses quantités de neige accumulées sur les bas-côtés. Mais dans la vallée il n'avait pas neigé et cela faisait un contraste saisissant avec ce

qu'ils avaient connu pendant deux jours. A La Grézade, il régnait même encore un petit air d'automne
quand la 4L – qui n'avait finalement fait aucune difficulté pour repartir – se gara devant la maison
d'Adèle Campagnac où Maréchal déposa Laetitia.

– Tu es sûr que tu ne souhaites pas qu'on se voie ce
soir ? demanda la jeune femme.

– Non. Ne m'en veux pas ! Je suis crevé. Toutes ces
marches dans la neige ! Je n'ai plus vingt ans, ajouta-t-il
sur le ton de la plaisanterie.

– Je vais finir par le croire ! répondit-elle en éclatant
de rire.

Puis elle l'embrassa et entra chez sa tante.

Une fois arrivé à La Valette, Maréchal prit une dou-
che. Puis il posa un CD sur son lecteur et s'installa
dans un fauteuil devant la fenêtre de son bureau par
laquelle on voyait la masse des Cévennes se découper,
encore plus sombre, sur la nuit qui tombait. Le paquet
de Gauloises à portée de main, il écouta des sonates
de Mozart.

La nuit était venue tout à fait, le disque fini depuis
longtemps et il ne restait plus qu'une cigarette dans
le paquet.

Maréchal avait beaucoup réfléchi. Et l'unique objet
de ses réflexions n'était pas, comme cela aurait dû, le
manuscrit en souffrance qui l'attendait sur son
bureau. Il avait seulement pensé aux événements de
Hurlebois ! Et, surtout, il avait cherché en vain une
réponse à une question lancinante : avait-il eu raison
de quitter le hameau ? Paul Vialat était sûr de tenir le

coupable. Mais lui, Maréchal, était sûr du contraire et une forte intuition lui soufflait qu'il avait raison. Donc, le fou était en liberté, là-haut ! Peut-être en train de rôder dans la neige comme l'autre nuit et à guetter une nouvelle proie.

« Mais bon sang, qu'est-ce que tu peux y faire ? » dit-il tout haut. Il ne pouvait tout de même pas veiller sur la vie de tous les enfants de la montagne. C'était idiot ! En plus il n'avait aucune idée précise. A peine quelques soupçons mal étayés sur un retraité paisible qui herborisait dans les prairies et dont le seul tort avait été de regarder avec trop d'insistance la fille que Maréchal aimait. « Et son regard sur les enfants ? » se demanda-t-il, tout en concédant l'instant d'après : « Je ne suis même plus sûr de n'avoir pas imaginé tout ça ! »

Il arpenta un moment son bureau, feuilleta son manuscrit, haussa les épaules. Parce que la nuit était très claire et remplie d'étoiles, il tira le rideau en cretonne de sa fenêtre pour ne plus voir la silhouette des Cévennes se découper sur le ciel comme un reproche d'avoir rejoint la vallée.

Il prit la dernière Gauloise. « Zut, fit-il. C'était le dernier paquet de la cartouche. J'ai encore le temps d'aller en chercher chez Bonnafous. »

Il mit sa canadienne et son bonnet et sortit. Il était dix heures. Dehors, le vent soufflait du nord. Il était glacé. Maréchal regarda la 4L. Non, il avait besoin de marcher ! Il prit la route du village. Seul le centre était doté de l'éclairage public et il avança un bon moment dans l'obscurité avant que les lampadaires n'éclairent son chemin. Le village était désert à cette heure, tout le monde était devant la télé. Comme d'habitude il maugréa contre cette invention qui avait chassé les habitants des villages de leurs rues et les tenait confinés chez eux, été comme hiver. « Remarque, pensa-t-il, avec ce froid, et même sans télé, il n'y aurait pas eu grand monde dehors ! »

Au Café des Platanes, le rideau était à moitié baissé. Toutefois Maréchal savait bien que ce n'était qu'une manœuvre destinée à repousser d'éventuels clients de passage. Lucien et Ginette Bonnafous ne fermeraient pas vraiment avant une heure. D'ailleurs des rires venaient de l'intérieur.

Maréchal se glissa sous le rideau de fer.

Les habitués étaient installés au comptoir, en dehors des quatre vieux qui tapaient la belote sur un tapis Clacquesin.

– Voilà notre détective ! s'exclama Lucien Bonnafous en l'apercevant.

– Les nouvelles vont vite ! fit Maréchal.

– Le canal habituel, répondit Lucien en clignant de l'œil. Laetitia le dit à Adèle qui le dit à Juliette, qui le dit à Hortense. Quand Hortense le sait, on peut dire que toute La Grézade le sait !

– Bien vu ! admit Maréchal qui pensa : « La seule qui ne s'en doute pas, c'est Laetitia ! ». Tu as des Gauloises ?

– Manquerait plus que ça ! Mais méfie-toi : j'en vends de moins en moins ! Tout le monde s'est mis aux blondes : paraît que c'est plus chic.

– Quel malheur ! dit Ginette Bonnafous qui arrivait de l'arrière-salle.

– Quoi ? Les Gauloises ? fit Marcelou, un pochard

que l'on ne cherchait jamais ailleurs qu'aux Platanes quand on avait besoin de lui pour donner un coup de main.

Sec, petit, un peu voleur peut-être, beaucoup braconnier, sympathique.

– Parce que tu trouves que ça prête à rire, l'engueula Ginette Bonnafous, une fillette qui se fait fracasser le crâne par un malfaisant ?

Marcelou plongea le nez dans son petit blanc et ne pipa plus mot.

– Tu as raison, ma poule, c'est un vrai malheur, une histoire pareille, dit Lucien Bonnafous. Il paraît que les gendarmes tiennent le type. C'est vrai ?

La question s'adressait à Maréchal qui écarta les mains en signe d'ignorance.

– Pourtant, tu y étais ! insista Lucien.

– C'est vrai que les gendarmes ont arrêté un type. Quant à savoir si c'est lui l'assassin...

– Alors pourquoi ils l'ont arrêté, les gendarmes ? remarqua finement le père Séverin qui attendait comme tous les soirs que sa femme vienne lui crier après derrière le rideau de fer pour rentrer chez lui.

Maréchal se crut obligé d'expliquer :

– Cannabis !

– Saloperie ! gronda alors Rougier, le boucher, en claquant son énorme main sur le comptoir en Formica.

Lui, il était célibataire et passait ses soirées aux Platanes à siroter des Martini blancs que Lucien Bonnafous lui servait avec des glaçons. « On te roques ! » avait dit Rougier la première fois. Depuis, il avait bien dû en boire deux barriques ! C'était un brave type. Il poursuivit :

– Ils nous feront périr toute la jeunesse avec ça !

– Oh, toi ! T'es même pas marié, remarqua Séverin.

– N'empêche, répliqua Rougier.

– Il a raison, dit tristement Ginette Bonnafous qui tremblait pour son fils.

Pourtant elle n'avait guère à redouter du côté des stupéfiants pour son gamin de dix-huit ans qui était doux comme le miel et venait d'entrer en apprentissage à la scierie.

– Allez, ma poule, ne t'en fais pas tout le temps comme ça ! dit Lucien Bonnafous en lui tapotant l'épaule. (S'adressant à Maréchal :) Je suis allé à la chasse aujourd'hui.

– Ah bon.

– Ouais, et même j'ai eu un beau lièvre ! Trois kilos, peut-être quatre !

– Ah bon, répéta Maréchal sur le même ton neutre.

– Je pense que ce n'est pas la peine que je t'invite à venir le manger avec nous demain ?

– Comme tu dis, fit Maréchal. Quand même : je te remercie pour l'invitation !

– Moi, tu peux m'inviter ! dit Séverin.

– Ça vous ferait du mal à votre âge ! dit Ginette en essuyant des verres.

– Mal ? Ça me ferait mal ? s'insurgea le vieil homme. Je voudrais bien voir ça : j'ai bon estomac encore ! (Puis il admit à voix basse :) C'est même la seule chose que j'ai encore de bon !

A cet instant, on entendit du vacarme devant le café.

– Au lit, Séverin !

– La carne, murmura celui-ci.

Il se leva rapidement et s'en alla en criant : « J'arrive Hortense, j'arrive ! »

– Pauvre homme, fit Ginette. Il doit pas rigoler tous les jours.

– Bon alors ce lièvre ? Pas question ?

– Pas question, répliqua Maréchal.

C'était entre eux un perpétuel sujet de discussion : la chasse dont Maréchal était un adversaire définitif. Lucien, lui, n'avait qu'un plaisir, une distraction : siffler son chien et partir dans les champs à la première occasion, la saison venue. Ils se disputaient à chaque fois qu'ils en parlaient. Cette question aurait pu les fâcher mais ils avaient trop d'estime l'un pour l'autre. Maréchal avait pu compter sur Bonnafous chaque fois qu'il avait eu besoin de quelque chose. Et lui-même avait toujours retourné les services qu'on lui rendait. Deux mois plus tôt, c'était grâce à lui que Cédric avait trouvé ce poste d'apprenti à la scierie.

– Tu prendras bien quelque chose, quand même ? demanda Lucien.

– Oui : un cognac, s'il te plaît.

Lucien Bonnafous prit sur l'étagère la bouteille qui était peu à peu devenue celle de Maréchal. Personne d'autre à La Grézade n'en buvait et si un touriste en avait demandé, Lucien ou Ginette auraient dit qu'ils n'en avaient pas.

Maréchal aimait cette ambiance des Platanes. Dès son arrivée à La Grézade, elle lui avait rappelé sa jeunesse ; plus exactement : les cafés de sa jeunesse. Le comptoir en Formica, la grande glace avec, coincées dans les angles du cadre, des photos jaunies : Kopa,

Just Fontaine et Roger Marche, le « sanglier des Ardennes », et aussi Anquetil et Poulidor ou même André Claveau dont Ginette avait été amoureuse. Les étagères aussi, avec leurs bouteilles multicolores de sirops et d'apéritifs. La machine à café Cimbali qui grinçait et soufflait comme une locomotive et que Lucien refusait de changer – « Par sentiment ! » avait-il avoué un jour. Tout cela, avec les tables de marbre, les vieilles chaises en bois noir, le rideau à mouches de l'entrée, la trappe de la cave où descendait Lucien tous les matins par une échelle de meunier au péril de sa vie, tout cela faisait un joli paquet de souvenirs que Maréchal redoutait de voir disparaître un jour. Il détestait quand Lucien lançait : « J'en ai marre de la limonade ! Bientôt la retraite ! » parce qu'alors ce serait fini. S'ils trouvaient des successeurs, c'est une grosse part de la jeunesse de Maréchal qui disparaîtrait derrière les banquettes en Skaï et les jeux vidéo.

Il avala son cognac d'un trait. « Pouah ! pensa-t-il. Foutue nostalgie ! » Il connaissait trop bien les moments où cela revenait ! Et ce n'était pas un mince souci de constater que cela arrivait de plus en plus souvent...

– Bonsoir tout le monde, fit-il en mettant sous le bras sa cartouche de Gauloises.

– Bonne nuit, Franck ! dit Ginette qui ajouta : Allez, les autres, faites comme lui ! Allez vous coucher ! Je suis éreintée, moi.

Marcelou et Rougier, accompagnés des vieux amateurs de belote, sortirent derrière Maréchal. Lucien leur emboîta le pas pour baisser le rideau de fer.

Quand ils furent dans la rue, chacun alla de son

côté et Maréchal se fit la remarque qu'il ignorait à peu près tout de leurs vies véritables. Et eux ? Que savaient-ils de la sienne ? Qui était-il pour eux ? Aucun d'eux n'avait lu et ne lirait jamais aucun de ses livres. Ginette Bonnafous avait essayé, autrefois, dans les premiers temps de leur amitié. Un jour de confidences, elle lui avait avoué, en rougissant : « C'est difficile ! Je n'arrive pas bien à comprendre… » Il avait répondu gentiment : « Laisse tomber ! Ça n'a pas d'importance. » Il ne le pensait pas vraiment mais qu'y faire ? C'était exactement comme ce qu'il remarquait ce soir : ils avaient leurs vies et lui la sienne ! Déjà bien beau qu'ils se connaissent et partagent quelques instants en commun, même seulement de part et d'autre d'un comptoir de café.

Pour rentrer à La Valette, Maréchal fit ce qu'il appelait « le grand tour ». Il prit la rue principale, puis la Promenade et passa sur le pont qui était le point le plus haut du village. Là, ainsi qu'il le faisait souvent, il s'accouda au parapet et regarda La Grézade, déjà presque endormie. Les seules lumières qu'on distinguait à la périphérie étaient celles de la cave de chez Castans. Maréchal pensa au vieil Aymeric, qui devait être en train de surveiller ses demi-muids avec le soin jaloux qu'il mettait dans tout ce qui touchait à « son vin ». Bientôt quatre-vingts ans, Aymeric Castans, et depuis toujours après ses futailles et ses vignes ! « Une passion qui dure toute une vie ! Belle idée ! » se dit Maréchal. « Et toi ? » fit-il à voix haute. Oui : avait-il une telle passion dans sa propre vie à lui ? Il frémit, se poser la question c'était déjà y répondre !

En levant les yeux au-dessus de la cave de Castans,

il distingua la montagne, vers le nord. « Elle est toujours là, la garce ! » pensa-t-il. Les images lui revinrent de ces deux jours à Hurlebois. Il en était parti pour les fuir, pour ne pas qu'elles occupent tout son temps et voilà que, même chez lui, elles le poursuivaient. Que faire ? Là aussi, poser la question était y répondre. Il rentra à La Valette.

Au moment où il arrivait devant sa porte, il entendit la sonnerie du téléphone, toujours aussi désagréable. Il se dit fugitivement qu'il lui faudrait la changer. Il se précipita. C'était Laetitia !

– Qu'est-ce qui se passe ? dit-elle, la voix inquiète. Tu m'avais dit que tu étais fatigué et ça fait trois ou quatre fois que j'appelle !

– J'étais allé chercher des cigarettes et je suis resté un moment aux Platanes. Mais, dis-moi : tu me surveilles ?

Il se demanda aussitôt ce qui lui avait pris de dire ça. Et s'en voulut énormément. Décidément ce soir tout allait de travers.

La jeune femme gardait le silence. Maréchal reprit aussitôt :

– Excuse-moi ! Je me demande pourquoi j'ai dit ça. Je t'aime.

– Moi aussi. C'est pour ça que je me fais du souci ! essaya-t-elle de plaisanter. A ton âge, tu comprends !

– Laetitia !

– Va te coucher, mon chéri. Je crois que c'est ce que tu as de mieux à faire ! Maintenant, si tu veux que je vienne...

– Surtout pas, répondit Maréchal sur le même ton badin. Dans cinq minutes, je suis sous les draps !

– Bon, tant pis ! Allez, à demain. Je t'embrasse.

– C'est déjà trop. (Puis tendrement, il ajouta :) Bonne nuit, Laetitia.

Quand elle eut raccroché, il garda le combiné un moment à l'oreille. Il le faisait souvent, comme si alors il écoutait s'éloigner ceux qu'il aimait. Puis il raccrocha et alla se coucher.

Il dormait depuis cinq minutes quand le téléphone sonna de nouveau.

– Allô, Franck ?

– Oui ! Bonsoir, Michel.

– J'ai essayé de t'appeler trois ou quatre fois...

– J'étais allé chercher des cigarettes aux Platanes, répéta machinalement Maréchal encore endormi.

– Je voulais juste savoir comment vous étiez rentrés. Tu es parti bien vite. Ici on a eu encore de la neige.

– Bien, on est bien rentrés. Ça va ?

– Plus ou moins. On n'est pas tranquilles, répondit Fargue un ton plus bas.

– Je comprends.

– A Puyvalade non plus c'était pas beau à voir...

– C'était bien une fillette ?

– Oui, du même âge que Mélanie. Elle allait chez sa grand-mère qui habite à l'autre bout du village. Les parents la croyaient là-bas. Ils ont mis un moment à s'apercevoir.

– Et comment... ?

– Pareil, assommée. Cette fois pas par une pierre. Une branche, peut-être. C'est ce que pense Paul Vialat.

– Il a gardé l'Allemand ?

– Plus que jamais ! répondit Michel.

– Mais il n'était pas dans le secteur !

– Vialat prétend que cela lui aurait été tout à fait possible.

– Et... ?

– C'est vrai : il s'est passé plusieurs heures entre les deux crimes.

– Et la neige ? On ne pouvait pas circuler avant-hier !

– Vialat dit qu'il a très bien pu y aller à pied. Et surtout...

– Surtout ?

– En passant par Vallée-Basse, c'est faisable depuis Malemort, même en voiture. Ils ont eu très peu de neige là-bas et de Vallée-Basse on rejoint Puyvalade facilement.

– Et depuis Hurlebois ?

– Pareil ! En plus de celui de la crête que tu connais, il y a un chemin muletier dans les bois au-dessus de chez Martel. Il n'a pas dû tomber autant de neige par là non plus...

– Tu peux vérifier ? demanda Maréchal qui regretta aussitôt cette question.

– Bien sûr, répondit Fargue. Alors, tu t'intéresses toujours à l'affaire ?

– Laisse ! Oui, concéda Maréchal. Ecoute : j'en sais rien. Je ne voudrais pas, tu comprends ? Trop à faire ici. Et puis avec Vialat...

– Vialat ? Il ne tarit pas d'éloges à ton sujet !

– Tu plaisantes ?

– Pas du tout ! Comme je te dis.

135

Maréchal réfléchit. Pas sur l'opinion de Vialat à son sujet. Sur l'envie brutale qui lui prenait maintenant de remonter aussitôt à Hurlebois !

– Michel ?

– Oui, je suis là.

– Je réfléchissais.

– Je l'ai bien compris !

– Il faudrait aussi que tu te renseignes sur l'alibi que Vauthier a donné aux gendarmes... Tu te souviens ?

– Oui, hélas ! soupira Michel. En régalant Montagné, n'est-ce pas ?

– Exact ! répondit Maréchal qui ajouta d'un ton très las : Je vais dormir maintenant, je n'en peux plus. Je t'appelle demain.

– D'accord, à demain, bonne nuit.

En raccrochant, Maréchal pensa qu'il aurait tout de même pu avoir un mot gentil pour Solange et Sarah. Mais il sombra tout aussitôt dans un sommeil de plomb qui, malgré quelques cauchemars de neige, dura jusqu'au matin.

Ce fut encore le téléphone qui le réveilla.

– Tu as bien dormi ? demanda Laetitia.

– Hum, oui, je crois.

– Tu es encore couché ?

– Bien sûr ! Pourquoi ?

– Il est dix heures, mon chéri...

– C'est une blague ? fit Maréchal qui, au même instant, constata sur le cadran du réveil qu'il n'en était rien.

Il y avait des années qu'il ne s'était levé aussi tard. Maréchal était un matinal.

– Dis-moi, reprit Laetitia. On vient de m'appeler. On a avancé la répétition : je dois être à Montpellier cet après-midi.

– Tu veux que je t'amène ?

– Non, je prendrai le train.

Maréchal pensa que cette réponse devait avoir quelque rapport avec la 4L. Mais il n'avait pas envie d'en savoir plus à ce sujet. Il attrapa une Gauloise et l'alluma.

– Tu fumes en te réveillant ? demanda la jeune femme.

– Comment tu sais ?

– Le briquet, monsieur le détective ! Bon, je te laisse. Qu'est-ce que tu vas faire ?

– Travailler !

– Ton livre ?

– Non, le jardin ! Enfin, je verrai…

– Je t'embrasse, mon chéri.

– Moi aussi.

– Ah, ajouta-t-elle. Encore une chose !

– Oui…

– Si tu remontes à Hurlebois… sois prudent ! Ça m'ennuierait énormément de te perdre, essaya-t-elle de plaisanter.

– Idiote ! Je t'aime ! conclut-il en évitant de préciser ses intentions.

Comment avait-elle deviné que c'était exactement ce qu'il allait faire ? Et plutôt deux fois qu'une parce que le seul obstacle à son départ venait de tomber : Laetitia ne serait pas là pendant quatre ou cinq jours !

Il se leva en sifflotant, la Gauloise à la lèvre, et ouvrit ses volets. Il faisait un temps maussade. Le crachin faisait luire les massifs de persistants de son jardin. Il y avait un peu de vent et le ciel charriait de grosses nuées vertes qui allaient s'accrocher sur les cimes des Cévennes.

Maréchal jeta un regard piteux sur son manuscrit. Un fort sentiment de culpabilité le saisit. Il s'en débarrassa avec un geste obscène du bras et alla déjeuner.

Une heure plus tard, il sortait de La Grézade après avoir fait l'emplette d'une deuxième cartouche de cigarettes à la stupéfaction de Ginette Bonnafous qui s'était exclamée :

– Tu en as déjà pris une hier au soir !

Il s'en était tiré par une pirouette :

– Lucien a dit qu'un jour ou l'autre il n'en aurait plus !

Maréchal ne souhaitait pas que l'on sache qu'il remontait à Hurlebois – même ses amis.

9

Il fit le chemin sous le même crachin désagréable, pendant des kilomètres, et celui-ci se changea simplement en grésil après le col.

En quittant la départementale et en montant vers le hameau, Maréchal remarqua que la neige de l'autre jour n'avait guère diminué de volume. Elle restait accumulée sur les bas-côtés, là où le chasse-neige l'avait déposée. Au-delà, elle recouvrait toujours le vallon tout entier, jusqu'aux crêtes du nord.

Quand la 4L eut dépassé les bois sur la droite, dans la trouée bien dégagée des arbres, Maréchal vit qu'il y avait du monde près du lac, deux voitures étaient stationnées devant la buvette-restaurant de Clément Delrieu, normalement fermée depuis la mi-septembre.

Solange regretta que Laetitia n'ait pas accompagné Maréchal. Elle lui dit que Michel se doutait bien qu'il reviendrait :

– Ce n'était pas mon avis... Apparemment, je me suis trompée.

– C'est idiot, n'est-ce pas ? fit Maréchal.

– Quoi ? De revenir… je ne trouve pas. Ça prouve que tu t'intéresses à nous. C'est flatteur.

– Je préférerais que ce soit pour autre chose, dit Maréchal qui se rendit compte aussitôt de la légère ambiguïté de sa réponse et bredouilla aussitôt : Enfin… je veux dire…

C'était déjà arrivé. En présence de cette femme, il perdait parfois ses moyens. Il la trouvait très belle et pensait que cette admiration se voyait comme le nez au milieu de la figure. Et, quand il se trouvait seul avec elle, il se sentait comme un collégien devant la première fille qu'il rencontre. Pourtant, il n'avait aucun autre sentiment pour elle que de l'admiration. Et pas seulement pour son physique. Aussi et surtout pour son métier d'infirmière, avec tout ce que cela supposait de déplacements et aussi de difficultés de toutes sortes dans ce coin reculé. Quand il les avait connus, Michel et elle, il avait été stupéfait, lui le vieux célibataire un peu ours, par l'accord qui régnait entre eux. Et il songea sans plaisir que c'était seulement aujourd'hui qu'il constatait des failles dans cette entente. Il repensa à Michel accroupi devant la mare de Malemort… et à ce que lui avait rapporté Laetitia. Bon sang, ça l'ennuyait drôlement.

Solange avait déjà réagi :

– Mais j'ai bien compris, Franck !

Il lui sut gré du sourire clair qu'elle lui offrait. Elle poursuivit :

– Michel est au village. Tu n'as pas vu la Méhari en passant ?

– Non… mais il y avait du monde à la buvette…

– Ah bon… Je ne suis pas au courant.

On ne voyait pas cette partie du lac depuis chez les Fargue, en effet.

– Je vais y aller à pied. Comme ça, si je croise Michel…

– Entendu ! Je prépare ta chambre.

– A ce sujet, je voulais te dire…

– Ne dis rien ! Ça me fait très plaisir de t'avoir chez nous, dit-elle gentiment. Même si j'aurais aussi bien aimé que Laetitia t'accompagne.

Maréchal ne sut que sourire et descendit vers le village. Depuis qu'il était arrivé chez les Fargue, le grésil avait cessé de tomber et à présent un pâle soleil essayait de percer le plafond très bas. La neige fondue rendait la marche malaisée et Maréchal se tint sur le bas-côté de la route. Quand il eut de nouveau la vue libre sur le bas du lac, il constata qu'une troisième voiture était à présent garée devant la buvette. Au-delà, sur tout le bord de la retenue, le front enneigé des sapins confirmait l'assimilation que Maréchal avait souvent faite avec un paysage du Canada, contrée qu'il ne connaissait que par les livres ou les films, mais qui formait un solide pilier de ses rêves de voyages jamais réalisés.

La Méhari de Michel était maintenant garée sur la place, devant l'ancienne école dont porte et fenêtres étaient grandes ouvertes.

Maréchal appela :

– Michel ? Tu es là ?

– Ah ! c'est toi ! Monte donc jusqu'ici, répondit son ami en apparaissant à une fenêtre.

Pour quelqu'un comme Maréchal, qui cultivait volontiers la nostalgie, l'intérieur de l'école de Hurlebois était un terreau fertile. Rien ne semblait avoir changé ici depuis les années cinquante. Il entra dans un hall sur lequel donnaient les salles de classe par des baies vitrées à mi-hauteur à travers lesquelles on voyait encore les grands tableaux noirs où restaient quelques lignes ou des chiffres à la craie blanche. Sur les murs, de grands panneaux de carton fort représentaient les départements, la défunte France d'outre-mer ou encore tout l'assortiment des volumes géométriques. En fait cela venait d'un temps plus lointain encore que Maréchal n'avait pas connu. Mais, quand lui-même usait ses fonds de culotte sur des bancs en tout point semblables, ces choses avaient déjà acquis cette saveur d'éternité qu'il retrouvait aujourd'hui presque intacte.

– Tu rêves ? demanda Fargue depuis le haut de l'escalier en chêne assez large pour laisser passer trois enfants de front, mais pas plus, et qui avait dû voir de belles bousculades.

– Oui ! murmura Maréchal à voix basse avant de répondre : Je monte !

Arrivé sur le palier, il ajouta :

– Mais qu'est-ce que tu fais ?

– Ne m'en parle pas ! L'autre s'est mis en tête d'installer ici son quartier général.

– Qui est « l'autre » ? s'enquit Maréchal.

– Ah, c'est vrai ! Tu n'es pas au courant. Un flic de Montpellier !

– Et il est ?

– Inspecteur de la police judiciaire ! Crois-moi, il est difficile de ne pas le savoir ! Il est arrivé ce matin, aux aurores. Il avait sorti Vialat et Montagné de leur lit.

– Ce sont les gendarmes qui l'ont appelé ?

– Oui, hier au soir. Avec ce deuxième meurtre sur les bras, Vialat a dû préférer passer la main.

– Ce n'est pas moi qui lui donnerai tort, dit Maréchal d'un air entendu. Comment ça se présente ?

– Ici ? Mal ! Chez les Martel d'abord : ils n'arrivent pas à faire face. On a beau leur parler des deux garçons, rien n'y fait. Solange a encore passé deux heures chez eux à essayer de les aider. En vain ! Ils sont désespérés. Et cette histoire d'autopsie n'a rien arrangé. Ils ne la feront qu'aujourd'hui. Et tu sais pourquoi ? Ils attendaient le deuxième cadavre, celui de la petite de Puyvalade ! Une honte !

– Et l'autre, le flic, qu'est-ce qu'il pense ?

– Ça, c'est pas lui qui va te le dire ! Aimable comme une porte de prison...

– L'Allemand ?

– Toujours en taule à Montpellier. En garde à vue. Il n'a pas avoué. C'est Montagné qui me l'a dit. Entre parenthèses, celui-là, c'est le seul fréquentable de la bande ! Vialat est imbuvable depuis que l'inspecteur est là.

Michel referma les fenêtres de la grande pièce dans laquelle ils se trouvaient. Il maugréa :

– J'espère que ça lui conviendra. C'est l'ancienne salle du conseil municipal : quand il y en avait encore un à Hurlebois ! Il voulait une grande pièce, pour ses « auditions de témoins » comme il dit. Je pouvais quand même pas l'installer dans une classe. Il a fallu que ça tombe sur moi ! Quand il a su que j'étais garde forestier, il a décidé que c'était moi l'autorité de Hurlebois. Et ce faux-cul de Vialat a abondé dans ce sens !

Comme ils descendaient l'escalier, Michel ajouta :

– Pour Montagné, tu avais raison. Mais il lui faut au moins trois verres !

Maréchal sourit :

– Je te l'avais bien dit ! Et qu'est-ce qu'il t'a raconté ?

– Qu'à leur question sur son emploi du temps le père Vauthier avait répondu qu'il était aller chercher des carlines sur le plateau.

– Bien entendu !

– Tu vois, Franck, hier j'ai trouvé que tes soupçons étaient mal placés. Le père Vauthier habite Hurlebois depuis cinq ans et sa famille était d'ici. Et puis, tu as vu le gringalet !

– Un gringalet qui manie la pelle à neige comme un bûcheron sa hache !

Maréchal raconta à son ami sa rencontre avec le retraité lors de son arrivée le dimanche à Hurlebois.

– Ça, fit Michel, ça n'arrange rien. Parce que...

– Oui ? dit Maréchal.

– Tes soupçons m'ont surpris, reprit Fargue. Maintenant, il y a autre chose qui me surprend !

– Quoi ? le pressa Maréchal.

– Ça m'étonnerait qu'on trouve des carlines sur le plateau, les vacanciers ont tout arraché en août et septembre !

Maréchal siffla.

– Ce n'est pas tout. Il y a autre chose encore avec le père Vauthier. Il a disparu depuis deux jours !

– Ça lui arrive ?

– Jamais en cette saison, jusqu'à aujourd'hui. L'été quelquefois. Il va en Bretagne où il a de la famille, enfin c'est du moins ce qu'il raconte.

– Vialat est au courant ?

– Oui, mais il dit qu'il va revenir. Pour lui, l'assassin des enfants est dans une cellule à Montpellier. « Croyez-moi, Fargue, il m'a dit, j'ai l'habitude : le vieux Vauthier n'a pas une tête d'assassin ! Un pharmacien ! » J'ai corrigé : « Employé de pharmacie, et encore, c'est lui qui l'a dit. » Rien à faire !

– Vialat a le culte de la notabilité ! ricana Maréchal. C'est ce qui me sauve d'ailleurs à ses yeux. Un écrivain, tu penses !

– C'est vrai ! renchérit Fargue. Je te l'ai dit, il ne tarit pas de compliments à ton sujet.

– Quand je ne suis pas là ! ironisa Maréchal. Et tout ça parce qu'il a vu une ou deux fois ma tête à la télé !

Michel alla fermer les fenêtres du rez-de-chaussée et éteignit la lumière. Quand ils sortirent sur la place, le soleil avait disparu et le grésil avait tout à fait cessé de tomber. Il faisait, par contre, beaucoup plus froid.

– Qu'est-ce qui se passe à la buvette ? se souvint Maréchal.

– C'est l'inspecteur. En plus de sa salle d'audition il lui fallait un endroit pour dormir et prendre ses repas. Apparemment, il compte s'installer ici quelques jours. Comme personne ne peut le recevoir – entre parenthèses surtout pas moi ! –, quand il a entendu parler du restaurant par Vialat, il a sauté sur l'occasion, d'autant qu'ils ont trois chambres pour les vacanciers. Il a fallu que Clément Delrieu vienne depuis Valdome ouvrir sa cambuse pour ces loustics.

– Ces ?

– Oui, il y a un jeune type qui accompagne l'inspecteur. Un stagiaire, paraît-il. Remarque : celui-là, il ne pipe mot. Ça change des autres.

– Si on allait aux nouvelles ? dit Maréchal en montrant la direction de la buvette.

– Si tu y tiens ! fit Michel, fataliste.

Leur arrivée ne parut faire un réel plaisir à personne. Vialat fut aussi aimable que d'habitude mais Maréchal comprenait : dans ces moments, il jouait « le rôle du père », et témoigner de la sympathie à Maréchal eût été entériner par là même une liaison qu'il croyait devoir réprouver – même si, comme il l'avait fait remarquer à Michel, il pouvait se montrer fier que sa fille « soit avec » un notable.

Mais la vraie surprise qui attendait Maréchal, c'était Marcel Dubosc. Il reconnut l'inspecteur au premier coup d'œil. L'autre non plus ne l'avait pas oublié :

– Tiens, monsieur Maréchal ! grinça-t-il, quelle coïncidence !

Cela ne l'empêchait pas de lui tendre la main. Maréchal la serra sans enthousiasme, en accompagnant son geste d'un discret :

– Bonjour.

Revoir Dubosc n'avait rien d'agréable pour Maréchal. D'autant que le type n'avait pas changé d'un iota ! Il portait le même imperméable mastic de flic de série télévisée, le même chapeau noir plat et exactement le même genre de chaussures de gandin que la première fois que Maréchal l'avait connu. C'était au moment d'une des deux affaires dont il avait parlé vaguement à Laetitia en lui disant qu'il les attirait. Une histoire de crime, au départ qualifié de passionnel, à laquelle un ami, alors proche de Maréchal, était mêlé. En fait la passion n'avait rien à voir là-dedans et le crime n'était que crapuleux. Comme c'était Maréchal qui avait soufflé la solution à Dubosc, il avait perdu un ami et n'en avait pas retrouvé un dans la personne de l'inspecteur, qui avait mal supporté les remarques de Maréchal. Cette sombre histoire se passait à Carnon, et cela avait été la seule époque où Maréchal avait mis les pieds de façon régulière au bord de la mer qu'il n'appréciait guère, surtout à cause de ceux qui en raffolaient et pour lesquels on avait colmaté au béton et défiguré le littoral tout entier, du Rhône jusqu'aux Pyrénées.

– Alors, Maréchal, ironisa Dubosc, un nouveau crime entre nous !

– Cette fois, rétorqua Maréchal, les victimes, ce sont des gosses !

– Je vous l'accorde... Quoique pour moi, ça ne change rien : il y a toujours un coupable au bout de la corde.

– Il s'agit seulement de bien faire les nœuds, ne put s'empêcher d'insinuer Maréchal.

L'inspecteur Marcel Dubosc lui jeta un regard particulièrement venimeux. Mais très vite il reprit son sang-froid et sa jovialité méridionale de commande :

– Alors, monsieur Fargue. Vous avez trouvé ce qu'il nous faut pour nous installer ?

– Soixante mètres carrés ! Et même, si vous voulez, on peut remettre le chauffage ! répliqua Michel qui éprouvait le besoin de faire face avec son ami.

– Ce ne sera pas nécessaire, un peu d'inconfort ne nuit pas dans ces circonstances. Pas vrai adjudant ?

Vialat, qui parlementait avec Clément Delrieu, acquiesça vivement. Il vint vers les trois hommes.

– Delrieu veut bien vous faire manger matin et soir. Mais pour ça, il faut faire venir sa femme. Et il demande cent cinquante francs par jour !

– Ça ira, Vialat. J'ai une note de frais à toute épreuve ! (Plus bas, il demanda :) Et sa femme, elle est comment ?

Maréchal détestait ce genre de remarques salaces, il fit signe à Michel et remonta dans la Méhari sans attendre la réponse de Vialat qui risquait d'être de la même eau. Il entendit seulement Dubosc qui lui lançait :

– A bientôt Maréchal. Je vous interrogerai cet après-midi.

– Arrête-toi, dit Maréchal quand ils passèrent devant la maison de Vauthier.

Les volets étaient toujours fermés. Maréchal frappa fort sur la porte. Comme il s'y attendait, il n'obtint aucune réponse.

– Il est bien parti, tu sais ! dit Michel.

– Comme ça, on en est sûrs ! répliqua Maréchal.

Il avait commencé à faire le tour de la maison et se préparait à pousser le portillon du potager.

– Tu viens ? demanda-t-il.

– Non, il faut que j'aille chez moi. Avec tout ça, j'ai à peine vu Solange ce matin.

– Oh, tu sais, elle va bien, se moqua Maréchal.

Michel rit et finit par avouer :

– Tu oublies que j'ai des responsabilités officielles. Et il me semble que tu te prépares à commettre une effraction.

– Non pas ! dit Maréchal. Aucune effraction : tout est ouvert ici. Même la porte de derrière, j'en suis sûr.

Quand la Méhari se fut éloignée, Maréchal traversa le potager. Non, la porte de derrière n'était pas ouverte mais seulement retenue par un loquet intérieur. Maréchal se souvint de la manière dont il avait vu agir l'inspecteur Columbo devant ce genre d'obstacle. Et ça marchait ! Il entra dans la maison.

Cela sentait un peu le renfermé à l'intérieur, et aussi autre chose que Maréchal mit un moment à identifier.

Il pensa d'abord qu'il s'agissait simplement de l'odeur des plantes entassées sur les meubles. Certaines étaient classées dans de volumineux herbiers soigneusement rangés sur des étagères en pin. Les dernières récoltes gisaient un peu partout sur les tables et les chaises, d'autres, en gros bouquets, étaient pendues au plafond.

L'odeur ne venait pas d'elles. Elle était beaucoup trop désagréable au bout d'un moment. Maréchal eut l'impression que cela provenait de la cuisine. Dans cette pièce non plus il n'y avait rien. Par contre, dans le couloir entre la cuisine et le séjour, il vit les contours d'une trappe découpée dans le parquet. Elle avait été mal refermée. Elle devait conduire à la cave.

Maréchal chercha une lampe de poche. Dans le

buffet de la cuisine, il trouva un paquet de bougies, de celles que possèdent presque toutes les maisons de la campagne, en cas d'orage ou, par ici, de tempête de neige. Il en alluma une, en même temps qu'une cigarette pour faire passer l'odeur.

Il souleva la trappe, descendit quatre marches d'un escalier de meunier fort abrupt et découvrit le cadavre du père Vauthier, allongé sur son tas de charbon.

Il avait, lui aussi, le crâne fracassé. Et d'après ce que voyait Maréchal, on s'était servi pour cela de la propre pelle à neige du mort.

10

– Avec le poids de cet outil, l'assassin n'a pas eu besoin de frapper plusieurs fois, constata Paul Vialat, penché sur le corps du retraité.

– Vous ne voyez rien d'autre ? demanda l'inspecteur, penché, lui, au-dessus de la trappe.

Maréchal avait admiré la façon dont Dubosc avait fait descendre le gendarme dans le charbon, probablement pour éviter de salir ses escarpins vernis.

Vialat promena la lampe autour de lui avec beaucoup de zèle et éclaira de nouveau le cadavre qu'il avait retourné.

– Rien du tout, inspecteur ! Tout est rangé impeccablement ici.

Dans la mort, le visage du père Vauthier semblait avoir retrouvé beaucoup d'innocence. Mais Maréchal eut peu de temps pour réfléchir à cet aspect des choses. Il s'attendait à ce qui allait suivre depuis qu'il était allé chercher les « autorités » à la buvette où « elles » parlementaient encore avec Clément Delrieu au sujet des prestations hôtelières qu'exigeait Dubosc.

– Dites donc, Maréchal. Vous nous avez rendu un fier service, lança l'inspecteur, mi-figue, mi-raisin.

Maréchal tenta de se faufiler dans cette brèche de psychologie policière :

– Je n'ai fait que mon devoir, commissaire !

La flatterie était une erreur, Maréchal le comprit aussitôt.

– Inspecteur ! Juste inspecteur. Et je vais vous dire, à cause de vous et de l'affaire de Carnon, précisément.

C'était plus grave que Maréchal ne l'avait imaginé à l'époque. Il savait qu'il y avait eu des fuites, que quelqu'un avait révélé que c'était lui et non Dubosc qui avait débrouillé l'affaire. Mais de là à imaginer que l'autre avait été saqué ! Malgré tout, la phrase suivante le rassura :

– Remarquez que quand j'aurai trouvé l'auteur de ces trois meurtres… Commissaire… Pourquoi pas ?

Ainsi : la vanité comme toujours…

– Alors, vous pensez bien, rugit le policier, que je ne vais pas vous laisser m'emmerder une deuxième fois.

Abandonnant Vialat qui, consciencieusement, reprenait son inspection dans la cave, Marcel Dubosc avait entre-temps traversé la cuisine et était sorti dans le potager, Maréchal sur ses talons. Il s'était retourné brutalement vers ce dernier pour hurler sa dernière phrase.

Sur le moment, Maréchal fut surpris puis il se souvint que l'intimidation faisait partie des manières habituelles de l'inspecteur. Et lui n'aimait pas du tout les gens qui crient plus fort que les autres pour imposer leur point de vue. Il lança :

– N'oubliez pas que c'est moi qui ai trouvé Vauthier.

– Justement, glapit Dubosc méchamment. Il faudra que vous m'expliquiez ce que vous faisiez chez lui, seul, et, par-dessus le marché, après être entré par effraction...

– La porte était ouverte, tenta Maréchal.

– Vous vous foutez de moi ? On verra ça, mais pas maintenant. Je vous interrogerai avec les autres témoins. (A voix basse, il ajouta en insistant sur les premiers mots :) *Témoin particulier !* Vous êtes bien allé reconnaître le chemin jusqu'à la départementale une heure avant le meurtre de la petite, non ?

– Vous plaisantez ?

– Oui ! ricana Dubosc. Je ne pense pas du tout à vous... sauf pour l'effraction !

Maréchal négligea sa dernière assertion :

– Vous avez une idée ?

– Peut-être...

C'était du bluff, comme toujours avec ce type, il n'avait sûrement pas eu le temps de se faire une opinion. A moins que...

– Vous pensez comme Vialat que c'est Franz Herbar le coupable ?

– Vialat ? C'est un gendarme ! Alors, ce qu'il pense ! répliqua Dubosc avec mépris.

– Vous n'avez plus besoin de moi ? demanda Maréchal en voyant que Michel arrivait sur la place au volant de la Méhari.

– Je n'ai jamais besoin de vous, insista lourdement Dubosc. Sauf comme témoin !

Maréchal haussa les épaules et s'en alla.

153

– Quand j'ai vu que tu ne remontais pas jusqu'à la maison, je suis revenu te chercher, expliqua Fargue. Tu fais une drôle de tête ! Qu'est-ce qui se passe ?

Maréchal raconta.

– Non ! Ce n'est pas possible ! Vauthier ! Un type si tranquille...

– La preuve qu'il ne l'était pas, fit Maréchal. On l'a assassiné !

– Pourquoi ? demanda Michel.

– Trouve-moi une boule de cristal ! répliqua Maréchal. Peut-être qu'il en savait trop sur quelqu'un... peut-être qu'il a vu ce qu'il n'aurait pas dû... Comment savoir ?

– Et Dubosc ? Il a une idée ?

– Michel, il faut que tu saches : Dubosc a toujours une idée ! Dubosc est le meilleur flic de France ! Tu ne le savais pas ? Personne ne s'en est encore aperçu. Mais attends un peu : ça ne va pas tarder !

– Ne crie pas comme ça, fit Fargue.

– Excuse-moi, je ne peux pas le supporter... Et lui non plus... Un jour je te raconterai... Si on allait chez toi ?

– Surtout que Solange a préparé un repas... Tu verras. (Il démarra et ajouta :) A propos, ton copain le peintre est à son chalet. Tu le savais ?

– Martin Dufour ? Non ! Et depuis quand ?

– Aucune idée. Je l'ai seulement aperçu depuis chez moi en train de se balader autour du lac.

– Martin, répéta Maréchal. Tiens, c'est curieux, il ne vient jamais l'hiver... Je le croyais à Paris. Il prépare une exposition, j'ai lu ça quelque part.

– Il n'est pas seul, ajouta Michel en souriant.

Vers quinze heures, Montagné vint frapper chez les Fargue.

– Venez monsieur Maréchal ! L'inspecteur vous demande !

Dans la camionnette bleue, Montagné reprit :

– Il nous en fait voir, monsieur Maréchal. Un vrai calvaire. Le chef est très en colère. Moi, j'ai tout pris. Paraît que j'ai mal fait mon boulot. Les rapports, vous comprenez ! Il a même dit : « Et Maréchal ? Vous l'avez interrogé ? » J'y ai répondu : « Mais c'est lui qui a trouvé le corps de la petite ! » Il a crié : « Justement ! »

– Ne vous tracassez pas, Montagné : c'est son caractère. (Et, quoiqu'il lui en coûtât, Maréchal ajouta :) Ce n'est pas un mauvais cheval...

– Ben ! Qu'est-ce qu'il vous faut ! s'exclama Montagné. Vous allez voir la tête du chef !

Effectivement, Vialat faisait une triste mine quand Maréchal entra. Dubosc était assis derrière la table de l'ancien conseil municipal et l'adjudant finissait de remplir la déposition de Jacques Chavert.

Maréchal fut étonné de constater tant de similitudes dans l'attitude des trois hommes. La scène exhalait un fort parfum d'agressivité et l'atmosphère était chargée d'électricité.

En partant, Chavert, après avoir salué sèchement Maréchal d'un signe de tête, lança à Dubosc au moment où il sortait :

– Et n'oubliez pas à qui vous avez affaire !

L'inspecteur hocha la tête et étira les jambes tout en allumant une cigarette égyptienne.

– Ah ! Voilà notre détective amateur !

Tout l'entretien avait été de la même eau. Dubosc était vraiment stupide. Mais Maréchal s'en moquait et il ressortit parfaitement serein et satisfait : il avait réussi à ne jamais se mettre en colère pendant l'heure qu'avait duré l'interrogatoire : une prouesse, à son avis intime !

Il était donc vers les quatre heures quand il se retrouva sur la place et croisa Michel et Solange que Montagné était allé chercher à leur tour.

– Alors ? demanda Michel.

Maréchal haussa les épaules, sourit et fit signe vers l'école par la fenêtre entrouverte de laquelle on entendait une violente altercation entre Paul Vialat et l'inspecteur.

– Constatez vous-mêmes !

– Tu nous attends ? demanda Solange.

Maréchal regarda vers le lac. Le soleil déclinait à l'horizon : un rond pâle derrière les nuées grisâtres, et il faisait de plus en plus froid.

– Non : je vais aller rendre visite à Martin Dufour. Sa cheminée est allumée, il doit être là.

En arrivant au bord du lac, Maréchal constata que la couche de glace se reformait et réunissait à nouveau peu à peu entre elles les plaques qui s'étaient disloquées. Le sol était dur et claquait sous ses semelles. L'herbe des rives, très haute après les pluies d'automne et qu'on n'avait pas fauchée depuis le départ des vacanciers, avait pris une teinte jaunâtre de chaume vieilli sur laquelle les cristaux de givre brillaient en de minuscules éclats vif-argent. Une colonie de canards se serrait dans une petite crique dont l'eau restait libre à cause du ruisseau minuscule qui s'y jetait. Celui-ci n'avait rien à voir avec le Douloir, que Maréchal passa sur un ancien pont de pierre trois cents mètres plus loin.

A cet endroit le torrent, qui venait des crêtes du nord à travers les pâtures à moutons, était déjà gros. C'était lui qui alimentait la retenue d'eau. Celle-ci avait été construite trente ans plus tôt et, de l'autre côté, pas loin de la maison de la Palinette. Elle alimentait une turbine Stevens qui fournissait du courant à Hurlebois et à quelques hameaux de la montagne. En se précipitant dans le lac, l'eau du Douloir faisait crépiter la glace qui se fendillait parfois pour se reformer tout aussitôt.

Après le pont, la route suivait la berge au plus près. Celle-ci était plantée de massettes et d'iris gras comme des poireaux. De l'autre côté du chemin, l'alignement des chalets de bois des vacanciers commençait. Ils étaient bâtis sur des assises de pierres ou de parpaings selon les moyens de leurs propriétaires. Ceux-ci se jugeaient aussi à l'importance de la construction. Certains étaient vraiment très grands. D'autres, les premiers à avoir été construits, de bien plus petite taille et de couleur sombre à cause des nombreuses couches de lasure ou de carbonyle qui les recouvraient année après année. Quelques-uns étaient vraiment magnifiques, probablement d'origine scandinave avec un soubassement de pierre, un bois très blond et de grandes baies coulissantes actuellement fermées par des volets roulants. Devant, les jardins manifestaient également la fortune ou plus simplement le goût des propriétaires. Etablis en terrasses de part et d'autre des allées bétonnées qui menaient aux garages, ils étaient plantés d'une grande variété de conifères dont, une fois de plus, en connaisseur, Maréchal admira la beauté des couleurs.

Tous ces chalets étaient fermés. Ils ne rouvriraient que pour quelques jours au moment des vacances de Noël ou de février, quand les gens reprendraient la route de Hurlebois pour apporter une vie nouvelle à cet endroit désert. Vie que Maréchal, quant à lui, jugeait inutile et – surtout pendant l'été – tout à fait désagréable. Il savait aussi qu'il était injuste et égoïste ! D'abord, ces gens avaient tout autant que lui le droit de profiter des grands espaces, de la « Nature sauvage », selon le leitmotiv que distribuaient largement les médias depuis plusieurs années. Il n'était guère étonnant, après tout, que les habitants des cités recherchent dans quelques arpents encore libres des succédanés de Far West ou de Paradis perdu. Et aussi : que serait devenu Hurlebois sans cet apport ? Un village fantôme ! Ce n'étaient pas les quatre ou cinq familles qui vivaient ici qui maintiendraient éternellement la vie du hameau. Les enfants n'auraient, dès leur dix-sept ans, qu'une envie : ficher le camp et rejoindre la vallée. D'ailleurs leurs propres parents ne rêvaient que de ce destin pour leur progéniture. La preuve : même Solange n'avait que cette idée en tête.

Penser aux enfants de Hurlebois était douloureux ! La petite Mélanie Martel n'avait eu, elle, aucun choix possible dans la vie. Maréchal jura. Cela ne lui arrivait pas souvent. Mais il ressentait une émotion considérable chaque fois qu'il pensait à la fillette et il serrait alors les poings, comme si l'assassin allait lui tomber devant le nez.

Il songea que la vie était injuste. Ainsi, il ne ressentait pas la même émotion en pensant à la victime de Puyvalade, qu'il ne connaissait pas – pourtant une enfant comme Mélanie à laquelle aucun avenir non plus n'avait été accordé –, ou au père Vauthier. A son sujet il regrettait cependant ses jugements qui avaient de fortes chances de se révéler tout aussi injustes.

Perdu dans ses réflexions, Maréchal avait dépassé les chalets et longeait maintenant de vastes prairies couvertes de neige et pointillées par les tiges sombres des orchis. Il s'agissait là des terrains qui faisaient partie du Parc national des Cévennes et où les constructions nouvelles étaient interdites, ce qui avait stoppé net l'élan des vacanciers. Maréchal se demanda pour quelle raison une enclave de terrain constructible à cinq cents mètres de là avait permis à Martin Dufour de bâtir son chalet. Il valait sans doute mieux l'ignorer.

Trois ans plus tôt, alors qu'ils s'étaient perdus de vue depuis des années, Dufour lui était tombé dessus à La Valette. Il n'avait pas été peu stupéfait de voir débarquer chez lui son ancien compagnon « de débauche » – comme disait ce dernier – au volant d'un superbe coupé Chrysler « Le Baron », dont la couleur verte s'harmonisait très bien avec les cheveux de la splendide rousse qui voyageait avec lui.

Maréchal, tout en lui offrant généreusement l'hospitalité, mais seulement le temps d'un repas, se rappelait que les « débauches » en question avaient tout au plus consisté en deux ou trois festins bien arrosés au cours desquels Dufour avait fêté ses premières ventes durant leur vie d'étudiants. Car son copain avait tout de suite mis les bouchées doubles, usant et abusant de l'abstraction lyrique qui était très en vogue à ce moment – alors que Maréchal n'avait aimé de lui que seulement deux ou trois tableaux de marines, tout à fait figuratifs. Il était clair que Martin Dufour irait loin. Cinq ans plus tard, il exposait à New York, Maréchal l'avait appris dans la page culturelle du *Monde* qu'il lisait encore parfois à cette époque. Mais déjà, depuis longtemps, ils s'étaient séparés. Et à ce moment, l'opinion de Maréchal sur Martin était plus que péjorative. Avec les directions qu'avaient prises leurs destinées respectives, cet éloignement ne pouvait que s'aggraver. Pourtant, un beau jour, Martin avait débarqué à La Grézade en disant qu'il venait visiter la région où il avait appris la « retraite » de Maréchal. A ce moment-là, Maréchal était loin d'avoir terminé ses travaux et Dufour avait eu un drôle d'air en examinant à distance le chantier de l'écrivain.

Une semaine plus tard, Maréchal avait reçu un coup de fil. Martin Dufour lui apprenait qu'il « était tombé amoureux » d'un coin « sssuperbe », Hurlebois, et qu'il avait l'intention de s'y faire construire un chalet.

L'été suivant, Maréchal avait constaté que la construction avait marché bon train depuis leur conversation téléphonique. Quand il en avait parlé à Michel, celui-ci avait hésité avant de répondre :

– Tu m'as dis que c'était un ami à toi, non ?

Maréchal avait tempéré le qualificatif d'un geste de la main.

– Ah, bon ! Je préfère. Je déteste ce genre de type.

Maréchal aussi, ça tombait bien. Dufour lui avait rendu son invitation au restaurant du trois-étoiles de Saint-Donnat, en compagnie d'une blonde platinée particulièrement vulgaire dont Maréchal était heureux aujourd'hui de n'avoir gardé que le souvenir de ses jambes de rêve. Ils s'étaient retrouvés au chalet encore inachevé et c'était la seule fois que Maréchal s'y était rendu.

Depuis, par hasard le plus souvent, il rencontrait Dufour à Hurlebois, ou dans les villages de la plaine dont il écumait les brocantes à la recherche de « l'authentique». C'était tout, et jamais, sans les circonstances présentes, Maréchal ne se serait rendu chez Dufour comme aujourd'hui. Il devait cependant convenir que le chalet était bien situé. Un peu en hauteur sur un pan de colline. De là-bas, on voyait tout le pays comme au cinéma, ce qui faisait la fierté du propriétaire. Peut-être, s'il était déjà là, le peintre aurait-il aperçu quelque chose.

Maréchal, parvenu au bout des prairies d'orchis, fut comme à sa première visite frappé par l'allure magnifique du chalet. Ce dernier n'avait rien à voir avec ceux des vacanciers, même les plus beaux. Il était évident qu'ici on n'avait lésiné sur rien. Le résultat était superbe, du niveau de ce que Maréchal avait pu voir en Autriche ou au Tyrol. Pourtant, dans la magnificence des balcons en mélèze et des lambris, des baies isolantes et du soubassement en pierres de taille, quelque chose clochait. Maréchal le qualifia assez vite : l'endroit paraissait abandonné, ou, plus exactement, on voyait qu'il n'était l'objet d'aucun soin, en particulier de ceux que les propriétaires des maisons plus modestes mettaient, par exemple, dans l'entretien du jardin. Celui du chalet de Dufour, trois ou quatre fois plus étendu que les autres et clôturé de magnifiques lices en cèdre rouge, n'avait bénéficié que de quelques tentatives d'aménagement rapidement abandonnées et limitées à des dallages coûteux ou un barbecue dans lequel on aurait pu faire griller un bœuf. Ici on avait commencé, avec de grands moyens, une vision grandiose, et on n'avait rien vraiment fini.

A la première visite de Maréchal, la Chrysler était remplacée par un spider Alfa Romeo rouge vif. C'était le même véhicule qui se trouvait garé sous un auvent à vingt mètres du chalet. Toutefois la carrosserie avait souffert et la capote de toile noire était légèrement déchirée. Cela surprit Maréchal : Dufour tenait à ses « bagnoles », dont il avait fait une vitrine de son style et de sa réussite, comme à la prunelle de ses yeux.

Par ailleurs, l'endroit semblait désert. Toutefois de la fumée s'échappait de la cheminée en pierre qui montait tout le long du pignon exposé au nord.

Maréchal, qui avait cherché une sonnette et n'avait trouvé que deux fils sortant d'une gaine, appela et n'obtint aucune réponse. Il n'avait pas fait tout ce chemin pour rien et, aussi, la présence de Dufour, à cette époque de l'année, l'étonnait.

Il monta les marches, retenues par des rondins de

chêne, qui après avoir fait le tour d'hypothétiques massifs conduisaient à une vaste terrasse dallée de grès rustique. Les grandes baies coulissantes qui s'ouvraient sur celle-ci devaient offrir de l'intérieur un point de vue magnifique sur le lac et la forêt. A sa première visite, les ouvriers étaient en train de les installer.

La porte d'entrée en chêne n'avait pas encore été traitée et déjà tout le panneau inférieur était taché de noir. « Dommage, pensa Maréchal. Ça doit coûter... » Il ne parvenait pas à chiffrer ça, lui qui avait remplacé les portes de La Valette comme il avait pu avec des vantaux de récupération. « Mais au moins, pensa-t-il encore, les miennes sont vernies ! » Il frappa à la porte.

Il recommença et, n'obtenant pas davantage de réponse que la première fois, il fit le tour par la terrasse et s'approcha d'une baie. A cause du reflet du ciel sur les vitres, il dut mettre sa main en visière au-dessus des yeux pour voir à l'intérieur. Il lui fallut un moment pour distinguer quelque chose.

Un homme était assis sur un canapé de cuir blanc et d'acier inoxydable. Ce n'est que lorsque l'autre tourna légèrement la tête que Maréchal reconnut Dufour. Il fut étonné : le peintre avait à présent les cheveux très longs et il ne s'était pas rasé depuis plusieurs jours. C'était tout aussi étonnant que l'état de l'Alfa Romeo ! Dufour porta un verre à ses lèvres au moment où Maréchal frappait à la vitre. Il tourna carrément le visage, finit son verre d'un trait et, se dressant, vint vers la fenêtre en levant son bras en signe de bienvenue. A cause de l'épaisseur du double vitrage, Maréchal n'entendit pas ce qu'il disait. Il remarqua seulement que Martin Dufour titubait légèrement.

Il eut quelque difficulté à ouvrir le panneau coulissant.

– Maréchal ! Mon vieux copain ! Tu tombes bien ! Si tu savais comme je m'emmerde ici !

Maréchal regrettait déjà d'être venu, mais à présent il était difficile de s'esquiver.

– Bonjour, Martin ! Je ne fais que passer. J'ai vu de la fumée chez toi, alors, je me suis dis…

– De la fumée, de la fumée ! Il y en a partout ici ! s'exclama Dufour. Je vais te faire une confidence : je n'arrive pas à faire marcher cette cheminée correctement. Ou alors c'est la faute de l'architecte ou de l'entrepreneur !

De fait, maintenant qu'il était à l'intérieur, Maréchal constata qu'une fumée âcre flottait un peu partout dans la pièce. Il remarqua :

– Si tu arrangeais mieux tes bûches, ça n'arriverait pas…

– C'est vrai que toi tu es un campagnard ! s'exclama le peintre. Tu devrais me montrer ! Pour moi, le bois qu'on m'a vendu est pourri !

Ce n'était pas le bois qui était pourri, bien au contraire, il s'agissait d'un chêne blanc de première qualité, parfaitement calibré. En quelques gestes, Maréchal agença les bûches sur la plaque du foyer. Le feu repartit en crépitant et la fumée s'échappa sans problème par le conduit.

Dufour paraissait abasourdi :

– Ben toi, alors ! Je savais bien que tu t'y connaissais, mais là tu me souffles !

Il avait la voix pâteuse et paraissait se retenir de la main au dossier du canapé. Il pivota sur celle-ci et s'affala sur les coussins de cuir.

– Prends un verre, mon copain ! Dans la desserte ! Et sers-toi.

Il montrait une bouteille de Jack Daniel's aux trois quarts vide. Maréchal se servit et Dufour, s'emparant de la bouteille d'un ample geste de la main, finit ce qui restait de whisky.

– Qu'est-ce qui me vaut l'honneur d'une rare visite ? demanda-t-il après avoir avalé tout le contenu de son verre.

– Je te l'ai dit : je passais…

– Ah oui ! C'est vrai, tu me l'as dit. Ne fais pas attention, je crois que j'ai un peu abusé de cette saleté !

Il saisit la bouteille à présent vide et la jeta dans un angle de la pièce où elle éclata contre d'autres cadavres qui s'entassaient sur la moquette beige.

Maréchal n'était pas venu pour écouter les divagations d'un ivrogne ! Il lança :

– Tu es au courant de ce qui s'est passé ici ?

– Non. Comment diable veux-tu que je sois au courant ? Personne ne vient me voir ! Et moi, les ploucs de Hurlebois, moins je les vois…

– On a assassiné une fillette, il y a trois jours.

– Ici ! s'exclama Dufour qui paraissait réellement surpris.

– Dans le bois qu'on voit là-bas.

En effet, comme le montrait Maréchal, les bois de l'autre rive du lac où passait le chemin forestier occu-

paient exactement le centre de la grande vue panora-
mique qu'on avait depuis les baies de la salle de séjour
de Dufour.

– Ah ! C'est pour ça qu'il passe autant de bagnoles
sur la route du village depuis hier !

– Exact, fit Maréchal.

– Ça m'étonnait aussi que tous ces bouseux se soient
payé un véhicule, ironisa le peintre.

Maréchal sentit que Dufour méprisait et sûrement
détestait les habitants de Hurlebois et tous ceux de la
« campagne » comme il disait. Pourtant, quand il était
venu à La Valette, il en avait plein la bouche de « la
campagne ». Ça lui avait passé. Maréchal ne s'en
étonna qu'à moitié : comment, et pourquoi donc,
Dufour avait-il pu s'éloigner du milieu frelaté qui était
le sien ? Peut-être, à cette époque-là, la pression avait-
elle été trop forte. Ou alors, l'âge pouvait expliquer
ce besoin de changement. Et de fait, Maréchal s'aperçut que Martin Dufour avait pris un sacré coup de
vieux ! En dehors des signes avérés d'un éthylisme
chronique, il avait maintenant le cheveu gris. Maréchal se souvint que, trois ans plus tôt, il avait été surpris
de voir que l'autre se les teignait. Encore une chose
qu'il détestait radicalement, pour lui cela signifiait une
absence totale de profondeur personnelle. Mais après
tout, il n'en avait rien à faire. « Oui, c'est ça ! se dit
Maréchal, il a dû se voir vieillir et il s'est demandé,
comme tout le monde, à quoi il avait occupé son
temps. Et lui, son bilan : pas brillant. Alors, comme
tant d'autres, il a voulu revenir aux "vraies valeurs". »
Ce devait en tout cas être quelque chose comme cela.
Et ce n'était pas si facile ! Maréchal en savait quelque

chose ! Il fallait du courage, de l'obstination, une conscience nette de ses limites. Tout ce dont Dufour avait dû oublier jusqu'à l'existence pendant ses vingt ans de course effrénée à la réussite. Maréchal se dit qu'il était sévère, ce type était à plaindre. Justement : lui n'y parvenait pas !

– Tu étais là lundi ?

– Lundi ? Oui : je suis arrivé vendredi dernier. Même que...

– Quoi ?

L'autre fit un geste vague de la main.

– Rien d'intéressant ! Attrape plutôt une autre fiole !

Il montrait une table basse où les bouteilles de Jack Daniel's étaient alignées comme à la parade.

– Tu trouves pas que tu as déjà trop bu ? demanda Maréchal gentiment.

– Fous-moi la paix, Maréchal, fit Dufour sombrement. Et passe la bouteille...

Maréchal haussa les épaules et s'exécuta. « Après tout, c'est son problème. »

L'autre se servit et dit :

– Alors, tu dis qu'on a tué une gosse ?

– Oui, et je me demandais si toi, depuis tes fenêtres, tu n'avais rien remarqué de particulier, lundi ou plus tard...

– Rien ! répondit Dufour. (Et, touchant de la main le genou de Maréchal, il ajouta :) Et je vais te dire pourquoi : jamais je regarde par ces foutues baies. J'en ai ma claque de ce pays et encore plus de ce paysage dans lequel, tu vois, justement, il ne se passe jamais rien ! Remarque : là je me trompais, parce que d'après ce que tu dis, en fait il s'en passe !

Maréchal serra les dents. Il avait failli lui répliquer qu'il s'agissait d'une gosse morte. A quoi bon ? Il connaissait trop Dufour. Et ce dernier ne s'était pas arrangé ! Il constata simplement :

– Bon, tu n'as rien vu... (Il jeta un coup d'œil à sa montre pour préparer sa fuite :) Déjà...

Dufour ne lui laissa pas le temps de finir.

– A moins que « l'autre » ...

– L'autre ? s'étonna Maréchal.

– Oui mon vieux, la toupie qui est là-haut ! Elle, elle passe son temps devant les fenêtres. Elle dit que ça lui rappelle *son enfance*, toute cette neige. La salope ! Dire que Lucas m'avait dit que c'était un bon coup ! Tu parles : la neige ! Mais ça m'étonnerait qu'elle ait vu quelque chose.

Il bava un peu et s'essuya de la main, avala une gorgée d'alcool et toussa tout en hurlant :

– Carmen !

On entendit du bruit sur la mezzanine. Dufour se pencha vers Maréchal :

– Elle veut faire croire qu'elle est espagnole ! Tout ça parce que j'ai parlé de m'installer à Ibiza ! Elle a une frousse bleue de se retrouver à la rue si je me tire tout seul là-bas.

Une brune en déshabillé apparut au-dessus de la rampe de la mezzanine.

– Oui. Qu'est-ce que tu veux, mon chéri ?

– Que tu te casses, fit Dufour à voix basse avant de crier à la fille : Descends, Carmen ! Le monsieur veut te demander quelque chose !

– Je passe un peignoir et je viens.

– Elle est toute la journée à poil, dit Dufour. Remarque, si ça te tente...

Maréchal trouvait la situation de plus en plus désagréable et son ancien ami parfaitement abject. Déjà Carmen arrivait à mi-escalier, le peignoir largement ouvert.

– Qu'est-ce que je t'avais dit ! s'exclama Dufour.

La jeune femme était plutôt jolie, assez vulgaire, très brune. Elle avait surtout un énorme hématome autour de l'œil gauche. Dufour vit que Maréchal le remarquait, il grogna :

– Elle s'est cognée dans la porte de la salle de bains. Pas vrai, chérie ?

– Oui, répondit l'autre en baissant les yeux. Bonjour monsieur.

Quand elle parlait, elle avait vraiment une voix désagréable, très haut perchée.

– Monsieur ! fit Dufour. Mon copain s'appelle pas « monsieur », il s'appelle Franck !

– Bonjour Franck, fit Carmen, docile.

– Bonjour, mademoiselle.

Maréchal pensa que Dufour allait le reprendre, lui aussi. Il se trompait, le peintre s'adressa à sa compagne :

– Il demande si on n'a rien vu de spécial, lundi ?

La fille hésita, parut réfléchir et regarda Dufour.

– C'est bien ce que je disais, t'as rien vu !

Elle acquiesça timidement et dit :

– Je peux avoir un verre de Jack ?

– C'est pas le moment, rugit Dufour. File plutôt

169

t'habiller. Tu as de la chance que mon copain soit correct.

De fait, avec son peignoir entrebâillé et son déshabillé qui ne cachait rien, la réflexion de Dufour était plutôt de bon sens. Carmen fit un rapide salut à Maréchal et s'enfuit par l'escalier sans demander son reste.

– Tu vois ce qu'il me faut me coltiner, dit Dufour.

Maréchal pensait justement qu'elle convenait très bien au personnage qu'il avait devant lui – et pire que ça : qu'il avait toujours connu. Il lui tardait à présent de s'en aller. Malheureusement, pour Dufour, la visite n'était pas finie.

– Tu ne vas pas partir sans voir mes dernières toiles !

Maréchal était coincé. Et, par ailleurs, il était curieux – professionnellement curieux – de voir jusqu'où ses compromissions avaient pu entraîner son ancien copain. Celui-ci, le verre à la main, se dirigeait vers une porte située sous l'escalier. Il le suivit.

La visite avait duré plus de trois quarts d'heure et, quand Maréchal se retrouva sur la route du lac, le ciel était très sombre. Seules, vers l'ouest, de longues bandes gris souris parvenaient à crever le plafond bas et menaçant. Cette nuit, il neigerait.

Maréchal aspira l'air froid à grandes goulées. Il en avait besoin après ce qu'il avait vu chez Dufour.

Celui-ci l'avait fait entrer dans son atelier, une pièce immense, sans fenêtres, aux murs peints en noir et éclairée par des rangées de spots dont la lumière bleutée jetait sur tout une tonalité froide et cruelle.

– Tu es le premier à voir mes toiles nouvelle

manière, avait lancé Dufour fièrement. Si « les autres »
se doutaient !

Maréchal avait été saisi.

Maintenant encore, marchant le long du lac, il se
demandait s'il n'avait pas rêvé. L'époque de l'abstraction lyrique était bien loin ! Désormais Dufour était
revenu au figuratif. Mais pour Maréchal, qui avait aimé
quelques-uns des premiers tableaux du peintre, les
délicates marines vues autrefois dans sa chambre
d'étudiant, le coup était rude. Dans l'atelier noir
s'entassaient des toiles dont les seuls sujets étaient la
mort, le meurtre, le viol. Le seul motif de Dufour
désormais, c'était l'horreur. Et le pire, c'était la maî-
trise retrouvée. Des tonalités très belles de rouge et
de noir, un dessin d'une précision anatomique, une
composition parfaite. Et la mort partout.

Pendant qu'il regardait, Dufour s'était assis sur un
tabouret et le surveillait, guettant ses réactions, satisfait probablement par la stupéfaction qu'il lisait sur
son visage.

A un moment, alors que Maréchal faisait quelques
pas devant les dernières toiles, encore plus monstrueu-
ses que les autres, il avait lancé :

— Tu te rends compte du coup que je vais leur flan-
quer sur la gueule avec ça ! (Et il avait continué, le
regard fixe :) Ils croyaient l'enterrer, le Dufour ? Eh
bien, ils vont voir ça ! Pas morte la bête, vont voir.

Maréchal était écœuré. Comment de telles choses
pouvaient-elles, non pas sortir de la tête d'un homme,
cela il le savait possible depuis longtemps. Non, ce
n'était pas ça. Il y avait la démarche ensuite de les
fixer sur une toile, de leur donner ainsi une durée, de

171

les légitimer. Et même, comme Dufour maintenant, d'en être fier, d'en attendre tout quand il les porterait au grand jour. L'écœurement de Maréchal ne venait pas d'une quelconque pruderie, d'un moralisme du passé, ce n'était pas son genre et pour lui l'art pouvait se permettre beaucoup.

Beaucoup, mais pas ça ! On était là de l'autre côté de la barrière. Ce n'était plus de l'art, c'était de la pathologie. Dufour, même s'il avait changé, était resté un être conscient. La preuve, ses derniers propos : il attendait le succès, il allait faire scandale et cela marcherait. L'époque était à cela. Il le croyait et Maréchal n'était pas éloigné non plus de partager cette opinion !

Il se demandait comment il avait réussi à ne rien dire, ne rien répondre de précis aux questions de Dufour. Maréchal s'en voulait. Il n'avait eu qu'une idée en tête : sortir de la pièce ! Toutefois il avait depuis longtemps suffisamment fait ses comptes avec lui-même pour savoir que la seule attitude qu'il aurait dû avoir aurait été d'insulter Dufour, de lui cracher au visage ce qu'il pensait vraiment de ce musée des horreurs. Il ne l'avait pas osé et cela faisait une de plus de ces petites lâchetés que l'on traîne avec soi quelque temps, qui resurgissent parfois, mais que lentement le temps finit par étouffer tout à fait.

Dans la lumière éteinte du soir qui descendait sur le vallon de Hurlebois, Maréchal redécouvrit peu à peu, en marchant sur la terre gelée, le sens de la beauté que les toiles de Dufour bafouaient. Les hautes herbes se ployaient dans le vent, la glace brillait à la surface de l'eau qui paraissait vivre tant les craquements ressemblaient à des paroles, le ciel lui-même, pourtant terne et uniformément gris, apportait au paysage blanc un contraste magnifique. Maréchal savait tout cela, c'était le fond même de sa vie que cette beauté du monde. Et après ce qu'il venait de voir, Maréchal pouvait à nouveau espérer.

11

En arrivant aux abords de la buvette, Maréchal constata que Paul Vialat l'attendait. Il était seul, en dehors de Clément Delrieu qui descendait des caisses de son Master.

– Alors, vous vous promenez ?

Maréchal fut surpris par le ton de Vialat : ni sarcastique ni désagréable comme le père de Laetitia avait l'air d'en avoir pris l'habitude depuis qu'il avait eu connaissance des liens de l'écrivain avec sa fille.

– Je suis allé rendre visite à Martin Dufour...

– Ah, le peintre ?

– Oui, répondit Maréchal, laconique.

– Connais pas, fit Vialat. Il paraît qu'il est célèbre, mais moi et la peinture vous savez...

Maréchal aurait été beaucoup plus surpris s'il avait découvert un amateur d'art en la personne du père de Laetitia !

– Célèbre ? Oui, pas mal...

Il pensa que ce serait probablement encore plus vrai quand l'autre exhiberait ses nouvelles toiles ! Elles incarnaient une des constantes de l'époque : la cruauté ! Tout le monde paraissait en être friand. Quoique, pensa-t-il aussitôt, sûrement pas Vialat ! Comme de tout il fallait relativiser... Pas toujours facile ! On avait – c'était aussi une constante de l'époque – toujours tendance à généraliser. Il reprit :

– Vous êtes seul ? Vous avez perdu votre ami Dubosc ?

– Mon ami ? Vous rigolez ? Ce type me rend fou !

Maréchal eut l'impression que l'adjudant avait besoin de se confier. Et Maréchal avait l'habitude : tout le monde se confiait à lui, très facilement. En revanche, personne ou presque ne lui demandait de se raconter. Des fois, ça lui aurait servi ! Bah, il en était ainsi. Il fit :

– Ah bon ! Tant que ça ?

– Vous ne pouvez pas savoir, Maréchal ! Il me traite comme un domestique, c'est lui qui tranche et qui coupe, je n'ai plus qu'à obtempérer !

– Pourtant, vous avez autant d'autorité que lui ici, non ?

– En théorie, oui. Mais écoutez, Maréchal : je suis à la retraite dans trois ans. Vous croyez que je vais me fourrer dans le pétrin à présent, en déclenchant la bagarre avec la PJ ?

Non, Maréchal ne le pensait pas. Et puis il pensait aussi que ce serait inutile : dans tous les cas Dubosc aurait raison ! Il était bien placé pour le savoir.

– Et votre Allemand ? Toujours en taule ?

– Oui, heureusement. C'est lui qui a fait le coup, j'en suis sûr, quoi qu'on en dise !

« Vlan ! pensa Maréchal. Une pierre dans ton jardin. »

– Vous avez des preuves ?

– Des preuves ? Bon sang vous étiez avec nous quand il a tenté de foutre le camp ! Vous trouvez que ça ne suffit pas ?

– Franchement ? Non. Il a filé à cause du cannabis. Ça me paraît une raison suffisante. Et comment vous faites pour lui imputer le meurtre de Vauthier ? On l'aurait vu s'il était venu à Hurlebois.

– La nuit ?

– Pourquoi « la nuit » ?

– On vient de recevoir le rapport d'autopsie, ils sont allés plus vite cette fois que pour les enfants ! A croire que quand c'est la police...

– Et alors ? relança Maréchal.

– Vauthier a été tué dans la nuit de lundi à mardi, vers minuit. Vous voyez ?

– Ma foi, dit Maréchal qui ne voyait rien du tout. Et les enfants ?

– Pour les heures ça correspond avec ce que nous savons, mais ce n'est pas étonnant.

« En effet », pensa Maréchal.

– Mélanie est bien morte des suites des coups portés avec la pierre qu'on a trouvée, pour la petite de Puy-valade on s'est servi d'une branche.

– C'est tout ? demanda Maréchal.

– Qu'est-ce qu'il vous faut de plus ?

– Est-ce qu'il y a eu agression sexuelle ?

– Ah oui, c'est vrai ! Pas du tout ! Ça vous dit quelque chose ?

– Oui, répondit Maréchal, que ça élimine le mobile sexuel ! Et qu'il va vous falloir en trouver un pour votre Allemand.

– Ecoutez, Maréchal, on va pas se faire la guerre là-dessus ! Je voulais vous demander quelque chose...

– Oui ?

– Je vous offre un verre ?

– La buvette est fermée ! Réservée aux forces de l'ordre ! fit Maréchal en clignant de l'œil.

Le cafetier entendit la phrase et lança :

– Les forces de l'ordre, c'est lui ! Et au point où j'en suis ! Je crois que je vais finir par rouvrir de nouveau ! Comme dans trois semaines, les vacanciers vont revenir...

– Vous voyez, dit Vialat en entraînant Maréchal.

Ce dernier frissonna. Le soir venait très doucement. Déjà on ne distinguait presque plus la rive opposée du lac. Avant d'entrer dans la buvette, il regarda vers le chalet de Dufour. Un dernier rayon de soleil se reflétait sur les baies. Maréchal frissonna de nouveau. Il se demanda s'il devait parler à Vialat de ce qu'il avait vu là-bas. Ça lui aurait fait du bien. Mais cela pouvait aussi avoir des conséquences graves. Et, après tout, Dufour avait le droit de changer de manière, sa peinture ne regardait que lui. Que ce type le dégoûte à présent ne donnait pas à Maréchal le droit de l'impliquer ! Enfin, pas encore en tout cas.

– Un cognac, monsieur Maréchal ? demanda Clément Delrieu qui connaissait ses habitudes.

« Ma foi, ça effacera peut-être le souvenir du Jack Daniel's ! » pensa Maréchal en acquiesçant.

– Et vous, adjudant ?

Maréchal fut stupéfait en entendant Paul Vialat répondre avec aisance :

– Un Coca, Clément.

Devant la mine de Maréchal, il expliqua :

– C'est à cause de Guillaume, mon petit-fils ! Il ne boit que ça, vous savez bien, les jeunes d'aujourd'hui... J'ai fini par y prendre goût.

Le Guillaume en question était le neveu de Laetitia, le fils de son frère François, un type... Maréchal préféra ne pas trop se souvenir de François Vialat. Ni d'ailleurs de Guillaume qu'ils avaient eu sur le dos une journée entière. A la fin, même sa tante avait éclaté : « S'il continue, je le gifle ! »

– Qu'est-ce que vous vouliez me demander ? interrogea Maréchal pour éviter d'entendre raconter de long en large les exploits de l'affreux jojo.

– Je me suis dit... Enfin, on raconte que par deux fois c'est vous qui avez découvert la vérité à propos de ces affaires auxquelles vous vous êtes trouvé mêlé en même temps que Dubosc.

– Contre mon gré, Vialat. Ça, je vous le jure !

– D'accord. Mais tout de même c'est vrai. Il y a eu ce crime de Carnon. Là, c'était un ami à vous mais à Rochevieille...

– Laissez tomber, Vialat ! C'est un mauvais souvenir.

– Comme vous voulez ! Il n'en reste pas moins que c'est vous, pas la police, qui avez découvert le fin mot de ces histoires !

– Je ne vois pas ce que ça change ? dit Maréchal qui le voyait trop bien.

– Je me suis dit que si vous trouviez quelque chose... Vous pourriez m'en faire profiter. J'aimerais bien doubler l'autre !

– Ça vous ferait de la promotion ? demanda Maréchal, tout miel.

– De la promotion ? Alors là, mon vieux, si vous saviez comme je m'en fous ! Non, mais comme ça je rentrerais chez moi plus vite et pas mécontent d'avoir damé le pion à ces messieurs de la police.

Il regarda Maréchal avec beaucoup d'amitié. « Trop à la fois », pensa celui-ci.

– Vous voyez que je joue franc-jeu ! termina l'adjudant.

– Ne vous faites pas trop d'illusions, Vialat. C'est vrai que cette histoire m'intéresse. Et seulement parce que deux gosses sont mortes ! Et que je ne suis pas de votre avis : pour moi l'assassin n'est pas derrière les barreaux à Montpellier. Il est ici. Et il rôde. Jusqu'à la prochaine fois...

– Deux gosses et Vauthier ! lui rappela Vialat.

– C'est vrai, reconnut Maréchal. Je suis tellement écœuré pour les enfants que j'en oublie ce pauvre type que j'ai découvert sur son tas de charbon.

– Ne vous méprenez pas, Maréchal, dit Vialat sur le ton de la confidence. Je suis tout aussi écœuré que vous pour les fillettes ! La seule différence c'est que moi je crois dur comme fer que nous tenons le salaud. Si j'ai tort, alors... Ce serait une erreur que je me pardonnerais difficilement.

Maréchal fut frappé par la façon dont Vialat avait dit cela. Peut-être, lui, s'était-il trompé sur son compte. Il changea de sujet :

– Et Montagné ? Qu'est-ce que vous en avez fait ?

– Taisez-vous ! L'autre l'a pris comme greffier ! Pauvre Montagné, lui qui a toujours détesté écrire, surtout des rapports. Vialat ajouta sur le ton de la confidence : C'était lui ou... moi !

– Evidemment... Et ces interrogatoires, qu'est-ce que ça donne ?

– Dramatique ! grimaça Vialat. Je veux dire pour Dubosc. Personne n'a le moindre alibi. En dehors de vous et des Fargue puisque vous étiez ensemble... Même Marc Santerres est suspect à ce compte ! Dans le brouillard...

– Tout de même..., fit Maréchal en réfléchissant à ce que venait de dire l'adjudant.

– Bon ! Je vais aller délivrer Montagné. Il est temps qu'on redescende dans la vallée. Pensez à ce que je vous ai demandé...

– C'est promis, je vais réfléchir.

Quand ils sortirent, il faisait nuit. Même la maison de Dufour avait disparu dans l'obscurité. Le froid était un peu moins vif et quelques flocons isolés voletaient autour de la buvette dans le halo des lampadaires qui éclairaient le chemin du lac et, juste au-dessus, Hurlebois et ses maisons vides. Ils remontèrent côte à côte vers la place. On entendait craquer la glace contre les pilotis du débarcadère qu'on avait construit pas loin de chez Delrieu à l'intention des vacanciers qui, en été, faisaient du dériveur sur le lac. En passant devant la maison de Vauthier, Maréchal remarqua que l'on – sûrement les gendarmes, mais il n'avait pas envie de poser la question à l'adjudant – avait mis les scellés sur la porte du retraité. Ce détail ajoutait encore à l'aspect sinistre de l'endroit. A côté de lui, il entendait la respiration forte de Vialat, le père de Laetitia manquait d'exercice. Maréchal se trouva stupide d'avoir eu cette idée, d'autant que s'il continuait à descendre ses deux paquets de Gauloises par jour, il aurait bientôt tout autant de peine à tenir son rythme de grand marcheur. « Encore une lâcheté », pensa-t-il. Vialat le sauva d'une autocritique plus définitive.

– Dites donc Maréchal, vous savez où est Laetitia ?

– Oui, à Montpellier. Elle a des répétitions avec l'orchestre...

– Vous avez de la chance ! Nous, moi et sa mère je veux dire, on n'est au courant de rien...

Maréchal haussa les épaules. A vingt-cinq ans, son amie avait bien le droit de mener sa vie comme elle l'entendait ! Mais il devinait que cette question en préparait peut-être d'autres.

– Vous tenez à elle, j'espère, ajouta Vialat.

Son ton était forcé, comme s'il essayait de plaisanter, de le prendre à la blague, entre hommes, sans que la chose fût trop importante.

– Ecoutez, Vialat : oui je tiens à elle ! Beaucoup. Maintenant, je vous en supplie, ne me demandez pas quelles sont mes intentions ! Je n'en ai pas. Du moins pas encore.

– Ne vous emballez pas, Maréchal ! Si je vous demande ça c'est qu'elle compte beaucoup pour sa mère et pour moi. C'est notre fille ! Notre seule fille ! Bien sûr, il y a François... Mais ce n'est pas la même chose...

Maréchal faillit répliquer : « Je ne vous le fais pas dire ! » Il se retint. Il était troublé par ces confidences inattendues de Vialat. Il se méfiait. Il en avait entendu d'autres.

– Je ne m'emballe pas du tout, dit-il calmement. Reconnaissez que vous n'avez pas toujours été sympathique avec moi !

– Si vous voulez…, répondit l'adjudant à regret. Et vous, reconnaissez que vous n'avez pas toujours bon caractère !

– Je vous l'accorde ! fit Maréchal en éclatant de rire. (Puis il ajouta :) Soyez tranquille, Laetitia a la tête sur les épaules ! Avec ou sans vous… et sans moi d'ailleurs.

– Bien vu, Maréchal ! Allez, à bientôt. Je vais sortir Montagné des griffes du tigre !

Il tendit la main à Maréchal qui la serra, plus satisfait de la tournure des événements qu'il ne voulait le laisser paraître.

– Bonsoir Vialat, fit-il pendant que l'autre s'en allait vers l'école éclairée *a giorno*.

Derrière les vitres du premier étage, on voyait passer la silhouette de Dubosc, facilement identifiable à son chapeau vissé sur la tête. L'inspecteur faisait de grands gestes des bras en agitant une liasse de papiers. Montagné devait passer un sale quart d'heure.

Maréchal traversa la place. En remontant vers la maison des Fargue dont il apercevait les fenêtres éclairées au-dessus des toits des dernières bâtisses du hameau, il ressentit un sentiment bizarre. Il s'arrêta et regarda autour de lui. Le silence était parfait. La place était vide : Vialat venait d'entrer dans l'école. Pourtant il y avait quelque chose.

Il resta un long moment debout, il était tout près de la fontaine. Celle-ci ne coulait plus du tout depuis la veille. C'était peut-être cela qui troublait Maréchal : ce silence que devait encore accentuer beaucoup l'étouffement de tous les bruits par la neige dans le vallon. Avec la nuit, il était beaucoup plus sensible, presque palpable.

S'efforçant à se satisfaire de cette explication, Maréchal regarda encore et se remit en route. Il pensa aussi que les façades des maisons inoccupées – la presque totalité de celles qui se trouvaient sur la place – ajoutaient à la sensation de solitude. Là aussi, avec son cortège de magies, la nuit rendait les choses plus irréelles.

Cependant, s'il avait mieux regardé ou s'il avait eu plus de chance, Maréchal aurait constaté qu'il n'était pas seul sur la place du village. Une silhouette, fondue dans l'obscurité, attendit son départ et se faufila contre le mur de l'ancien café qui donnait sur le pré communal. Puis elle disparut le long d'une haie d'aubépines, touffue comme un balai, qui suivait un chemin de terre en contrebas rejoignant la route du lac bien après la buvette.

Maréchal se trouvait à peu près à mi-chemin de chez les Fargue. Il avait de la peine à se débarrasser de l'impression qu'il avait ressentie. Il s'arrêta de nouveau et regarda vers le hameau. La fenêtre de l'école était à présent fermée. Plus loin, dans la direction de la départementale, il lui sembla distinguer la camionnette des gendarmes regagnant la vallée. Les lampadaires le long de la route du lac étaient à présent moins visibles, presque noyés dans un halo jaunâtre. Il vit la Peugeot de Dubosc se garer devant la buvette. Quand le policier referma sa portière, le bruit claqua dans le silence.

Un peu plus loin, près des premiers chalets, il lui sembla voir bouger quelque chose. Fixant son attention il remarqua que la tache sombre qu'il venait de repérer bougeait lentement : quelqu'un marchait là-bas.

– Je voudrais bien savoir qui se promène à cet endroit, à cette heure ? dit-il à voix haute.

Il fut tenté de se lancer à sa poursuite mais, le temps qu'il rejoigne la route du lac, l'autre se serait depuis longtemps fondu dans la brume épaisse qui montait des eaux et noyait déjà tout le tour de la retenue.

« Tant pis ! » pensa-t-il, réalisant que probablement, tout à l'heure sur la place, le même personnage dont la présence l'avait à l'évidence alerté devait se trouver à quelques mètres de lui. Si c'était bien le cas, ce ne pouvait être que quelqu'un qui voulait savoir ce qui se disait dans l'école. Ou alors – c'était déjà plus désagréable – quelqu'un qui les surveillait, lui-même et Vialat. Dans ce cas, il faudrait ouvrir l'œil à l'avenir, et mieux qu'il ne l'avait fait jusqu'à présent.

A cent mètres de la maison des Fargue, Maréchal entendit la sonnerie du téléphone. Quand il entra, Solange se retourna et lui tendit le combiné :

– C'est Laetitia, fit-elle en s'efforçant de sourire.

Elle avait les yeux rougis de larmes et quand il passa devant la porte de la salle de séjour, il remarqua que Michel était assis sur le canapé, l'air fort sombre. Maréchal fut traversé par un éclair de panique. Mais la petite Sarah était tranquillement assise à la table de la salle à manger en train de faire ses devoirs.

– Allô, dit Maréchal. Comment vas-tu ?

– Bien ! Enfin presque ! Ils ont invité une sorte de

Castafiore pour le concert de la semaine prochaine. Je voudrais que tu voies ça : une teigne !

– Tu sais ce que je dis : « Prends-la pour ce qu'elle est ! » Tu verras : ça ira tout de suite mieux !

– Merci du tuyau ! Tu sais, mon chéri, j'ai déjà essayé ! Elle est toujours aussi emmerdante...

– Alors, il faut t'en débarrasser... Cherche un très gros couteau de cuisine en acier, avec un manche noir ! Les artistes, ça aime le spectaculaire !

– A propos d'artiste ! (Maréchal courba l'échine.) Tu n'as pas pu t'empêcher de remonter là-haut ! Comme j'ai essayé cinq fois de te joindre au téléphone, j'ai appelé aux Platanes. Quand Ginette m'a dit que tu avais acheté deux cartouches de Gauloises, mon esprit déductif m'a amenée à conclure que tu devais te rendre dans un endroit où l'on ne trouvait pas ce genre de commodités. Je n'en connais qu'un ! Hurlebois !

– Bravo ! fit Maréchal. J'allais t'appeler au studio !

– J'y suis au studio, mon chéri ! J'y suis même depuis cinq heures de l'après-midi, persuadée que tu t'es mis à ton travail depuis ce matin et que tu as bien avancé ce que tu dois rendre à ton cher éditeur dans quinze jours...

– Quinze jours ? fit Maréchal, incrédule. Tu es sûre ?

– Le quinze décembre ! Tu as raison, ce n'est pas quinze ! C'est quatorze ! Bientôt treize...

– Nom de dieu ! rugit Maréchal.

– Je ne te le fais pas dire ! minauda la jeune femme. Ne t'inquiète pas...

– Pourquoi ? fit Maréchal, troublé par la nouvelle au point de tomber dans le panneau.

– D'ici là, Sherlock Holmes aura trouvé la clé du mystère !

– Tu sais bien…, tenta Maréchal.

– Stop, dit Laetitia. Tu es assez grand pour savoir ce que tu dois faire ! (Tout de même conciliante, elle ajouta :) Je sais ce que tu ressens à cause de la mort des fillettes ! Simplement, ce n'est pas ton boulot ! Tu l'as dit toi-même.

– C'est vrai, mais tu ne vas pas dire que ce n'est pas mon problème !

– J'ai dit boulot, pas problème ! Réfléchis bien. Maintenant, si tu veux encore retarder pour ton livre, ça, c'est ton problème.

Tout cela était imparable. Et Maréchal le savait. Ça l'agaçait qu'elle s'en soit si bien rendu compte. Elle avait raison, mille fois raison. Pas question de retarder encore son travail. En plus, cette fois, il était en plein dans l'actualité… Il y avait longtemps que ça ne lui était pas arrivé. Dans trois mois, ce ne serait plus vrai ! Elle reprit :

– Dis-moi ! Je suis libre ce week-end. On a bien avancé ici, malgré la Castafiore. Tu viens me chercher ?

– Et après, tu veux que je travaille !

– Je n'ai jamais constaté que ma présence t'empêchait de travailler ! Sauf peut-être…, insinua-t-elle. Laissons cela ! Alors, tu viendras ?

– Evidemment que je viendrai ! Et ensuite, on passera tout le week-end à La Valette ! Pour mon travail, je veux dire… D'accord ?

– Ouais, fit-elle. Je ne sais pas si c'est bien raisonnable, mais ma foi…

– Je t'appelle demain vers une heure. Ça va ?

– Ça va ! A demain, mon chéri...

Maréchal attendit, un peu inquiet.

– ... Je t'aime ! termina-t-elle après un silence qu'il devina volontaire.

– Ouf ! Je t'aime aussi.

Quand il gagna la salle de séjour, il vit qu'on avait fermé la porte de la salle à manger où Sarah était toujours plongée dans ses cahiers. Michel et Solange discutaient à voix basse, avec véhémence.

– Elle va bien, on dirait, dit Solange.

– Elle vous embrasse tous les deux, répondit Maréchal. Je vous laisse, je vais dans ma chambre un moment.

– Oh, tu peux rester, dit Michel.

– Je ne veux pas être indiscret, je suis un garçon bien élevé, essaya de plaisanter Maréchal.

Cela ne dérida pas ses amis.

– Je te dis qu'il faut partir ! dit Solange avec force.

– Pour aller où ? Je te le demande encore.

– Franck ! Il se rend pas compte. Sarah est en danger ici !

– Ce n'est pas une raison pour partir ! Dis-lui toi, Franck ! Et puis les flics tiennent l'assassin des petites, non ?

– Tu le crois vraiment ? demanda Maréchal doucement.

Michel baissa les yeux. Il écarta les mains en signe d'impuissance.

– C'est ce qu'ils disent. Je sais bien que tu n'es pas d'accord, pourtant, après tout, reconnais que ça se tient ! (Il continua sur un ton plus remonté :) Si elle dit ça, c'est que ça tombe bien. Ça fait des mois qu'elle me parle de descendre dans la vallée, qu'elle répète que j'aurais un poste à l'ancienneté dans les bureaux de l'ONF, et elle dans une clinique. Etc., etc. ! Des mois !

Maréchal le coupa :

– Ce sont vos affaires. Maintenant, je crois comme Solange que Sarah est en danger ! Et toi aussi, tu le sais bien. En danger, oui ! Comme tous les gosses de Hurlebois. Parce que celui qui a tué Mélanie et la petite de Puyvalade, et sûrement aussi Vauthier, est toujours en liberté, et pour moi, ici ! Alors je crois qu'il ne faut pas céder à la panique et surveiller les gamins ! Vialat est de mon avis. Il faut toujours savoir où est chaque enfant, ne jamais les laisser seuls. Déjà, on fait bien de ne pas les envoyer à l'école cette semaine. Il y a trop de risques. Maintenant, au sujet de votre discussion à tous les deux, je ne souhaite pour rien au monde me mêler de votre vie…

Solange paraissait plus calme, presque rassurée par le ton ferme de Maréchal.

– Je vais préparer le repas, dit-elle.

Elle partit vers la cuisine en jetant en passant un regard angoissé sur Sarah qui mastiquait consciencieusement son feutre.

– Qu'est-ce que tu en penses ? demanda Michel après son départ.

– Ce que je viens de te dire ! Pas plus, pas moins !

– Non, je parlais du reste : qu'on aille s'installer dans la vallée ?

– Ça, mon vieux, je l'ai dit aussi : cela ne me regarde pas. Tu es devant un sacré problème, je te l'accorde.

– Chaque fois, c'est pareil. A l'entrée de l'hiver, elle me fait le même coup.

– Tu as pensé à tout ? Je veux dire : c'est dur la vie ici, surtout pour elle. Toi, c'est ton monde. Mais elle ?

– Tu prends sa défense, toi aussi ! s'exclama Michel.

– Tss, Tss ! C'est pas mes oignons, pourtant ce que je viens de te dire, tu ne peux pas ne pas en tenir compte.

Michel réfléchit puis finit par admettre :

– D'accord, je vais revoir le problème et essayer d'en parler plus calmement avec elle.

– C'est ce que vous avez de mieux à faire.

– Et Dufour ? questionna Fargue. Comment s'est passée ta visite ?

– Rien de spécial ! fit Maréchal, éludant le problème. Sauf qu'après j'ai eu droit à une entreprise de séduction de la part de Paul Vialat.

– Pas possible ?

Au cours du repas, une réflexion de Michel attira l'attention de Maréchal. Son ami avait dit à propos des Martel :

– Ils ne sont pas en odeur de sainteté chez Chavert !

– Pourquoi ? avait demandé Maréchal qui venait de se souvenir de la réaction de Noël quand il avait appris que Marc portait Nicolas quand Mélanie avait disparu.

– C'est une vieille histoire, répondit Solange. Léonie Chavert prétend que c'est à cause de Jacqueline que Sylvie a été abandonnée par son compagnon, à la naissance de Nicolas. Jacqueline Martel aurait raconté que Sylvie, quand elles étaient en pension ensemble ou ici pendant l'été, avait été une fille légère. C'est vrai que Jacqueline a la langue longue parfois, mais ça m'étonne !

– Et... c'était vrai ? demanda Maréchal. Je veux dire pour Sylvie.

– Comme ci, comme ça, fit Solange avec un geste de la main. Une adolescente un peu délurée, peut-être... Mais moi je n'ai rien remarqué, faut dire que je passais les deux mois d'été à Palavas, avec ma tante.

Maréchal craignit que cela ne relance la polémique avec Michel. Il demanda :

– Et Chavert, qu'est-ce qu'il dit ?

– La même chose que Léonie, mais plus fort. Ça fait longtemps qu'il n'adresse plus la parole à Jacqueline Martel.

– Sylvie Chavert ne doit pas rigoler tous les jours ! remarqua Maréchal.

– C'est une fille sympa, répondit Solange. Je la vois assez régulièrement. Pour des raisons professionnelles : elle a souvent des ennuis de santé.

– Faut dire que dans cette maison il doit être difficile de ne pas en avoir, dit Michel. Il doivent ouvrir les volets dix minutes par jour !

– Tu exagères ! s'exclama Solange. (Puis elle reconnut :) C'est vrai que ce n'est pas très gai là-dedans... Le pire c'est que le petit Nicolas est un enfant exceptionnel. Superintelligent. Et il joue du piano... Au fait, ça te plairait, Franck. Un jour il m'a dit que son musicien préféré, c'était Mozart.

Dans le cœur de Maréchal, le petit Nicolas Chavert, qu'il avait à peine aperçu, fit un grand bond en avant parmi les habitants de Hurlebois.

La grimace de Solange gâcha sa joie. Elle remarqua :

– Tiens, j'avais oublié. Mélanie était sa copine…

Une heure plus tard, le téléphone sonna une nouvelle fois. Maréchal, qui passait à côté, décrocha :

– Allô ?

La voix de Paul Vialat.

– C'est vous Maréchal ? Ça tombe bien : Franz Herbar a avoué. Je l'ai appris tout à l'heure, en rentrant à la brigade. Quand on lui a mis devant les yeux le rapport de Paris : attentat à la pudeur sur mineure, il a craqué. Il a aussi avoué pour Puyvalade. Il n'y a que le meurtre de Vauthier qu'il refuse d'endosser. Au point où il en est, il finira par comprendre que ça ne sert à rien…

– Certes ! Il a donné des explications ? demanda Maréchal.

– Pas encore. Il a avoué, et après il a dit qu'il se tairait et ne répondrait plus rien !

Paul Vialat ne put s'empêcher d'ajouter :

– Vous voyez, Maréchal…

– Oui, vous aviez raison, reconnut celui-ci qui se disait que, s'il n'y avait pas eu entre eux l'espèce de trêve signée dans la soirée devant la buvette, il aurait eu droit à un ton autrement triomphant !

– Allez, je rentre chez moi. A bientôt, Maréchal ! Le bonsoir aux Fargue.

– Je n'y manquerai pas. Bonne nuit, Vialat.

Maréchal raccrocha. Ainsi, il s'était trompé… Au fond, c'était une excellente chose, quoique son amour-propre eût à en souffrir !

12

Le lendemain matin, la nouvelle se répandit à Hurlebois. Maréchal descendit seul vers neuf heures
jusqu'au hameau, Michel était déjà parti depuis un
bon moment.

Juste avant d'arriver sur la place, il vit la Peugeot de
Dubosc qui se dirigeait dans sa direction. Quand il fut
à sa hauteur, l'inspecteur s'arrêta et baissa sa vitre.

– Alors, Maréchal ! Ça y est ! Finalement le gendarme avait raison. J'aurais pas cru...

Il avait un sourire particulièrement énervant qui
attira l'attention de Maréchal.

– Et maintenant, vous le croyez ?

– Je vais vous faire une confidence Maréchal...
Non !

– Et pour quelle raison ?

– Deuxième confidence : parce que c'est moi qui ai
demandé qu'on raconte que l'Allemand avait avoué...

– Même aux gendarmes ? s'étonna Maréchal.

Dubosc balaya la remarque de la main et poursuivit :

– Ça va donner confiance au vrai meurtrier. Et

quand on a trop confiance, on fait forcément un faux pas un jour ou l'autre.

– Et les enfants ? Vous y avez pensé aux enfants ? Maintenant, les gens ne vont plus se méfier ! C'est drôlement dangereux votre brillant système, vous ne croyez pas ?

– J'attends deux hommes qu'on va m'envoyer de Montpellier. Je dirai que c'est pour relever des indices en vue du procès. Ils surveilleront les gosses de Hurlebois comme le lait sur le feu.

– Et pourquoi vous me racontez tout ça à moi, demanda Maréchal. Après tout... si c'était moi ?

– J'y ai pensé ! Il y a deux raisons : la première, c'est que vous étiez en compagnie des Fargue quand la petite a été tuée ici, ce qui, entre parenthèses, les met aussi hors de cause. Mais ça je vous l'ai déjà dit. Et ensuite...

– Ensuite ? ne put s'empêcher de reprendre Maréchal.

– Disons que j'avais une petite dette à payer... Maintenant, c'est fait. (Il démarra et ajouta :) Carnon ! Vous vous souvenez ?

Après avoir dépassé Maréchal, la Peugeot prit un chemin qui rejoignait la route du lac. Maréchal constata que, selon toute probabilité, Dubosc allait chez son « ami » Martin Dufour.

S'il avait su qu'il se rendrait là-bas, il lui aurait conseillé de pousser un peu plus loin autour du lac jusqu'à la maison de la Palinette.

Tout en continuant son chemin, Maréchal pensa que le stratagème de Dubosc bouleversait complètement les données du problème. S'il n'était pas mécontent de voir que, contrairement à Vialat, l'inspecteur n'était pas plus que lui-même tombé dans le panneau Malemort, il n'en restait pas moins que cette façon de procéder comportait de gros risques. Maréchal n'avait qu'une confiance limitée dans la surveillance que pourraient exercer deux flics de la ville sur les gamins de Hurlebois. Ou les autres ! Que le salaud s'attaque à nouveau à un enfant d'un village voisin pouvait arriver… Cependant Maréchal avait la conviction intime, bien que sans fondement précis, que pour le meurtre de Puyvalade l'explication devait également se trouver ici, à Hurlebois. Peut-être dans une affaire de famille. Il se promit de raconter cela aussitôt que possible à Michel – qui comme lui était hors de cause, et ce de l'avis même de Dubosc. A deux, ils pourraient plus facilement surveiller les gosses.

Maréchal devait aussi reconnaître que si l'assassin faisait un faux pas un jour ou l'autre, comme disait Dubosc, cela se produirait plus facilement désormais, dans la mesure où il se croirait hors de cause. Et qui, en dehors de lui, des Fargue et évidemment des Martel, pouvait être mis hors de cause ? Personne ! C'est ce que lui avait confirmé Vialat dans la conversation de la veille. Et c'était normal : dans les fermes, le matin, chacun a ses occupations.

Il vit arriver Michel peu avant d'entrer dans Hurlebois.

– Tu es bien matinal ! fit Maréchal.

– Non : consciencieux ! Tu m'avais demandé des choses l'autre jour, tu as oublié ? Remarque qu'à présent ce n'est plus d'actualité puisque Herbar a avoué !

– Que tu crois ! répliqua Maréchal.

Il mit Michel au courant de la combinaison de Dubosc.

– C'est dangereux… et tordu, constata son ami.

– Comme lui, fit Maréchal.

– Alors j'ai bien fait de monter à Puyvalade. J'avais raison : le chemin muletier est tout à fait praticable, et même lundi, malgré la neige, n'importe qui a pu passer là pour aller à Puyvalade depuis Hurlebois.

– Bien, ça ne me surprend pas.

– Tu es toujours persuadé que l'assassin est ici ?

– Non, Michel : que l'assassin est *d'ici*. Ce n'est pas tout à fait la même chose.

– En effet ! A Puyvalade, j'ai appris autre chose : je n'avais raison qu'à moitié. Dimanche, quand la neige est tombée elle a coupé la route de Vallée-Basse. Donc…

– Donc, le coupa Maréchal, en aucun cas Franz Herbar n'a pu aller à Puyvalade depuis Malemort. Même en quatre-quatre ?

– Pas avec une Lada en tout cas ! Avec un Land Rover, peut-être, et des grosses chaînes… Même là, je ne crois pas que cela aurait été possible, la route était trop difficile.

– Donc si Herbar a voulu aller là-bas, il sera forcément passé par Hurlebois…

– Où quelqu'un l'aura sans doute remarqué, termina Michel… Probable !

– Oui, regretta Maréchal. Probable, pas absolument certain…

– Quatre-vingt-dix pour cent, jugea Fargue.

– Tu as beau retourner la question : il reste dix pour cent en faveur du contraire.

– Et c'est toi qui dis ça ! s'exclama Fargue.

– Oui, parce que ma conviction de la présence de l'assassin à Hurlebois repose sur une intuition. Forte, mais une intuition. Et les chances qu'elle soit exacte seraient plus importantes si on pouvait éliminer Herbar complètement. Dont acte.

– Bon, je file, dit Fargue. Je passe à la maison dire ça à Solange. Sarah est avec elle.

– J'allais le faire, dit Maréchal. Je voudrais bien parler un moment avec notre ami Montagné. J'aimerais l'interviewer au sujet de la Palinette et de son fils.

– Tu as tes grigris ? plaisanta Fargue en démarrant. La Palinette, tu sais ! J'y vais : après avoir parlé à Solange, il faut que j'aille jusqu'au col, paraît qu'il y a encore des arbres sur la départementale !

Sur la place, Maréchal vit arriver la camionnette des gendarmes. Vialat le salua très amicalement en passant. « La trêve dure toujours », constata Maréchal. Puis l'adjudant, qui conduisait, fit un grand virage, déposa Montagné devant l'école et repartit. Peu après, Maréchal vit la camionnette s'arrêter devant la buvette.

Il rejoignit Montagné qui s'escrimait avec un énorme trousseau de clés. Sous le bras, il serrait un dossier encore plus énorme : une chemise jaune bourrée de papiers et fermée par une sangle. A ses pieds, il y avait une machine à écrire, une Olympia verte qui datait de plus de trente ans.

– Comme si on n'aurait pas pu sortir cette clé du milieu des autres, hier, en fermant !

– Bonjour Montagné. Et qui a fermé ?

– Bonjour, monsieur Maréchal. Ben, c'est moi qui ai fermé.

« Ah, il est lent, Montagné », pensa Maréchal qui demanda encore en plaisantant :

– Vous retournez à l'école ?

– M'en parlez pas, fit-il au moment où, ayant retrouvé la bonne clé, il parvenait enfin à ouvrir. C'est l'autre. Hier au soir, il m'a engueulé en disant que je tapais à la machine comme un cochon ! Je me suis plaint au chef !

Maréchal se rappela l'ombre de Dubosc qu'il avait aperçue la veille au soir derrière la vitre. C'était donc ça : il « engueulait » Montagné. Il repensa aussi à ce qu'il avait vu ensuite. Il entra dans l'école sur les talons du gendarme en portant l'Olympia et en demandant :

– Et alors ?

– Alors ? Le chef m'a dit qu'il fallait pas indisposer « monsieur Dubosc », que lui, le chef, il tenait à sa tranquillité. A cause de ces politesses, moi, il faut que je retape presque tout ce tas de paperasses !

Il était presque midi. Maréchal avait plongé la tête sous le capot de la 4L depuis un bon moment quand Michel rentra chez lui.

– Qu'est-ce qu'elle a ?

– Ah, c'est toi ! Ça lui arrive. Elle marche comme une montre pendant des mois. Pluie, vent, neige ! Rien n'y fait et puis un beau jour : plus moyen de démarrer. A La Grézade, je vais voir Jules Viadieu et c'est réglé. Il « la prend en main », comme il dit ! Imagine-toi qu'il ne veut pas que je reste quand il bricole dedans ! Mais ça, c'est du cinéma. Dommage : je saurais quoi faire. Bon, je vais essayer une dernière fois.

Au premier tour de clé, la voiture ronronna.

– Et voilà ! fit Maréchal. Un caprice...

– Mais dis-moi : tu t'en vas ?

– M'en aller ?

– Tu m'as l'air de rêver ce matin. Regarde les choses en face, dit Michel en souriant. Je te trouve en train de faire démarrer ton carrosse. Alors, je me dis : « Il s'en va. »

– D'accord, reconnut Maréchal. Non, je ne m'en vais pas. Sauf bien sûr si tu ne veux plus de moi sous ton toit ! Je compte aller faire un tour cet après-midi.

– C'est à cause de ce que t'a dit notre pandore ?

– Ah, tu sais ? constata Maréchal.

– Facile docteur Watson : tu m'as dit que tu voulais interroger Montagné et je t'ai vu sortir de l'école quand je suis repassé sur la route.

– J'aurais espéré un raisonnement plus subtil, plaisanta Maréchal. Mais : « Faute de grives... ». Oui, c'est à cause de ce que j'ai appris de Montagné... entre autres. Ils ont a peine interrogé la Palinette. C'est bien Vialat et lui qui y sont allés.

– Qu'est-ce qui en est sorti ?

– Que veux-tu qu'il en soit sorti ? Rien ! Elle était chez elle lundi matin, à se chauffer devant son feu. Elle n'a rien vu, rien entendu.

– Et Jules ?

– Jules alimentait son feu.

– Toute la journée ?

– Non, vers onze heures, il est parti à la chasse !

– Avec le temps qu'il faisait ?

– « Jules chasse par tous les temps, monsieur le capitaine, il a l'habitude, depuis qu'il est tout petit... Il est costaud », c'est écrit comme ça sur le rapport de Montagné... avec des fautes d'orthographe !

– En plus, c'est peut-être vrai !

– Peut-être... ou peut-être pas... Comment vérifier ? C'est ce qu'elle a dit : « Faut nous croire, monsieur le capitaine ! »

– Et Dubosc ? Qu'est-ce qu'il pense de tout ça ? demanda Michel.

– Apparemment pas grand-chose. Il n'a même pas convoqué la Palinette et Jules à son grand cirque des « dépositions de témoins » ! De toute façon, ils ne seraient pas venus : elle l'avait dit à Vialat et à Montagné. Vialat : « Madame Lacroix – c'est son nom pour l'état civil, un comble ! – restez à la disposition de la justice. » Mme Lacroix : « Je ne bouge pas de chez moi, vous n'aurez qu'à revenir, s'il faut ! »

– Et Dubosc s'est contenté de ça ?

– Apparemment ! Ni la Palinette ni son fils ne doivent faire partie de ses suspects.

– Qui alors ?

– Je l'ignore. Mais pas l'ancêtre, sans quoi il lui serait tombé dessus comme la misère sur le pauvre !

– Pourquoi tu dis « l'ancêtre » ? remarqua Michel.

– Parce qu'elle a au moins quatre-vingts ans !

– La Palinette ? Jamais de la vie ! Elle est de l'âge de mon oncle : ils ont été en classe ensemble.

– Et ton oncle ? demanda Maréchal, interloqué.

– Soixante-huit ! répondit Michel, qui admit : C'est vrai qu'on lui donnerait davantage... C'est la vie qu'elle a menée : si on te la racontait, je suis sûr...

– ... que je pourrais en faire un roman !

– Comment tu le sais ? demanda Michel.

– Laisse tomber..., dit Maréchal en refermant le capot de la 4L.

– Où est Solange ?

– Elle surveille Sarah, pardi ! Elle l'a prise avec elle pendant sa tournée.

– Tu sais, quand je lui ai raconté ce qu'avait mijoté Dubosc, ça n'a pas été facile. Elle voulait partir tout de suite. Il m'a fallu un moment pour la convaincre...

– Cependant tu y es arrivé. Et tu sais pourquoi ? Je vais te le dire, même si ça ne me regarde pas. Vous vous aimez, c'est aussi simple que ça. Et, quand on s'aime, tout peut se régler, ça aussi c'est simple.

Michel sourit :

– Tu as raison. J'ai réfléchi à ce que tu m'as dit. Et c'est vrai que la vie de Solange n'est pas facile ici. Et moi ? Tu imagines ce que je deviendrais dans un bureau à Saint-Donnat derrière un écran d'ordinateur ?

– Réfléchis encore, conclut Maréchal.

Il était tombé un peu de neige dans la nuit. Mais, depuis le matin, le temps s'était considérablement radouci. A présent, il pleuvait.

Maréchal tourna la clé de contact en se demandant

si la 4L allait faire ou non un caprice. Elle démarra au quart de tour.

La pluie était fine, serrée, un peu collante. Elle avait fait disparaître une bonne partie de la neige sur les toits de Hurlebois. Les ardoises luisaient en dessous, noires, un peu argentées. En passant sur le pont du Douloir, Maréchal constata que les eaux étaient grosses. Devant la buvette de Delrieu, la Peugeot de Dubosc était garée à côté de la camionnette des gendarmes. Un break 305 se trouvait aussi là. Maréchal se dit que les « anges gardiens » de Dubosc étaient arrivés.

Pendant le repas, il avait indiqué à Michel son intention d'aller voir du côté de chez la Palinette et son fils. Il s'en voulait un peu de n'avoir pas tout dit à son ami.

La route du lac était détrempée, davantage par la fonte de la neige que par la pluie. Maréchal frémit en pensant à ce qui se passerait quand le froid allait revenir. Toutes les routes du pays se transformeraient en patinoires. Il frémit à nouveau en pensant à ses pneus « un peu lisses » si cela se produisait aujourd'hui.

A une heure, il avait appelé Laetitia au studio. Il avait laissé sonner longtemps. Elle n'avait pas répondu. Mais les heures et Laetitia ça faisait deux. Elle avait peut-être attendu son coup de fil à midi ! Puis, si c'était le cas, elle aurait filé du studio en claquant la porte pour aller déjeuner. Et peut-être même, pour se venger de lui, au MacDo ! Mais Maréchal pensa que, comme il l'avait dit à Fargue, « quand on s'aime, tout s'arrange ». Il aimait Laetitia et elle aussi l'aimait. Il évita d'émettre pour lui-même une quelconque possibilité que cela ne soit pas vrai, bien qu'il ait souvent besoin de se rassurer sur ses sentiments à elle. C'était normal : comment être sûr que l'autre... Au fond, il valait mieux : cela aurait été trop facile.

Il se souvint qu'il avait promis d'aller la chercher à Montpellier le samedi. On était jeudi. Ça lui laissait encore un jour et demi à Hurlebois. « Il s'en passe en un jour et demi », dit-il à haute voix. Ce week-end avec Laetitia lui ferait du bien. Après, il se mettrait à son travail. Il avait facilement réglé avec sa conscience le débat moral qu'elle avait mis en avant à propos de cette date butoir du quinze décembre. Il savait très bien l'importance qu'il y avait pour lui à tenir le délai. Sinon, « là-haut », ça allait grincer des dents ! Mais lui se connaissait : il ne lui faudrait pas plus de dix jours pour terminer ce livre. Donc tout allait bien ! « Oui, à condition qu'on ait mis la main sur l'assassin avant samedi ! » Car il savait aussi que, tant que ce dingue courrait la campagne, lui, Maréchal, serait incapable de travailler paisiblement à La Valette. Il avait depuis longtemps fait son compte : n'importe quoi sauf envisager qu'on trouve un autre enfant sur un pierrier, le crâne fendu !

Tout en méditant ainsi, il avait dépassé les chalets fermés des vacanciers et approchait de celui de Dufour. Il avait ensuite l'intention de continuer sur la route autour du lac pour arriver chez la Palinette. Maréchal était un visuel et il avait besoin de fixer les lieux. Or il se demandait comment se présentait sur le terrain le secteur de la corne est du lac qui séparait la maison des bois du lotissement des chalets et qu'il ne connaissait que de loin.

La pluie tombait toujours, un peu plus épaisse à

présent. Les rigoles, qui dégoulinaient sur le pare-brise et que les essuie-glaces avaient de la peine à chasser, ajoutées à la buée ayant recouvert toutes les fenêtres de la 4L, rendaient la visibilité très incertaine. Il ouvrit sa vitre au risque de se tremper, c'était le seul moyen de se débarrasser de la buée. Par chance, la pluie venait du côté du lac. En passant, il regarda le chalet de Dufour.

Les volets roulants des baies de la terrasse étaient abaissés. Peut-être Dufour était-il reparti pour Paris ? Toutefois cela était peu probable : l'Alfa Romeo était toujours garée sous son auvent et un peu de fumée sortait de la cheminée. Il se pouvait que le peintre ait enfin appris à disposer ses bûches correctement. Maréchal ne le croyait pas : Dufour était de ces types qui n'apprennent rien de ce qui compte !

En avançant encore un peu, il vit que ce n'était pas seulement les baies de la terrasse qui étaient fermées : toutes les fenêtres étaient closes ! Maréchal frissonna en pensant que Martin Dufour se trouvait peut-être au même moment dans son atelier noir en train de peindre une de ses toiles diaboliques. Il plaignait la pauvre Carmen. Ce qu'elle avait de mieux à faire, c'était de filer ! Elle en était sûrement incapable. Il restait seulement à espérer qu'elle ne se soit pas cognée encore une fois dans la porte de la salle de bains ! Cela avait été une découverte pour Maréchal : la violence de Dufour. Et son ivrognerie aussi ! Quoique beaucoup plus facile à comprendre. On ne brade pas son talent, comme l'avait fait le peintre, pendant des années, sans en payer l'addition. En un sens, la nouvelle peinture de Dufour était plus vraie que ses

grandes abstractions, qu'il devait bâcler en deux heures dans le seul but de gonfler son compte en banque.
Plus vraie, pensa Maréchal, mais insupportable. Et,
justement à cause de cette vérité, les sujets et la forme
jetaient un sacré éclairage sur la vraie personnalité de
Dufour. De là à en tirer des conclusions trop rapides...

Maréchal se demanda ce que Dubosc avait retiré,
lui, de sa visite du matin au grand chalet ? Il fallait
espérer pour Dufour qu'il n'avait pas eu l'idée de lui
montrer sa production. Sans quoi, l'inspecteur aurait
vite fait de foncer sur ces fameuses conclusions hâtives
que Maréchal essayait d'éviter, sans y parvenir totale-
ment.

La 4L avait dépassé la bâtisse et désormais il n'y avait
plus de construction en vue jusque chez la Palinette,
dont la maison elle-même était dissimulée dans la
forêt. Il y avait à peu près deux kilomètres jusque
là-bas.

La route après le chalet de Dufour était bien meil-
leure. Peu de voitures devaient y circuler, ce qui n'était
pas le cas pendant l'été dans la portion qui desservait
le lotissement des chalets. Là où roulait maintenant
Maréchal, le chemin servait seulement à la belle saison
aux randonneurs – sympathiques aux yeux de Maréchal –, aux joggers – qui l'étaient beaucoup moins –
surtout, concédait-il, quand ils avaient son âge et le
regardaient ironiquement allumer une Gauloise après
l'autre. Maréchal n'avait pas le « culte du corps »,
comme il tempêtait parfois en voyant tous ces gens
lancés avec frénésie à la poursuite inutile de leur jeunesse perdue. Pour Maréchal, c'était le meilleur
moyen de vieillir ! Parce que le corps, lui, se foutait

de toutes les philosophies du monde ! Bien sûr, il y avait un risque que Maréchal se trompe ! Ça pourrait alors lui coûter cher. Au moins, sa jeunesse à lui, même si elle était lointaine, n'était pas perdue : il la cultivait avec un soin particulier par la nostalgie. Et ça marchait plutôt bien, au point que parfois il se surprenait dans des comportements, des attitudes de jeune homme. Ou même d'enfant, la vie avec Laetitia le lui avait confirmé et elle ne s'était pas privée de le lui dire à plusieurs reprises : « Tu agis comme un enfant ! » Et ce qui faisait le prix de sa relation avec elle, c'est qu'elle ne le lui reprochait pas le moins du monde !

Il avait presque fait le tour du lac et déjà les chalets se trouvaient sur l'autre rive où ils étaient devenus des silhouettes un peu fantomatiques derrière le rideau de pluie. Surtout celui de Dufour qui, vu de ce côté du lac, isolé comme il l'était, paraissait une incongruité dans le paysage délavé de la montagne en face ; des petits bois et des traînées de brume qui, se dit Maréchal, faisaient penser à une peinture des Song.

Il rêva un moment à ce qu'avait du être ce pays autrefois, quand il n'y avait qu'une mauvaise route pour y accéder depuis la vallée et que les habitants du vieux hameau passaient ainsi les trois quarts de l'année à cultiver chichement leurs prés, dans une autarcie presque totale avec de longs mois d'hiver. Sans parler de temps plus reculés encore, bien au-delà des parents ou des grands-parents des derniers vrais habitants d'aujourd'hui. Peut-être même alors n'y avait-il pas de route, mais un simple sentier pour établir le contact avec un univers qui devait leur faire l'effet – quand par hasard ils en recevaient les échos grâce à quelque colporteur ou prédicateur – d'une planète sur laquelle ils ne mettraient jamais les pieds – et sans doute n'avaient-ils aucune envie de le faire. La vie, alors, c'était « aujourd'hui » qu'elle se vivait.

Maréchal dépassa à toute petite vitesse le sentier en face des aulnes qu'il avait pris le mardi pour rejoindre la maison forestière. A ce carrefour, comme dans la portion de route conduisant chez la Palinette, il n'y avait pratiquement plus de neige sur le chemin. Le vent l'avait transportée le long de la rive où elle s'était accumulée en formant une sorte de mur qui masquait le bord de l'eau. Au-delà, les plaques de glace disloquées flottaient, rendues brillantes par la pluie toujours aussi tenace.

Maréchal s'arrêta un moment sous les aulnes. Il examina, à travers le pare-brise détrempé, l'endroit où, l'avant-veille, il s'était aperçu qu'il était suivi. En dehors de l'aspect très triste de la forêt et des broussailles sous la pluie, il ne vit rien de particulier, en tout cas rien de plus que ce dont il se souvenait. Il avait pensé qu'en revoyant les lieux un détail qu'il aurait oublié pourrait lui revenir en mémoire, il en était pour ses frais. Ce n'est qu'une fois qu'il eut redémarré, après avoir parcouru le morceau de route entre le carrefour des aulnes et la maison des bois, qu'il se rendit compte qu'en fait la distance entre ces deux points était vraiment courte ; à pied comme l'autre jour, c'était moins évident. Cela renforçait son idée sur l'identité de son espion.

La première chose qui le frappa en arrêtant la 4L avant la clôture de roseaux du potager fut l'absence de la fourgonnette de l'épicière. « Tiens, pensa Maréchal, si elle n'était pas là ? » C'était une perspective séduisante qu'il restait à vérifier.

Bien entendu, dès qu'il s'approcha de la maison, le fauve surgit en hurlant et s'étrangla au bout de sa chaîne. Celle-ci était solide, Maréchal s'en était convaincu la première fois. Il ne prêta plus aucune attention aux menaces du chien et s'approcha encore. Si quelqu'un se trouvait là, avec ce vacarme, il devrait se manifester.

Maréchal patienta. Le molosse se calma peu à peu et resta seulement assis sur son derrière à grogner en bavant, les babines retroussées et les yeux révulsés de haine et d'impuissance.

Au bout de dix minutes, Maréchal estima qu'il avait été suffisamment patient. Il escalada les trois marches d'une sorte de petit perron qui se trouvait devant la porte d'entrée. La première fois qu'il était venu ici, il n'avait pas trop fait attention à la maison elle-même. Celle-ci était en fait une villa, ce qui ne laissait pas d'étonner dans cet endroit perdu et surtout quand on en connaissait les propriétaires actuels. Une villa miniature qui ressemblait comme deux gouttes d'eau à celles qui sont si répandues dans les villégiatures au bord des lacs. Il aurait juré avoir vu exactement la même, mais dix fois plus grande, sur les rives de celui d'Annecy par exemple. Une copie des maisons du début du siècle. « Non, corrigea-t-il mentalement, des années trente plutôt. » Probablement, quelqu'un avait voulu avoir ici une résidence d'été et reproduire autour de la retenue de Hurlebois l'ambiance qu'il avait connue ailleurs – et il voyait mal la Palinette dans ce rôle. Il fallait qu'il pose la question. Peut-être pas à Michel qui n'était sûrement pas assez vieux pour savoir de quoi il retournait.

Maréchal frappa consciencieusement sur le montant de la porte d'entrée dépourvue de sonnette. Il n'entendit rien, s'appliqua et recommença. Il n'était pas dupe sur les résultats du débat qui l'avait agité un moment plus tôt. Il contempla la porte en se demandant si le coup de Columbo réussirait ici aussi bien que chez Vauthier. Ayant tout à fait calmé ses remords en pensant aux buts qu'il poursuivait, il essaya. Avec la **même** facilité que chez le retraité assassiné, la clenche **céda** et la porte s'entrouvrit.

Avant d'entrer, Maréchal jeta un dernier coup d'œil et hésita une seconde : une fois la porte franchie, il serait difficile de fournir une explication à sa présence. Mais les propriétaires des lieux étaient sûrement partis pour une tournée des hameaux et celle-ci ne se limitait sans doute pas à la matinée : la Palinette devait tenir compte de ses consommations d'essence. Le chien, quant à lui, abandonnant son guet, avait dû retourner dans sa niche.

A l'intérieur un profond silence régnait, seulement brisé par instants par des rafales de pluie venant battre les vitres de la cuisine. Celle-ci, qui était la première pièce à main droite, était d'une propreté méticuleuse. Là, tout était rangé dans un ordre parfait. Il n'y manquait même pas le calendrier des Postes, soigneusement fixé par un clou près de la fenêtre à la crémone de laquelle était pendu un miroir que Maréchal reconnut. Le même que celui qui se trouvait dans toutes les

cuisines du pays, chez les gens de l'ancienne génération à qui il servait pour se raser le dimanche.

La table était couverte d'une toile cirée à grandes
fleurs et entourée de chaises en Formica et tubes nic-
kelés.

Une grosse cuisinière Godin occupait tout un pan
de mur. Sur la plaque de fonte se trouvait une marmite
contenant la soupe prête à être réchauffée pour les
prochains repas. Du petit bois était rangé soigneusement dans un panier tout à côté.

Un évier blanc faisait le pendant de la cuisinière au
milieu de l'autre mur. Sur un égouttoir en plastique
se trouvaient les couverts de la Palinette et de son fils.

Tout cela respirait la propreté et aussi une banalité
qui, quoiqu'il s'en défende, surprenait Maréchal. A
quoi donc s'était-il attendu ? A cause de la réputation
sulfureuse de la propriétaire des lieux, il était plus
facile d'imaginer un antre sombre, dégoûtant et
encombré que cette cuisine proprette dans une villa
d'estivants. Ce n'étaient que préjugés. Maréchal le
savait, s'en préservait autant que possible, et y succom-
bait parfois…

Le reste de sa visite confirma son opinion : une maison comme toutes celles des paysans du pays, avec juste
pour les en différencier quelques détails – plus sûrement à mettre sur le compte du premier propriétaire
que de la Palinette – comme le passage en tapis usé
jusqu'à la corde du couloir et de l'escalier du premier
étage ou le canapé plutôt confortable du séjour où
trônait une cheminée qui, au lieu de pierres, était
couverte de briquettes. Malgré tout dans cette pièce
elle-même on retrouvait l'éternelle machine à coudre

Singer et un gros buffet en noyer qui contenait les trésors domestiques.

Maréchal regarda par la fenêtre et s'assura que personne n'arrivait. A cet endroit, il fit une constatation intéressante : on avait un aussi bon point de vue que celui qu'il avait découvert la première fois en arrivant au bord du lac après avoir quitté la Palinette. Cela venait du surplomb du rez-de-chaussée par rapport aux broussailles qui, du sol, masquaient la vision. De cette fenêtre, on pouvait surveiller toute l'autre rive du lac et le hameau. Maréchal nota même que les voitures des policiers n'étaient plus garées prés du débarcadère de la buvette. Dubosc avait dû aller fourrer son nez ailleurs. Maréchal frémit : pourvu que ce ne soit pas dans ce secteur. Peut-être valait-il mieux ne pas moisir ici trop longtemps. Au bout du couloir, une porte à imposte donnait sans doute sur l'arrière.

Maréchal grimpa l'escalier quatre à quatre. Trois portes s'ouvraient sur le palier. L'une d'elles, sans doute un débarras, à moins qu'elle ne conduise au grenier, était fermée à clé. Les deux autres étaient celles des chambres. Dans la première, il trouva un lit en fer, spartiate, et un râtelier d'armes de tous calibres. Les dépouilles naturalisées de plusieurs victimes de Jules terminaient leur existence visible, mangées par les mites, sur des étagères. Comme toujours devant ce spectacle, Maréchal dit à haute voix : « Pitoyable. » Heureusement que Lucien Bonnafous n'était pas avec lui, il serait tombé en pâmoison devant les trophées, et surtout devant l'arsenal de Jules.

La chambre de la Palinette était occupée par son armoire en merisier et son lit-bateau au gros édredon de plumes gonflé. Sur le mur, un portrait photographique retouché au pastel. Certainement le père de Jules. La tapisserie, vieillotte, était encore en bon état, le parquet impeccablement ciré et une reproduction de fillette de Greuze faisait pendant sur le mur opposé à l'homme disparu de la maison. Seules quelques taches d'humidité au plafond témoignaient d'une négligence coupable par rapport aux gouttières de la toiture.

Maréchal était désarmé, légèrement déçu. Non, il n'y avait rien de plus spectaculaire ici que dans le reste de la maison !

Près de la fenêtre s'ouvrait une alcôve, fermée par un lourd rideau à ramages. Maréchal le souleva par acquit de conscience.

« Ça alors ! » s'exclama-t-il.

Un ronronnement de moteur déplaça brutalement son centre d'intérêt. Le rideau toujours soulevé à la main, il regarda par la fenêtre. Le haut toit de la fourgonnette cahotait au bout du chemin. Maréchal quitta rapidement la chambre et descendit tout aussi vite.

S'il sortait en utilisant la porte d'entrée, il tomberait pile sur les deux autres. Il entendait à présent la fourgonnette se garer sous l'auvent. Il alla jusqu'à la porte au bout du couloir, vers l'arrière, et vit qu'elle était verrouillée de l'intérieur mais n'avait pas de serrure à clé. Il laissa son cœur ralentir. Il devait se concéder qu'il avait été surpris et pas seulement par l'arrivée des propriétaires. Quand il entendit qu'ils approchaient de l'entrée, il poussa le verrou et jeta un coup d'œil à l'extérieur. Personne ! Il sortit et referma la porte aussi bien qu'il put.

La Palinette et son fils avaient forcément vu la 4L sur le chemin puisqu'ils étaient venus par là. Il n'y avait plus qu'une conduite à adopter. Maréchal fit tranquillement le tour de la maison. Dès qu'il tourna le pignon, le chien bondit de nouveau. Ça n'avait plus aucune importance. Arrivé devant la maison, il vit Jules qui rentrait des caissettes de fromages. Sa mère se tenait sur l'entrée.

« Jules, force de la nature », ce n'était pas une légende. Le type mesurait plus d'un mètre quatre-vingt-dix, avait des épaules de docker et des mains énormes. Son visage était très rouge, taillé au couteau, avec des sourcils broussailleux sur ses yeux noirs qui fixaient Maréchal avec méchanceté. Ce dernier se dit qu'il ne devait pas être bon de se trouver face à face avec lui s'il était en colère. Ce n'était pas le cas, mais il suffisait sans doute d'une étincelle.

– Tiens, monsieur Maréchal, fit sa mère en le voyant surgir de derrière, talonné par le molosse en fureur qui avait bondi de sa niche dès qu'il était passé.

– Bonjour, fit Maréchal qui ajouta : Vous voyez, vous m'aviez dit de revenir. Alors comme je me promenais par ici, j'ai pensé vous dire bonjour.

– Vous avez bien fait, dit-elle. Entrez un moment !

– C'est gentil, dit Maréchal. Mais ça fait un moment que je suis là et il faut que je reparte : on m'attend à Hurlebois…

Il s'en tirait comme il pouvait. Plutôt mal à son avis, comment faire autrement ? Après ce qu'il avait vu dans la chambre, il n'avait plus rien à demander à la Palinette. Et puis c'était un fil de plus qui se tendait...

– Dommage !

Elle se tourna vers son fils qui était resté là, les bras chargés des caissettes qui ne paraissaient pas peser bien lourd entre ses mains, à fixer Maréchal toujours aussi méchamment.

– Jules, va les mettre au frigo ! Et tant que tu y es, tire le verrou de la porte de derrière, je me demande comment ça se fait que nous l'ayons laissé ouvert en partant ce matin.

Maréchal pensa : « Heureusement que le truc de Columbo marche dans les deux sens parce que si je n'avais pas refermé la porte d'entrée, j'étais cuit... » Il restait la possibilité qu'elle croie vraiment ce qu'elle venait de dire.

L'illusion de Maréchal fut de courte durée. La Palinette lança :

– On est isolés ici, très isolés ! Si on ne pense pas à fermer les portes, n'importe qui peut pénétrer ! Vous-même par exemple, vous auriez pu entrer ! complétat-elle en riant. (Elle feignit la confusion :) Ne croyez pas que je veux dire que vous êtes n'importe qui, monsieur Maréchal ! Vous, vous êtes un homme célèbre !

– Pas tant que ça ! répliqua Maréchal, assez sèchement pour qu'elle comprenne qu'il avait saisi le message. – Bon, je m'en vais maintenant !

– Au rev...

Elle fut interrompue par un bruit de moteur. Maréchal pensa : « Manquait plus que celui-là ! »

La Peugeot de Dubosc se gara tout contre la 4L. L'inspecteur passa la tête par la portière :

– Tiens, Maréchal. Qu'est-ce que vous farfouillez par ici ?

Maréchal haussa les épaules et lança :

– Je m'en allais ! Si vous ne reculez pas un peu, je ne pourrai pas ouvrir la portière.

– Excusez-moi ! fit l'autre, tout miel.

– Ce n'est rien, répliqua Maréchal en grimaçant. (Estimant qu'ils se trouvaient assez loin pour ne pas être entendu de la Palinette, il dit :) Vous vous décidez enfin à vous intéresser à ces deux-là ! Pas trop tôt ! A mon humble avis, ça fait un bail que vous auriez dû le faire !

La réaction du policier était programmée d'avance :

– Mêlez-vous de ce qui vous regarde, Maréchal ! Je connais mon métier !

– J'en suis sûr, fit Maréchal tout heureux de l'avoir énervé.

Il fit deux pas vers la 4L, puis revint vers Dubosc et se pencha à sa vitre.

– Quand vous serez dedans, demandez à la Palinette de vous faire voir sa chambre. Et là, ouvrez l'œil !

– Et je suis censé voir quoi ?

– Voyons ! Si je vous le dis, c'est plus du jeu ! fit Maréchal en montant dans la 4L et en démarrant.

Dans le rétroviseur, il vit la Palinette qui le saluait gentiment de la main. Il aurait juré qu'il lisait sur ses lèvres : « Revenez me voir, monsieur Maréchal ! »

Il vit aussi que Dubosc était descendu de sa voiture et restait au milieu du chemin en contemplant ses escarpins enfoncés dans la boue.

Bah ! Il n'avait pas fait un si mauvais calcul en venant ici.

Il y pensait encore en prenant la direction de la départementale. Quand il y fut, il se dit que la route de Puyvalade devait croiser celle-ci dans quatre ou cinq kilomètres. Avant d'arriver là-bas, il passerait à Valdome et ensuite forcément devant Malemort.

Maréchal sifflota bêtement *La Marche turque*. Il était plutôt satisfait de la tournure des événements. Peu à peu, le puzzle s'organisait. Il fallait juste trouver les quelques morceaux qui manquaient.

Il alluma une Gauloise au moment où apparaissait un panneau indiquant : Valdome 4 kilomètres, Puyvalade 9 kilomètres.

13

Quand il arriva à Valdome, la pluie cessa brusquement. Maréchal venait de passer un bois de chênes centenaires qui occupait tout un pan de colline. Celui-ci, après une encoche, remontait de l'autre côté de la route et fermait la vallée.

La disparition de la pluie n'ajoutait aucune clarté au pays dans lequel Maréchal entrait. La vallée était allongée devant lui sur des kilomètres et très sombre, tapissée de bois et de falaises de granit. Les pentes de chaque côté portaient les traces des anciennes cultures, des laisses de terre, soutenues par des murets de pierre. Parfois, au milieu des broussailles qui couvraient les champs délaissés et les vieux vergers revenus à l'état sauvage, se dressait la silhouette d'un cabanon en pierre, la plupart du temps dépourvu de toit.

Les chemins qui menaient à ces lieux désolés avaient depuis longtemps disparu dans les ronces. Celui qui conduisait à Valdome, quoique plus large, ne valait guère mieux, encaissé qu'il était dans des haies de viornes et défoncé par des nids-de-poule. La 4L de Maréchal le laissa sur la gauche. Il n'avait rien à faire dans ce village sec comme un haricot qui se dressait à un kilomètre au sommet d'une falaise crayeuse, comme une dartre.

Le vent s'était levé depuis qu'il avait pénétré dans la vallée.

Après avoir passé sur un pont en dos d'âne un ruisseau aux berges encombrées de troncs et de mousses qui flottaient dans le courant, la route remontait à travers bois vers l'est sous une sorte de tunnel obscur que formaient au-dessus de la chaussée des pins d'Autriche serrés.

Lorsqu'il déboucha après les dernières futaies, la vue se dégagea brusquement et Maréchal se trouva sur un plateau de faible altitude. Là l'herbe des prairies, apparemment abandonnées elles aussi mais plus récemment, donnait un peu de gaieté à ce pays sinistre. Toujours sur la gauche de la route, apparut un panneau de contre-plaqué, avec une inscription peinte au minium : MALEMORT.

Au bout du chemin de terre, on voyait les silhouettes des grands bâtiments. Sur les terres qui les séparaient de la route quelques arbres fruitiers en très mauvais état étaient tout ce qui restait d'une ancienne prospérité.

Maréchal ralentit. Il se souvenait de sa visite là-haut en compagnie des gendarmes. Il se demanda comment se débrouillaient ces gens à présent que leur copain croupissait à la maison d'arrêt de Montpellier. Parce que, bien évidemment, même si pour les meurtres de Hurlebois Dubosc n'avait pas de preuves, le coup du cannabis était tombé à pic pour inculper

Franz Herbar. Et on le garderait certainement quelque temps à l'ombre.

Maréchal pensa que tout cela était un formidable gâchis. Parce qu'au départ de tout, il le savait, dans ce désir de vivre ailleurs, en pleine campagne, des produits d'une ferme, il y avait une belle part de rêve et des aspirations profondément respectables, surtout dans le monde plutôt pourri dans lequel lui-même avait le sentiment d'évoluer de plus en plus. C'était la réalisation de ces rêves qui ne valait rien. La saleté, la promiscuité, la cupidité qui revenait au galop à la première occasion, tout ce qui avait déjà mis à mal la plupart des communautés de la génération de Maréchal, toutes ces tares apparaissaient au premier coup d'œil qu'on jetait sur Malemort. Le plus triste, c'était les enfants. Quel avenir leur était-il promis ? Presque à coup sûr un piteux retour en ville, une adolescence de banlieue, la désadaptation assurée. Maréchal se fit violence : « A moins que... », prononça-t-il à voix haute. Oui, il y avait cet « à moins que » peut-être, pour l'un d'entre eux. Parce qu'il le savait, Maréchal : il y a toujours un brin d'espoir !

Au moment où, dans un dernier coup d'œil, il apercevait encore Malemort, la route plongea tout aussi brutalement dans la forêt qu'elle en était sortie.

Il se trouvait maintenant dans ce que Michel avait appelé Vallée-Basse, une longue combe de cinq kilomètres qui menait à Puyvalade. La neige, qui était peu épaisse aux alentours de Valdome, avait plus de consistance sur le plateau de Malemort. Dans Vallée-Basse, transportée par les grands vents, elle était abondante, comme l'avait dit son ami. L'Equipement avait dégagé la route. Il restait des congères noirâtres sur les bas-côtés. Le pays était redevenu très sombre, à cause d'une végétation coriace qui crevait partout la couche de neige et de l'absence de prés et de cultures sur des kilomètres, même là où elle avait fondu.

Cela changea en approchant de Puyvalade. Quelques vergers bien entretenus sonnèrent comme les trompettes du renouveau dans la côte qui montait, à la sortie de la vallée, jusqu'au hameau. Celui-ci, quoique probablement aussi déserté que les autres, offrait un aspect beaucoup plus accueillant. Cela tenait à la couleur des murs, ou aux jardins, ou au souci de ceux qui restaient d'entretenir leur patrimoine, difficile de le savoir, pensait Maréchal. C'était un fait : autant la région qu'il venait de parcourir était désespérante, autant Puyvalade était accueillant.

Maréchal était déjà venu ici, pas par le même chemin. Deux ans plus tôt, pendant l'été, il était monté, depuis Hurlebois, par un chemin qui commençait au-dessus du village, entre la propriété des Martel et les terres d'une ancienne ferme abandonnée dans les années soixante, dont les prairies de terre pauvre étaient situées au-dessus du ravin de Gaillasse, à l'arrière d'autres champs pauvres, ceux des Santerres.

Maréchal se souvenait : c'était au début de l'été. Les prairies étaient couvertes de fleurs. A cette époque, il avait voulu refaire de la photo, une ancienne passion de ses vingt ans. Son matériel sur l'épaule, il avait pris le chemin creux et avait marché vers les crêtes qui séparaient le territoire de Hurlebois de celui de Puyvalade. Il était arrivé au-dessus de ce dernier vers les midi et avait cassé la croûte là-haut. Une belle journée de soleil, de vent et de solitude, se rappelait-il. Il avait passé deux heures sur les crêtes à faire ses photos : de vastes vues, au grand angle, dont il espérait obtenir les images qu'il préférait : de grands espaces noyés de bleu du ciel et de forêts, avec le moins possible de traces humaines – c'était une époque difficile pour lui, alors.

Vers le début de l'après-midi, au lieu de redescendre vers Hurlebois, il avait poussé un peu dans la direction de Puyvalade qui n'était qu'un point clair sur la trame foncée des bois. Il faisait si beau qu'il avait eu envie de continuer jusqu'aux premières cultures.

Là, il avait aperçu sur le sentier la silhouette d'un homme. Il avait manqué rebrousser chemin – une époque où il évitait tout le monde.... Puis, curiosité ou flemme, il s'était approché. L'homme était un vieil homme. Sec comme un bâton, vêtu de toile noire et coiffé d'un béret basque, il avait des yeux extraordinairement mobiles et intelligents qui avaient frappé Maréchal. Il portait un sac de toile de jute et « ramassait de l'herbe pour ses lapins », comme il l'apprit à Maréchal après qu'ils se fussent salués. Ils s'étaient assis tous deux à l'ombre d'un pommier. Maréchal avait sorti son paquet de Gauloises et en avait offert une au vieillard. Celui-ci avait refusé en extrayant de sa poche une vessie de porc qui contenait son tabac et un brûle-gueule de marin au tuyau très court.

Au fond, se souvenait Maréchal, c'était le tabac qui les avait rapprochés. Le vieux Dubuc en connaissait tout. Maréchal avait été stupéfait. Lui qui tirait sur ses Gauloises – et très nerveusement à l'époque – n'avait jamais eu l'idée d'en savoir plus. Léon Dubuc, par contre, « faisait le tour de la question », comme il disait. Il lisait beaucoup. Là, Maréchal s'était méfié. Il lui était trop souvent arrivé d'être déçu en découvrant la pauvreté des lectures des gens. Dubuc, c'était autre chose. Les livres qu'il citait, encyclopédies, mémoires, n'étaient que des ouvrages de haute volée. Les romans ne l'intéressaient pas, avait-il simplement confié à Maréchal quand celui-ci avait été finalement plus ou moins forcé de lui dire qu'il en écrivait. Cette franchise avait réglé la question, et les livres de Maréchal n'étaient pas revenus sur le tapis.

Il avait appris beaucoup de choses du vieil homme au cours de cet après-midi. Ils s'étaient quittés avec la montée du soir et Maréchal était rentré à Hurlebois. Il se souvenait d'avoir regardé le vieillard s'en aller vers Puyvalade, un peu courbé sous le poids de son sac.

Depuis, il avait pensé plusieurs fois à Léon Dubuc et à son invitation à venir le voir si « par hasard » il passait par Puyvalade. Pensé, comme souvent à ces choses qu'on doit faire, qu'on se promet de faire et qu'on néglige. A la fin, il est trop tard, le temps a passé par là.

La 4L avait un peu peiné pour franchir la dernière côte qui menait au hameau, à présent elle était garée sous un platane dénudé, près de la fontaine, tout aussi muette que celle de Hurlebois. Il restait peu de neige sur les toits de Puyvalade, mais il faisait froid. L'ombre des crêtes avait déjà gagné les prairies par lesquelles Maréchal était venu la première fois. Comme il l'avait remarqué en montant, le village était plus gai que bien d'autres. Il n'empêchait : vu de près, il paraissait tout autant déserté. Sauf qu'ici, au lieu de construire des chalets, les vacanciers avaient retapé les vieilles maisons, cela se voyait aux volets neufs, aux balcons forgés et repeints, à l'entretien des ruelles et surtout de la rue principale sur laquelle quelques maisons paraissaient occupées par des villageois. En remontant cette calade plutôt sombre au pavage inégal, Maréchal constata même qu'un café était éclairé. Il ne put pas résister au plaisir d'en pousser la porte.

Les Amis n'avaient rien à voir avec le Café des Platanes. Une petite salle basse, en longueur, de la largeur exacte de sa devanture dont Maréchal avait admiré les rideaux au crochet qui masquaient l'intérieur. Le comptoir était minuscule, avec une simple étagère pour les bouteilles, une cafetière électrique en piteux état. Trois tables dont une était l'éternelle table à belote des vieux, avec exactement le même tapis Clacquesin qu'à La Grézade.

Les vieux répondirent sans lever la tête de leurs cartes au « Bonjour ! » de Maréchal. Le patron, lui, un type d'âge moyen, aux moustaches à la russe et au ventre proéminent, grommela quelque chose qui pouvait passer pour une réponse et se replongea dans son *Midi Libre*. Maréchal s'approcha de son comptoir qui ne devait pas faire plus de quarante centimètres de large et se demanda s'il devait ou non attendre son bon vouloir. Il décida que non et demanda :

– Je cherche la maison de M. Dubuc.

Le gros type leva les yeux de la page des sports, toisa Maréchal et demanda :

– Vous prenez quelque chose ?

Maréchal haussa les épaules, après tout… Il eut envie de demander un café, rien que pour voir si la machine était encore en état de fonctionner. Devant l'air rogue du patron, il répondit :

– Oui ! Un cognac !

L'autre l'examina avec un peu plus d'intérêt. Ce devait être une consommation importante dans son échelle des valeurs. Il alla même jusqu'à esquisser un sourire, léger et vite réprimé, mais un sourire, en présentant à Maréchal une bouteille de Fine Napoléon Courvoisier qui, bien que couverte de poussière, semblait avoir été entamée de la veille : il y manquait tout au plus un centimètre d'alcool. Puis il saisit un verre à orangeade et un chiffon douteux. Maréchal pensa : « Il va cracher dessus ! » Mais non : l'autre donna juste un coup de chiffon sur le verre, le posa devant Maréchal et versa le cognac, avec parcimonie, tout en disant :

– Vingt francs !

Maréchal paya tout aussitôt. L'autre fourra la pièce dans un tiroir, reposa religieusement la Fine Napoléon sur son étagère et lâcha :

– Pour aller chez Dubuc, vous continuez dans la rue. Après la dernière maison, c'est encore après, au bout du verger.

Après cette phrase d'une longueur inhabituelle, il replongea illico dans les exploits du Nîmes-Olympique. Maréchal comprit que désormais il ne lui tirerait plus un mot. Il avala son cognac qui était vraiment excellent et sortit dans l'indifférence générale, sans prendre la peine de dire au revoir.

Dehors, il eut l'impression qu'il faisait meilleur, mais se rendit compte tout aussitôt que ce devait être à cause du cognac.

Il remonta la grand' rue, dans laquelle il vérifia aux fenêtres éclairées que quelques maisons étaient occupées, et parvint ainsi au bout du village. Là, il faisait nettement plus clair que dans la calade. Le ciel était gris, mais une lumière assez douce venait baigner les prairies au milieu desquelles persistaient quelques plaques de neige très blanche. Le chemin qui faisait suite à la rue de Puyvalade conduisait bien à un verger. Celui-ci était parfaitement entretenu et sans la moindre trace d'herbe.

Derrière les pommiers, se trouvait la maison de Léon Dubuc. Une modeste construction, elle aussi parfaitement entretenue avec une cour de gravier et quelques massifs sans ordre préconçu. Un figuier dressait ses branches près du puits. Un rosier était accroché sur du fil de fer contre la façade dont l'autre moitié était occupée par une treille menée au-dessus de la porte d'entrée. Exactement comme à Malemort, mais ici la vigne et le rosier avaient été palissés avec un soin extrême.

Maréchal allait frapper quand il remarqua qu'une des fenêtres était éclairée. Curieux, il s'approcha. L'homme qu'il était venu voir était assis devant sa cheminée, un chat roux sur les genoux. Il lisait. Maréchal le contempla un moment. C'était indiscret, pourtant cette attention aux livres quand il la rencontrait lui donnait, dans les moments de lassitude, le courage de continuer. Et là, visiblement, celui qui lisait le faisait avec passion, hochant même la tête en souriant de temps à autre.

Maréchal se dit que ce serait un mensonge de ne pas se faire remarquer et d'aller frapper à la porte d'entrée. Il préféra assumer son indiscrétion et tapa sur la vitre. Le chat leva la tête et son maître une seconde après lui. Puis, Dubuc reconnut son visiteur car il posa son livre sur une table basse, ôta ses lunettes et fit signe à Maréchal qu'il allait lui ouvrir.

Maréchal n'attendit qu'un instant.

– Ah ! C'est bien vous ! dit le vieil homme. Je vous attendais plus tôt, je suis content que vous soyez enfin venu.

Maréchal encaissa le léger reproche. Il était justifié. Il balbutia quelque chose et suivit Dubuc.

Ils traversèrent le vestibule et Maréchal remarqua la bibliothèque. Il s'attarda quelques secondes, cela en valait la peine. Un regard sur les titres des livres lui suffisait souvent pour porter un jugement. Ici l'examen était concluant et correspondait point par point avec ce qu'il pensait du vieil homme. Celui-ci avait avancé un fauteuil à côté du sien. Maréchal entra dans le séjour. Le greffier vint se frotter amicalement contre sa jambe et Maréchal se baissa, lui gratta l'arrière des oreilles. Cela aussi fonctionnait avec les livres, une certaine qualité d'homme.

– Que lisez-vous ? demanda Maréchal en s'asseyant à son tour devant le feu.

– Oh, mon ami ! *Mémoires d'outre-tombe* ! Vous voyez : le passé toujours...

– Mais c'est un roman !

– Vous avez raison, d'un certain point de vue, vous avez raison… Mais…

Il se releva et tisonna le feu, en tournant ma:cieusement aussitôt après le visage vers Maréchal :

– … vous n'êtes pas venu me parler de Chateaubriand ?

– Non, concéda Maréchal. J'ai des questions à vous poser. De vieilles histoires sans doute.

– Des vieilles histoires ? Je ne savais pas que vous travailliez sur l'ancien temps…

– Ce n'est pas pour mon travail, précisa Maréchal. Cela vous ennuierait que je fume ?

– Je me demandais si vous aviez cessé, aussi je n'allumais pas ma pipe moi-même. J'espère au moins que vous avez diminué !

– Pourquoi ? Je fumais tant que ça la dernière fois ?

– Presque un paquet devant moi ! Et on est restés ensemble combien ? Trois heures…

– Ça allait mal à cette époque, fit Maréchal. (Et il mentit :) Ne vous inquiétez plus, aujourd'hui ça va : un demi-paquet.

Il vit dans l'œil pétillant de Léon Dubuc que celui-ci n'en croyait pas un mot, mais il avait dit ce qu'il avait à dire à Maréchal.

– Vous avez entendu parler de la sale histoire qui s'est produite à Hurlebois juste avant de se répéter ici ? demanda celui-ci en allumant une cigarette.

– Pauvres enfants, dit le vieil homme. Comment cela est-il possible ? Moi, je trouve des drames comme ça plein mes livres, cela arrive depuis toujours, depuis la nuit des temps. Pourquoi ?

Maréchal savait qu'il ne venait pas de lui poser une question. Il dit :

– Vous connaissez bien la famille de la fillette de Puyvalade qui a été assassinée, je suppose ?

– Vous parlez ! C'est la ferme au bout du chemin, là-haut sur le plateau.

Maréchal regarda par la fenêtre. Plus loin que les pommiers, le chemin montait vers des terres de craie, en fixant bien il distingua au loin la silhouette d'un gros bâtiment posé sur la crête. Il constata que la lumière avait baissé. Le ciel gris s'épaississait de nuées noirâtres dans la direction de Malemort. Dans une heure au plus, il ferait nuit.

– C'est une vieille famille d'ici ? demanda-t-il.

– Les Raynal ? Oui, ils habitent Puyvalade depuis toujours. Le vieux Raynal, avec qui je suis allé à l'école, est mort l'an dernier...

Le chat s'était endormi sur les genoux de Maréchal. Un bon point pour ce dernier, avait dû penser le vieillard. Le feu bondissait depuis qu'il l'avait tisonné, ses éclats fauves éclairaient le portrait du vicomte de Chateaubriand sur la page des *Mémoires* restés ouverts. La pendule, une comtoise au lourd balancier, cliquetait un peu à chaque allée et venue de celui-ci.

Les deux hommes parlèrent longtemps. Sur la physionomie de chacun d'eux on eût pu lire à tour de rôle la surprise ou l'acquiescement.

Puis le feu baissa doucement, le chat sauta des genoux de Maréchal et alla vers la cuisine voisine à la porte de laquelle il réclama son repas. Maréchal regarda sa montre, il se leva. Léon Dubuc le raccompagna. Ils se serrèrent la main comme de très vieux amis. Maréchal le quitta. Il faisait nuit. Et froid, très froid.

A la même heure à Hurlebois, Sarah Fargue jouait dans le sous-sol de la maison. Jouait, enfin, c'était vite dit ! Sarah s'ennuyait… Elle regarda son vélo, presque neuf. Tout juste si elle avait eu le droit de s'en servir, et encore autour de la maison et sous le regard de sa mère. Ce n'était pas pour ça qu'elle avait voulu une bicyclette ! Et surtout un VTT ! Ça n'était pas fait pour tourner comme au manège pendant des heures sur cette dalle de ciment ! Elle avait assez vu les enfants de son âge qui pendant l'été suivaient leur parents sur le chemin des crêtes ou vers la forêt avec des vélos comme celui-ci. Pourquoi pas elle ?

Elle poussa la grosse poubelle en plastique sous l'imposte. Elle se retint au tuyau du chauffage et grimpa dessus.

De là, elle voyait tout Hurlebois et ses lumières. Elle se demanda pourquoi il y avait autant de voitures sur la place, surtout avec la neige qui tombait de nouveau depuis une heure et avait tout recouvert. Au-dessus elle distinguait les crêtes, qui se découpaient un peu sur le ciel plus clair de l'ouest. Maintenant, il était trop tard, et aussi, elle avait peur de la nuit… De toute façon, elle n'aurait pas pu soulever la grosse barre qui fermait le garage du sous-sol. Elle avait essayé…

Mais demain, elle irait étrenner son VTT sur le chemin des crêtes.

On ne distinguait plus Malemort au bout de son chemin quand Maréchal repassa devant le panneau peint au minium. Depuis qu'il avait quitté le vieux Dubuc, il réfléchissait. Il avait appris beaucoup de choses, à présent il devait les mettre en ordre, les relier entre elles.

Pour cela il aurait fallu la paix, le temps de réfléchir encore. Et c'était difficile. Les phares de la 4L parvenaient à peine à trouer la nuit épaisse, devant leurs faisceaux Maréchal voyait voleter des flocons de neige qui tombaient de plus en plus serrés à mesure qu'il approchait de Valdome.

Quand la route rejoignit la départementale, il vit qu'il allait entrer en pleine tempête. Déjà, une grosse couche s'était accumulée sur le bitume, encore assez molle pour qu'il passe, cela risquait de ne pas durer.

La 4L peinait dans la côte, ce n'était pas son habitude et c'était inquiétant. Il roulait à quarante à l'heure, pas plus, estimait-il. Le compteur de vitesse ? « Mieux valait ne pas en parler », aurait lancé Laetitia d'un ton neutre.

A mi-côte, il vit arriver des phares dans le rétroviseur, et un camion le doubla en faisant voler la neige qui couvrit le pare-brise. Maréchal se retint de l'insulter : il se doutait que le chauffeur voulait arriver au col au plus vite pour ne pas rester bloqué. Il lui restait tout au plus une demi-heure pour cela. Lui-même avait l'impression de rester cloué sur place en voyant disparaître à toute vitesse les feux de position du poids lourd.

C'est là que Maréchal prit le plus de risques avec sa vie parce que, pendant trois ou quatre minutes, il ne pensa plus ni au camion et à ses feux, ni à la 4L, ni même à la route transformée en patinoire. Une phrase de Léon Dubuc lui était revenue à la mémoire. Et elle était plus lumineuse pour Maréchal que le phare de l'île de Sein !

Oui ! C'était cela ! La pièce qui lui manquait ! La solution ? Peut-être... Sûrement un grand pas dans sa direction !

Il évita de justesse les poteaux fluorescents qui indiquaient le grand virage.

Comme il repartait, il jura :

– Nom de Dieu ! Mais si c'est bien ça : le prochain sur la liste, c'est...

Un bruit bizarre l'interrompit. Un bruit de casserole qui venait du moteur. Un cliquetis particulièrement inquiétant. Il vit juste à temps le panneau indiquant la direction d'Hurlebois et donna un coup de volant à droite. Les pneus « un peu lisses » dérapèrent sur la neige. Maréchal vit l'avant de la voiture zigzaguer mais il réussit à redresser tout à fait et monta sur la route du hameau.

Cent mètres plus loin, la 4L hoqueta et s'arrêta mollement, comme si elle s'endormait.

Maréchal savait d'expérience que, là, il était inutile d'essayer de démarrer de nouveau. Il n'avait qu'une solution : foncer vers Hurlebois en espérant arriver assez tôt pour empêcher ce qui – il en était sûr à présent – se préparait.

Il abandonna la 4L au milieu de la route et se lança dans la neige qui tombait toujours et masquait la visibilité. Malgré tout, loin là-bas, il lui semblait distinguer les lumières du village à un pâle scintillement qui clignotait derrière le rideau de flocons. Cela semblait se situer à des lieues et il avançait très lentement. Il valait mieux se fier aux perches de châtaigniers des bas-côtés qu'à ces lueurs incertaines.

Après un kilomètre, il jura solennellement de ne plus jamais allumer une Gauloise. L'effort lui coûtait de plus en plus et il sentait même par moments un goût de sang dans la bouche. Et il venait à peine d'entrer dans la portion de route qui longeait les bois sur la droite où ils formaient une masse sombre. C'était désespérant ! Il eut une envie brutale de boire quelque chose ou de se conduire d'une manière extraordinaire ou Dieu sait quoi encore ? Enfin : ne plus avoir à avancer ! C'était trop dur. Il pensa à ces explorateurs du Pôle qui se couchent sur la banquise pour s'y endormir. Pourquoi pas, après tout ? Se coucher dans la neige et attendre. Tout cela était idiot, ça aidait seulement à oublier qu'il restait encore deux kilomètres.

Quand il vit le panneau HURLEBOIS, il crut rêver et s'y appuya un moment pour reprendre haleine. Le panneau était bien réel et désormais la couche de neige moins épaisse. Il jura et, ayant retrouvé son souffle, il alluma une Gauloise. Il la regarda à la lueur d'un lampadaire et faillit la jeter. Puis il éclata de rire et tira deux ou trois bouffées avec volupté. Il repartit presque en courant.

En passant le portail de la ferme des Santerres, il remarqua qu'il paraissait y avoir du monde sur la place, des voitures. On distinguait plusieurs faisceaux de phares et des silhouettes qui avaient l'air de s'agiter.

« Pourvu que... », se dit Maréchal sans oser aller au bout de sa pensée.

Il fonça. Il traversa la cour de la ferme à toute vitesse. La lumière au-dessus de l'entrée découpait un grand rectangle jaune et Maréchal voyait voleter devant quelques gros flocons attardés.

Il monta les deux marches et frappa aussitôt sur la porte, à plusieurs reprises. Il recommença, une folle angoisse au cœur. Si personne ne venait, c'est qu'il avait raison et qu'il était trop tard : ils seraient déjà sur la place ! Et ce serait de sa faute pour n'y avoir pas pensé plus tôt.

Il fut presque étonné de voir la porte s'ouvrir et apparaître le visage placide de Gisèle Santerres.

– Les enfants ? cria Maréchal.

– Quels enfants ? fit Gisèle, interloquée.

– Les vôtres, bien sûr !

– Pierre et Lucie ? Mais ils sont avec ma mère, à la cuisine !

Jamais Maréchal n'avait été aussi heureux dans sa vie de s'être trompé. Il faillit embrasser Gisèle Santerres, mais celle-ci dit doucement :

– Vous êtes au courant ?

– De quoi ?

– Nicolas Chavert a disparu !

14

Maréchal remonta vers la place. Il était KO. Ainsi, il s'était trompé sur toute la ligne. Nicolas Chavert ! C'était bien le dernier qu'il aurait cru en danger. Pierre ou Lucie Santerres : oui, eux c'était plausible, probable même. Enfin, dans le cas où il aurait eu raison, où ses déductions auraient été exactes. Mais qu'allait-il imaginer ? Qu'il pouvait trouver la solution grâce à des renseignements qu'il était allé chercher à Puyvalade, chez un vieil homme qui lisait Chateaubriand en compagnie de son chat ? C'était idiot ! Finalement, de quoi se mêlait-il ?

Sur la place, les voitures des flics avaient encore leurs phares allumés. Maréchal se dit que, s'ils comptaient aller ainsi à la recherche du gamin, c'est qu'ils n'avaient pas remarqué la quantité de neige qui était tombée. En s'approchant, il comprit qu'en fait ils en revenaient. D'ailleurs, les uns après les autres, les anges gardiens, l'assistant de Dubosc, qui avait disparu le deuxième jour et dont il sut plus tard qu'il était retourné à Montpellier faire des recherches dans les fichiers de la préfecture, Montagné au volant de la camionnette de la gendarmerie, tous s'en allèrent. Maréchal les vit se ranger le long du débarcadère. Probablement, il avait été décidé que les gendarmes ne rejoindraient pas la vallée cette nuit et coucheraient eux aussi chez Delrieu afin d'être prêts le lendemain.

L'école était éclairée et Maréchal entra. En haut de l'escalier, il entendit la voix de Dubosc. Il grimpa les marches. La porte de la salle du conseil municipal était ouverte. A l'intérieur, il y avait cinq personnes. Dubosc parlait avec Paul Vialat et Michel Fargue. Jacques Chavert faisait une tête d'enterrement et se tenait un peu à l'écart en compagnie d'une personne à l'aspect sévère et passablement triste qui avait pleuré et que Maréchal reconnut pour être la femme du militaire.

Michel vint vers lui :

– Où étais-tu passé ? Bon sang, je t'ai cherché partout !

– Je t'expliquerai. Que se passe-t-il ?

– Il se passe, monsieur Maréchal, s'exclama l'inspecteur, que le petit-fils de monsieur Chavert a disparu depuis cet après-midi !

– Il était seul ?

– Juste un moment, plaida la grand-mère. Il a dit qu'il allait jouer dans le jardin. Ma fille s'est inquiétée au bout d'une demi-heure. Elle est allée le chercher et ne l'a plus trouvé. J'ai déjà dit tout ça à l'inspecteur ! Vous êtes policier, vous aussi ?

Maréchal réalisa qu'en effet il n'avait pas souvent rencontré cette femme auparavant ; en fait, en dehors du jour de la mort de Mélanie Martel, une seule fois, à la foire d'Anduze où il l'avait aperçue en compagnie de sa fille et de son mari. Elle ne devait pas sortir souvent de chez elle.

– Non, embraya Dubosc, monsieur Maréchal n'est pas policier, mais il aimerait bien ! Il est écrivain, madame, écrivain...

Maréchal sentit une pointe de mépris dans les derniers mots de Dubosc, de mépris ou d'envie...

Paul Vialat ne paraissait pas avoir apprécié les réflexions de Dubosc. Il l'interrompit :

– Bon, qu'est-ce qu'on fait, inspecteur ? Je veux dire pour enregistrer les témoignages.

– On verra ça demain matin ! répondit Dubosc en se levant.

– Et mon petit-fils ? questionna Chavert sur son ton d'agressivité habituelle.

Dubosc alla jusqu'à la fenêtre.

– Vous avez vu, monsieur Chavert ? Avec ce temps, qu'est-ce que vous voulez qu'on fasse. On est allés partout où c'était possible ! En pleine nuit, on ne peut rien faire de plus...

– Et Nicolas ?

– Monsieur Chavert, soyez raisonnable... Demain on recommencera les recherches.

– Vous savez ce que cela veut dire, fit à voix basse Chavert qui s'était approché de Dubosc.

– Oui, franchement oui, dit Dubosc, très gêné.

Malgré les précautions de son mari, Mme Chavert avait entendu. Elle éclata en sanglots. Vialat s'approcha d'elle, la prit par les épaules.

– Madame Chavert... l'inspecteur a raison : on ne peut plus rien faire ce soir. Il y a trop de neige. Et

dans l'obscurité on ne voit rien ! Votre petit-fils a sûrement trouvé un abri. Il a dû vouloir se balader et a
certainement été surpris par la neige. Il est caché dans
quelque coin. Vous verrez, demain on le retrouvera.

– Merci, dit-elle en rejoignant son mari.

Celui-ci lui saisit le bras et l'entraîna. Ils sortirent,
elle toujours en larmes et lui qui éprouva encore le
besoin de lancer à Dubosc :

– Demain à l'aube !

Dubosc souffla un bon coup :

– Ben, ça n'a pas été facile de lui faire entendre
raison. Comme si on était des surhommes !

Maréchal pensa que c'était loin d'être le cas. Mais
tout aussitôt il eut honte : le moment était plutôt mal
choisi pour l'ironie. La disparition du petit Chavert,
il ne l'avait jamais envisagée ! Il s'était trompé, oui,
complètement. Battu à plate couture, le détective amateur ! Ça lui apprendrait. Il se sentit découragé et fatigué. Il dit à Michel :

– On s'en va ?

Son ami acquiesça.

Ils se préparaient à partir quand Dubosc interpella
Maréchal :

– A propos, chez Mme Lacroix...

Maréchal le regarda : Mme Lacroix ? Ah, oui, la Palinette ! Comme tout cela paraissait loin. Depuis, il y
avait eu ce gosse, disparu, sans doute couché mort
dans la neige, le crâne défoncé. Alors, ses élucubra-
tions à lui...

Dubosc poursuivit :

– Vous m'aviez dit de regarder dans la chambre...

– Oui, et alors ?

– Rien. Je n'ai rien vu !

Décidément Dubosc était encore plus stupide qu'il ne l'avait imaginé. Qu'importait cela aussi maintenant ?

– J'ai dû rêver. On va s'en aller, inspecteur. Tu viens, Michel ? Bonsoir Vialat.

Sur le pas de la porte, il s'adressa de nouveau à l'adjudant :

– A propos, ma voiture est en panne sur la route à deux kilomètres ! Je verrai demain ce que je peux faire ! (Il essaya de plaisanter :) Elle est au milieu de la route ! Ne me mettez pas de PV ! Il faut que j'invite votre fille au restaurant après-demain !

Si Vialat sourit, pour Maréchal, le cœur n'y était vraiment pas.

Sur la place il ne restait que la Peugeot de Dubosc. Les codes étaient restés allumés. Maréchal se dit que s'il attendait encore une heure, l'inspecteur devrait aller à pied jusqu'à la buvette. Cette pensée le réjouit, c'était toujours ça… mais Fargue ouvrit la portière et les éteignit. L'obscurité revint sur la place. La neige tombait toujours, de gros flocons serrés les uns contre les autres.

– Sale temps, dit Maréchal.

– Pourquoi tu dis ça ? demanda Michel.

– Pour dire quelque chose.

– Tu ferais mieux de me raconter ce que tu as trafiqué cet après-midi ! s'exclama son ami.

– Ecoute, Michel ! Si tu veux bien, voilà ce qu'on va faire : on va monter dans la Méhari et faire quelques prières pour qu'elle démarre, qu'elle passe dans la neige jusque chez toi. Ensuite on va profiter de l'excellent repas que ton adorable femme nous a sûrement préparé. Après j'irai me coucher dans ces draps qui sentent si bon la lavande et si Dieu le veut je dormirai ! « Demain on verra ! » comme dit Dubosc.

Ils avaient suivi le programme annoncé par Maréchal. Et il avait bien fallu révéler à Solange que Nicolas Chavert avait disparu. La jeune femme s'était enfuie dans sa cuisine en larmes. Michel était allé la rejoindre pour la consoler. Maréchal s'était retrouvé seul. A ce moment, Sarah était remontée du sous-sol. La petite ne tenait pas en place et souriait toute seule. Maréchal lui avait demandé :

– Qu'est-ce que tu as ? Tu as l'air bien contente ce soir...

– C'est que j'ai eu une bonne idée, fit-elle.

– Ah bon ! Et qu'est-ce que c'est ton idée ?

– C'est un secret, avait dit la gamine avec beaucoup de sérieux.

– Alors, évidemment, avait conclu Maréchal.

Il avait admiré Solange qui était rentrée alors, ayant séché ses larmes et souriant pour sa fille. « Une sacrée bonne femme ! » avait-il pensé.

Après le repas il avait traîné quelque temps, feuilleté une revue sur la préservation de la nature puis, très tôt, était allé se coucher.

Maintenant cela faisait des heures qu'il se tournait et se retournait entre ses draps, incapable de trouver le sommeil. La lune éclairait la chambre à travers la baie dont il n'avait pas tiré les rideaux en se couchant. Pourtant ce n'était pas cela qui l'empêchait de dormir, pas cette clarté amicale...

« Quelle heure est-il ? » se demanda-t-il.

Il se leva et prit sa montre-bracelet : deux heures du matin !

Il alla jusqu'à la fenêtre. La lune était grosse, presque pleine. Elle laissait tomber sur Hurlebois une lumière froide qui faisait ressortir tous les détails du paysage jusqu'au fond du vallon. Il eut l'impression qu'une lampe brillait à l'une des fenêtres du chalet de Dufour, ce n'était peut-être qu'un reflet sur une vitre. Le spectacle était magnifique. « Seulement voilà, pensa Maréchal, il y a un gosse perdu par là. Probablement mort. » Il se demanda si Dubosc avait raison. Est-ce qu'on n'aurait pas pu le chercher dans cette nuit ? Oui, sans doute, à condition d'avoir de gros moyens. Dubosc les aurait le lendemain. Et chercher un garçon de dix ans à travers le bon mètre de neige qui s'était accumulé dans la soirée, il ne fallait pas y penser, même si c'était quelque chose que lui, Maréchal, aurait peut-être décidé de tenter, il ne pouvait se le cacher. Mais il n'avait plus envie de décider quoi que ce soit ! Même Michel avait paru trouver normal qu'on ne fasse rien avant le matin. Même Chavert l'avait admis ! Il est vrai que Dubosc commandait maintenant.

Maréchal y revint : « Chavert lui-même l'a admis ! » Cette idée le gênait. Bah ! Une de plus à ranger au magasin des questions sans réponses.

Maréchal repensa à l'autre nuit, quand Laetitia était allée elle aussi regarder à cette fenêtre. C'était quand bon sang ? Dans la nuit de dimanche. Même pas une semaine ! Et il lui semblait qu'il y avait des mois que cela s'était produit. Laetitia... Penser à elle était un peu douloureux, n'aurait-il pas été préférable de se trouver avec elle à Montpellier plutôt qu'ici à contempler cette étendue dans laquelle rôdait pourtant peut-être un meurtrier qui avait déjà détruit trois vies, sinon quatre ?

Maréchal regarda sa montre. Deux heures et demie ! « C'est pas une heure ! » se dit-il à voix basse en souriant.

Il ouvrit la porte de sa chambre avec précaution pour ne réveiller personne. Il descendit l'escalier. Nestor souleva les paupières, le reconnut, s'étira et se rendormit aussitôt. La lumière de la lune éclairait en plein le séjour. Il prit le téléphone mobile en passant et s'installa sur le canapé. Il hésita un moment. Etait-ce bien raisonnable. Non ! Justement ! C'est ce qui le décida.

A la quatrième sonnerie, on décrocha, loin là-bas, de l'autre côté de la neige, dans les pays civilisés... Une petite voix, complètement étouffée de sommeil :

– Qu'est-ce qui t'arrive ?

Maréchal fut heureux de cette question. Elle supposait beaucoup de liens entre eux.

– Je voulais savoir comment tu allais, dit-il bêtement.

– Bien, mon chéri. Je dormais d'ailleurs...

– Excuse-moi, fit-il.

– Ne t'excuse pas, dit-elle, et raconte-moi ce qui ne va pas...

– Comment tu sais que ça ne va pas ?

– Parce que je t'aime, dit-elle simplement.

– Non, c'est vrai : ça ne va pas !

Il lui raconta par le menu ce qui s'était passé. Elle l'écouta sans l'interrompre, elle fut parfaite. Elle n'essaya en aucune façon de faire taire ses scrupules à s'être trompé d'une façon aussi grossière. Il lui en sut gré, c'était la voix de la vérité. Et c'était celle que Maréchal préférait.

– Qu'est-ce que tu fais demain ? demanda-t-il en terminant son récit.

– On a encore une répétition de prévue... avec la Castafiore. Mais si tu le souhaites je peux me libérer... Ce n'est pas important, on a fini, c'est elle qui veut... enfin, elle nous emm... !

– Stop, ma belle ! Pas de grossièretés dans ta jolie bouche. Oui : j'aimerais qu'on se retrouve demain.

– Viens me chercher !

– C'est que..., hésita Maréchal.

– Oui ?

– La 4L est cassée ! avoua-t-il doucement.

– La seule bonne nouvelle de la nuit ! s'exclama la jeune femme.

– Enfin, je ne sais pas si elle est vraiment cassée. Peut-être que je pourrais la faire réparer.

– Dommage, regretta-t-elle. Autrement dit, il faudrait que ce soit moi qui vienne te chercher...

– Il y a de ça, répondit-il.

– Je vais demander à Ghislaine de me prêter sa voiture. Je viendrai te chercher, d'accord. Toutefois, je ne sais pas à quelle heure...

– Sans importance ! Ecoute-moi bien : il y a beaucoup de neige. Tu pourras passer, mais sois prudente. Dubosc va faire donner les gros moyens maintenant !

243

Donc le chasse-neige montera. Fais attention quand même ! Il risque d'y avoir du verglas : ça a l'air de drôlement se refroidir dehors.

– Te tracasse pas pour moi, mon chéri ! Si je peux avoir la voiture, je serai à Hurlebois dans la matinée.

– Laetitia !

– Oui, je sais. Moi aussi. Bonne nuit !

– Bonne nuit, murmura-t-il alors qu'elle avait déjà raccroché.

Maréchal alla dans la cuisine. Il chercha quelque chose à manger, se coupa un bout de pain.

Un pas descendit l'escalier, lentement. Puis le lustre de la cuisine s'alluma, brutalement.

– Tu ne dors pas, toi non plus ? demanda Michel.

– Non…, fit Maréchal, sombre.

– Tu penses comme moi ? Pour ce gosse…

– Ben, maintenant qu'il ne neige plus ! Et on y voit comme en plein jour.

– On s'habille ? lança Michel.

– OK, répondit Maréchal.

Quand ils arrivèrent sur le palier, ils trouvèrent Solange en robe de chambre, elle leur dit, en souriant :

– Je me demandais à quel moment vous alliez enfin vous décider !

Un quart d'heure plus tard, les deux hommes montaient dans la Méhari et descendaient vers Hurlebois.

– On va aller réveiller les autres, dit Michel en arrêtant la voiture sur la place.

– Et les flics ? demanda Maréchal.

– Les flics ? Laisse tomber, dit Fargue sèchement.

– Exactement ce que je pense, dit Maréchal en riant.

Ils traversèrent la place. On y voyait parfaitement, presque comme en plein jour, sauf que la lumière de la lune, si blanche, donnait aux ombres une portée fantastique à laquelle il fallait s'habituer.

Il était inutile de réveiller les autres. Ils l'étaient déjà et Maréchal vit que Marc Santerres descendait vers la place en compagnie de Noël Martel qui tenait à la main une lampe parfaitement inutile. Maréchal pensa que cela devait être dur pour Martel de partir ainsi à la recherche d'un autre gosse, probablement assassiné lui aussi, comme sa Mélanie. Il l'admira.

– Je vois qu'on a tous eu la même idée ! fit Santerres.

– Faut croire, dit Maréchal.

– Et on n'a pas été les seuls ! lança Fargue en montrant les deux silhouettes de Vialat et de Montagné qui arrivaient par l'autre côté de la place.

– Vous vous rendez compte ? Les citadins dorment comme des loirs ! Avec Montagné on vous attendait, dit Vialat en les rejoignant. (Il ajouta :) Comment on fait ?

– C'est vous le chef, fit Maréchal.

– Vous rigolez, mon vieux ! Eux sont du pays ! Alors, qu'est-ce qu'on fait ? répéta-t-il.

Martel hésita, puis il dit :

– C'est difficile à admettre, pourtant je crois qu'on ne peut pas aller très loin, à cause de la neige. Sur les chemins c'est une chose, mais dans les prairies il doit y en avoir une sacrée couche. Il faut qu'on se limite aux endroits accessibles. En marchant toujours deux par deux à cause des risques. On est six, ça tombe bien.

– On va pas chercher Chavert ? demanda Santerres.

– Non, fit Maréchal qui ajouta très vite : Ils en ont assez comme ça sur le dos.

Ce n'était pas la pensée exacte qu'il avait eue.

Au matin, ils se retrouvèrent sur la place. Il n'avaient découvert aucune trace du gosse. Les six hommes étaient épuisés.

Ils avaient exploré tous les endroits où aurait pu se trouver l'enfant. Et même ceux où il aurait pu se cacher. Cela avait duré toute la nuit sous la lumière toujours aussi forte d'une lune que parfois Maréchal avait jugée cruelle d'indifférence à la voir rouler pendant tout ce temps d'un bord à l'autre du ciel. Même les étoiles n'arrivaient pas à lutter contre cette clarté et en paraissaient éteintes.

Ils étaient à présent réunis autour de la Méhari de Fargue. Celui-ci prit la parole :

– Il faut aller déjeuner. Sinon nous ne tiendrons pas le coup et quand l'autre va se réveiller, il va vouloir remuer ciel et terre.

Il montrait du doigt la buvette de Delrieu où Dubosc et ses collègues dormaient encore.

Maréchal regarda ses voisins. Tous étaient à bout. Ils n'avaient pas épargné leur peine au cours de cette nuit. Malgré le froid, ils avaient transpiré et souffert sur les chemins autour de Hurlebois, dans les petites combes où ils s'étaient enfoncés les uns et les autres.

Ils avaient échoué mais il en resterait quelque chose entre eux, de ces choses que le temps ne parvient jamais à effacer. Il lut une pensée identique dans le regard de Paul Vialat et en fut heureux.

Quand ils arrivèrent chez Fargue, ils trouvèrent le déjeuner prêt et Solange qui les attendait. Elle ne s'était pas recouchée. Elle dit que, du fait de la clarté de la lune, elle avait vu leurs silhouettes se déplacer autour du village. Maréchal pensa qu'il en avait été de même chez les Santerres et les Martel où les femmes, elles aussi, avaient attendu leurs hommes. Il eut une pensée pour Jacqueline Martel qui, elle, n'avait pas une Noémie pour lui tenir compagnie, et avait dû aussi songer terriblement à sa petite fille morte.

Vers huit heures, le téléphone sonna. Fargue décrocha et mit l'amplificateur en faisant signe à Maréchal qui achevait de déjeuner :

– Fargue ? C'est Dubosc, ici ! Alors, vous avez fait les zouaves cette nuit !

– Nous avons fait notre devoir, inspecteur, répondit calmement Michel.

– Ça encore, ce doit être une idée de Maréchal ! Enfin, c'est votre affaire. J'attends du renfort, ce matin ! Il faut que je trouve ce gosse, nom de Dieu ! J'ai besoin de vous...

– Ah bon, fit Fargue, précisez, s'il vous plaît : vous avez besoin de « moi » ou de « nous » ?

– Ecoutez, Fargue ! Ne faites pas le malin ! Et je vais vous dire, en espérant qu'il est là et qu'il entend par le haut-parleur : Maréchal, j'en ai rien à faire !

– Et pourquoi vous avez besoin de moi, alors ? demanda Fargue.

– Un, parce que vous connaissez le pays mieux que moi, concéda Dubosc. Deux, parce qu'il va falloir organiser le gîte et le couvert de mes types...

– Et pourquoi moi ?

– Vous êtes bien l'autorité ici, non ?

– Moi ? répliqua Michel. Pas du tout : je suis garde forestier, pas maire de Hurlebois !

– Ne jouez pas sur les mots ! Je peux compter sur vous, oui ou non ?

– Oui ! A une condition, ajouta Michel dont le ton était monté.

– Laquelle ? demanda Dubosc, visiblement surpris.

– Que vous vous bougiez, nom de Dieu ! Vous avez vu l'heure qu'il est ! cria Fargue.

– J'attends mes hommes..., dit Dubosc.

– Avec la neige sur la route du col, vous n'êtes pas près de les voir arriver !

– Dites donc Fargue, vous me prenez pour un imbécile ? Le type du chasse-neige doit déjà être au carrefour, avec ce que je lui ai flanqué dans les oreilles il y a une heure.

Maréchal regardait par la fenêtre pendant cette conversation. Un régal, pensait-il, la façon dont son ami s'était fichu de l'inspecteur. Toutefois Dubosc disait vrai pour le chasse-neige. Il lui semblait apercevoir en effet une tache jaune qui bougeait au loin dans le secteur du carrefour de la départementale.

Sarah dormait dans sa petite chambre aux murs couverts de lambris blonds. Les rideaux filtraient la lumière du jour. Mais un rayon de soleil vint se promener sur son drap, remonta jusqu'à sa joue, son œil. Elle secoua la tête, se réveilla.

Elle alla à la fenêtre et souleva le rideau. Il y avait beaucoup de neige dehors ce matin. Sarah pensa que si le soleil ne se cachait pas, il ferait disparaître celle du chemin des crêtes : c'était toujours là qu'elle fondait d'abord. Elle avait bien réfléchi à la façon dont il fallait s'échapper du sous-sol après avoir laissé son vélo dans le jardin. Sa mère était rassurée quand elle jouait en bas. Elle aurait tout le temps d'aller essayer le VTT sur les crêtes.

En attendant... Elle tira complètement le rideau, se recoucha, remonta le drap au-dessus de sa tête et se rendormit aussitôt.

15

Une agitation extraordinaire régnait sur la place du village. Le chasse-neige raclait la dernière portion de route le long du débarcadère.

Trois voitures de police étaient déjà arrivées, il ne manquait que celles des renforts de gendarmerie de Saint-Donnat. Dubosc dominait tout cela à grands coups de gueule. Il était dans son élément.

« Beaucoup de bruit pour rien ! » pensa Maréchal. Il vit Michel qui s'affairait en compagnie de Marc Santerres devant une vieille bâtisse qui devait être l'ancienne salle des fêtes de Hurlebois. Noël Martel n'était pas venu assister à ce cirque, sûrement trop douloureux pour lui. Jacques Chavert, par contre, ne quittait pas l'inspecteur d'une semelle et paraissait particulièrement heureux de la tournure que prenaient les événements. C'était normal, après tout, pensa Maréchal, à moitié convaincu par les allures de matamore du militaire. Cette famille l'intriguait. Il haussa les épaules. Tout cela ne le concernait plus. Hier, il était revenu à Hurlebois certain de détenir la vérité. Mais voilà : il s'était complètement trompé. Et

251

dans trois heures, Laetitia allait venir le chercher. Il n'y avait plus que cela de vrai... Il descendit vers le lac.

Sur le chemin, il croisa Montagné qui remontait à pied, suivi de Mme Chavert.

– L'inspecteur veut que j'enregistre tout de suite votre déposition ! Vous comprenez, madame ? Il dit que ce qui est fait n'est plus à faire.

Il parlait fort, Montagné, toujours, c'était dans sa nature, il s'efforçait toutefois de mettre dans ses propos le maximum de gentillesse. Il ajouta :

– Bonjour, monsieur Maréchal. Je vais à la mairie enregistrer la déposition de Mme Chavert.

Maréchal lui sourit et salua la grand-mère de Nicolas. Elle avait l'air affolée, c'était très compréhensible. Faire déposer quelqu'un à neuf heures du matin ! Et après la nuit qu'elle avait dû passer... Une idée de Dubosc, en effet : tout à fait dans la ligne.

En arrivant d'un pas tranquille devant la maison de Chavert, Maréchal subit une grosse tentation. Il essaya de la chasser... Mais l'occasion était trop belle : Sylvie Chavert était seule ! C'était le moment ou jamais de savoir ce qu'il en était de cette femme, en dehors de la présence de ses parents, surtout de son père.

En frappant à la lourde porte, Maréchal le regretta un peu, il était trop tard.

Un pas qui traînait légèrement se fit entendre au bout de deux minutes. Puis la porte s'entrebâilla.

– Vous désirez ? fit une voix douce, un peu lasse.

– Sylvie Chavert ? C'est vous ?

– Oui, mais pourquoi... ?

– Je voudrais vous parler, dit Maréchal. Seulement quelques minutes.

– Vous savez, dit-elle, en ce moment...

Décidément elle avait de la difficulté à finir ses phrases. Maréchal insista :

– Justement, c'est de ça que je veux vous parler, de Nicolas, ajouta-t-il gentiment.

– Si vous y tenez, fit-elle.

– Je peux entrer quelques instants ? Je ne vous dérangerai pas.

Elle se décida et ouvrit la porte. Maréchal entra dans un vestibule banal et très sombre. Elle le précéda jusqu'à une pièce qui s'ouvrait sur la gauche. Il la suivit.

Sylvie Chavert était belle, d'une beauté à couper le souffle, se dit Maréchal, déstabilisé. Elle était très grande, très brune, discrètement maquillée et vêtue d'un robe de soie verte qui, si elle lui avait paru incongrue dans le vestibule, s'harmonisait parfaitement maintenant avec le décor de ce salon. De lourdes tentures filtraient le grand soleil du dehors. Les meubles étaient surchargés de bibelots, de vases 1900, de bouquets secs. Sur les murs Maréchal reconnut plusieurs lithos de Mucha, une affiche de Lautrec – et ce n'était pas une reproduction. Sur le sol, des tapis épais, aux dessins compliqués.

La jeune femme s'était assise sur un canapé et avait indiqué un fauteuil à Maréchal. Elle avait croisé ses mains sur ses genoux, faisant tinter de lourds bijoux d'argent, désuets, qui pendaient à ses poignets. Elle attendait que Maréchal parle. Lui était subjugué et tentait de reprendre ses esprits. Il avait l'impression de se retrouver dans un roman de Huysmans. Après la nuit qu'il avait passée dans la neige, et en plus à la recherche du fils de cette femme, il se dit que c'était trop... Quelques instants plus tard, comme il lui posait des questions sur les habitudes de Nicolas, il comprit la vraie raison de ce sentiment d'étrangeté qui l'avait envahi depuis qu'elle avait commencé à parler.

– Comment votre fils occupe-t-il ses journées ? Ici (Maréchal montrait ce qui l'entourait de la main), pour un enfant de huit ans...

– Il joue, monsieur, il joue !

Elle montrait de la main un piano Erard qui occupait tout un angle de la pièce.

Puis, brutalement, elle cria :

– Mon fils et un artiste, monsieur ! Un virtuose !

En même temps, elle éclata d'un rire métallique qui paraissait ne jamais devoir cesser même s'il se cassait parfois avant de repartir.

Maréchal avait compris. A quoi cela pouvait-il bien servir de l'interroger ? Cette femme était folle... folle à lier !

Il n'avait plus rien à faire ici. Il se leva et lui murmura :

– Mais oui, mais oui, je vous crois...

Il allait sortir du salon quand le rire s'étrangla et se changea en hoquet, puis il entendit qu'à présent elle pleurait. Il s'efforça de ne pas la regarder, craignant, jusqu'à ce qu'il ait franchit le seuil, qu'elle ne s'aperçoive de son départ et ne le rappelle.

La porte claqua quand il la referma et Maréchal respira un bon coup.

Il n'avait vraiment plus qu'une chose à faire : attendre Laetitia et rentrer à La Grézade.

Sarah fit un tour dans le jardin vers onze heures. Sa mère la regardait de temps en temps depuis la terrasse. A un moment, le téléphone sonna. La porte d'entrée était restée ouverte et Sarah écouta. « Allô... Bonjour Laetitia ! Comment ça va ? »

C'était la copine de Franck ! Sarah en profita et alla poser son vélo contre le mur de clôture du jardin, derrière la maison. Puis elle revint à cloche-pied en chantonnant. Elle pensait : « Il y encore trop de neige... » Elle entra dans la maison et réclama des biscuits à sa mère. Pourvu que celle-ci ne demande pas où était le vélo...

– Le paquet est sur le buffet. Après tu mettras ton manteau et ton bonnet : on va aller au village dire à Franck que Laetitia ne pourra venir le chercher que dans l'après-midi.

« Pourvu que... », pensa à nouveau Sarah comme elles partaient à pied vers Hurlebois. Solange ne lui demanda rien.

Dubosc avait vu grand. Il déploya ses forces à travers le vallon selon un plan qui parut à Maréchal, quoi qu'il lui en coûtât, plutôt logique. Pendant la matinée, les hommes de la police et de la gendarmerie arpentèrent les chemins, marchant en éventail à travers les prairies couvertes d'une neige ramollie par le soleil et pataugeant dans la gadoue de cette fonte illusoire.

Dans la nuit, avec le gel qui se préparait, cela allait changer ! Le chemin des crêtes fut un des premiers déneigé et c'est lui que les hommes de Dubosc avaient d'abord suivi. Puis ils se séparèrent en deux groupes. L'un partit explorer le ravin de Gaillasse tandis que le second passait le lotissement de chalets au peigne fin.

C'était maintenant l'après-midi et Maréchal les accompagna un moment. Les hommes fouillaient tous les recoins avec conscience, inspectant même les niches à chien. Quand ils arrivèrent au bout du lotissement, ils se déployèrent dans les prairies qui les séparaient du chalet de Dufour. Celui-ci était visible, accoudé à la rambarde de sa terrasse et muni d'une paire de jumelles, il observait les policiers.

« Il en fera peut-être un tableau ! » ironisa Maréchal pour lui-même.

Il n'avait aucune envie de parler avec Martin Dufour. Avec personne, non plus. Il revint vers le hameau. Il venait de décider d'aller attendre Laetitia qui arriverait bientôt, si elle avait pu récupérer la Golf de sa copine Ghislaine, comme elle le lui avait fait dire par Solange.

Sarah monta sur la poubelle. Par l'imposte, elle observa de nouveau le chemin des crêtes. Quand elle était revenue du village avec sa mère, il était couvert de silhouettes noires, ce n'était pas le moment d'aller s'y balader ! Mais à présent, Sarah ne voyait plus personne par là-bas. C'était sans doute le moment d'en profiter. Elle était remontée cinq minutes avant chercher des biscuits. Sa mère ne s'inquiéterait pas de sa présence d'ici au moins une heure.

Sarah posa un bac en plastique sur la poubelle et escalada l'imposte.

Maréchal avait dépassé l'embranchement du chemin forestier. Cela lui rappelait des souvenirs. « Il y moins d'une semaine », pensa-t-il. Il était trois heures et demie et l'ombre gagnait les lisières du bois. Cependant le reste du vallon était toujours illuminé par le même soleil triomphant. On y voyait très loin depuis la route, jusqu'au-dessus de Hurlebois, vers les crêtes et sur la gauche vers le ravin où il avait aperçu les hommes de Dubosc en train d'y descendre une heure plus tôt. Le matin, le chasse-neige avait parfaitement déblayé la route et Maréchal avançait sans peine en guettant le carrefour de la départementale.

Il repensa à toute l'affaire, à ce drame qui avait frappé cet îlot de terre si paisible en apparence. C'était cela, au fond, le plus douloureux, le plus difficile à comprendre. Tout ce coin du monde n'était que beauté, harmonie, tranquillité. Et pourtant, le meurtrier avait vécu là toutes ces années, sans que personne ne s'en doute. Même s'il avait conscience des erreurs qu'il avait commises, Maréchal restait persuadé de cela : l'assassin des enfants et du père Vauthier était quelqu'un de Hurlebois.

Il s'arrêta et observa des corbeaux qui, après avoir tournoyé un moment dans le soleil en criaillant, se posaient sur les branches, étendues comme des bras, d'un châtaignier mort, vers le ravin.

Sarah s'était faufilée à l'abri de la haie qui bordait le sentier derrière la maison. Elle poussait son vélo. Bientôt elle allait arriver sur le chemin des crêtes. Là, et seulement là, elle monterait sur sa selle.

Elle regarda sur sa droite. Il y avait un bosquet de bouleaux à cent mètres. Quelque chose bougeait là-bas. Sarah se demanda qui pouvait bien se tenir caché à l'abri des bouleaux.

Maréchal abandonna. Il y avait un détail qui lui échappait, quelque chose qu'il avait laissé passer, une possibilité qu'il n'avait pas envisagée. Il connaissait une partie de la réponse, peut-être. Oui : une partie seulement, dès lors ça ne servait à rien. Comment lancer la moindre accusation ? Il valait mieux laisser tomber. C'était rageant, mais il devait en convenir quoi qu'il lui en coûtât : c'était le boulot de Vialat et de Dubosc. Lui était écrivain, pas flic !

Il voyait à présent les Cabanes de Lazerthe et, sur la droite, la départementale. Il aperçut alors la tache noire de la Golf. Il sourit.

Quatre minutes plus tard, Laetitia stoppait à côté de lui, qui faisait le geste des autostoppeurs.

– Je me demande si je ne prends pas de bien gros risques, monsieur.

– Sûrement, fit Maréchal en montant à côté d'elle et en l'embrassant avec passion.

– Ils ont retrouvé le petit Chavert ? demanda Laetitia, la main sur la clé.

– Non, maugréa Maréchal. Sûrement comme les deux autres.

– C'est moche.

Laetitia démarra. Le soleil descendait au-dessus de la forêt.

– Allez, on va chercher mes affaires chez Michel et on descend avant la nuit à La Grézade, ajouta Maréchal.

– A vos ordres, fit la jeune femme en jetant au même moment un coup d'œil sur la 4L qu'on avait poussée sur le bas-côté et que le chasse-neige avait aux trois quarts enfouie sous la poudreuse.

– Pas un mot ! fit Maréchal en fronçant les sourcils.

– Bon, bon, concéda Laetitia.

Maréchal regardait Hurlebois et le paysage tout autour. Laetitia avançait avec prudence – elle devait enfin se souvenir des recommandations de sa copine Ghislaine. Il porta le regard sur les crêtes. Le chemin était bien visible. Maréchal se demanda ce qui pouvait bien briller comme ça par là-haut.

Maintenant, Sarah pédalait de bon cœur. Elle savait que sa mère ne pouvait plus la voir depuis la maison. Quant à son père, il était avec ces messieurs de la police. Et elle les avait vus disparaître depuis longtemps dans le ravin et entre les chalets.

Près des bouleaux, qui se trouvaient maintenant en arrière, il n'y avait plus rien, constata-t-elle en regardant. Mais elle vit que là où le chemin des crêtes rejoignait celui de la combe, il y avait de nouveau une silhouette sombre qui bougeait. Elle semblait venir vers elle. Tiens, elle avait quelque chose à la main !

– Qu'est-ce que c'est ? demanda Maréchal.
– Quoi ?
– Ce qui brille !
– Où ça ? dit Laetitia.
– Sur le chemin des crêtes, là-haut, montra Maréchal.
– Ah, oui... Sans doute une plaque de tôle...
– Et elle bouge, la plaque ?
– J'en sais rien, moi..., fit la jeune femme.
Maréchal regretta de n'avoir pas les jumelles de Dufour à ce moment. Il dut concéder sa faiblesse :
– Regarde bien ! Tu as des yeux tout neufs, toi !
Laetitia stoppa et descendit :
– Le pare-brise me gêne. C'est bien pour te faire plaisir.
– Alors ? insista Maréchal.
– Attends... C'est un vélo ! Un VTT. Avec un enfant dessus...
– Sarah ! dit Maréchal.
Laetitia ajouta aussitôt :
– Il y a autre chose qui bouge...
– Quoi ? dit Maréchal qui était descendu à son tour.
– Je sais pas, dit Laetitia, c'est noir et ça bouge ! Voilà tout.
– Démarre, bon sang ! cria Maréchal.
Laetitia eut envie de répliquer, cela lui passa rapidement quand elle vit le visage de Maréchal.
– Accélère, dit celui-ci.

– Je suis à fond. C'est une Golf ! Pas une formule 1 !

Maréchal regardait toujours l'éclat métallique qui scintillait.

Il traversèrent le bas du village à toute vitesse. Il n'y avait personne.

– Là, fit Maréchal en montrant le chemin creux.

La Golf bondit et monta sur deux cents mètres puis, après la propriété des Martel, elle vint s'enfoncer dans la neige et commença de patiner.

Maréchal ouvrit la portière et bondit.

« Pourquoi il me suit, celui-là ? » se demanda Sarah.

C'était vraiment bizarre. D'autant qu'elle avait beau pédaler de toutes ses forces, changer de pignon, mouliner, rien n'y faisait. La silhouette noire avec son bâton à bout de bras la serrait toujours de près sur le côté droit. Bientôt même, quand les deux chemins se rejoindraient, elle la rattraperait.

– Maman ! cria Sarah.

Maréchal courait aussi vite qu'il le pouvait. Cela faisait beaucoup après la course de la veille. La neige avait fondu, l'eau descendait dans le chemin transformé en ruisseau et il pataugeait jusqu'aux chevilles. Il s'aperçut que le bas-côté paraissait plus ferme. Il bondit. L'appui était bien meilleur mais il pensa, terrorisé, qu'il en avait encore pour un bon moment avant de rattraper le chemin des crêtes : le sentier faisait d'abord le tour des vergers des Martel. Et avec cette neige il n'était pas envisageable de couper par le travers.

– Maman ! cria de nouveau Sarah.

Elle approchait du croisement des chemins. Si elle arrivait à accélérer, elle passerait avant l'ombre et après elle la sèmerait sur le chemin plus ferme à cause des plaques de roche. Elle accéléra encore.

En arrivant sur le chemin, Maréchal trébucha sur un caillou et s'étala dans la boue. Il se releva. Maintenant il voyait la pente suivie par le chemin et en haut, tout en haut, le vélo de Sarah qui montait vers la crête. Il eut l'impression de voir le reste aussi.

Il n'avait plus qu'une chose à faire et il le fit : il monta lui aussi, puisant dans ses réserves, à peu près persuadé que son cœur et ses poumons le lâcheraient bien avant qu'il parvienne là-haut.

En passant près des bacs à sel des troupeaux d'estive, il regarda à nouveau, ce qu'il évitait de faire depuis un moment pour ne pas perdre tout à fait courage. Qui poursuivait la petite ? A cette distance, il était impossible de le deviner.

S'il appelait Sarah, celle-ci hésiterait et l'autre la rattraperait aussitôt. Il n'y avait plus qu'une chance : c'était que son poursuivant s'aperçoive tout seul que Maréchal arrivait sur ses talons.

Il comprit que la fillette essayait de passer la première le croisement des chemins. Il accéléra, se demandant comment il y parvenait.

Devant, à quelques mètres, on voyait les plaques rocheuses entre les taches de neige. Sarah sentait que l'autre approchait. Elle poussa encore sur ses jambes. En jetant un coup d'œil sur le pédalier, elle vit qu'il lui restait un plateau. Quand la roue avant commença de rouler sur le roc, elle accrocha, comme elle l'avait prévu, bien mieux que sur l'herbe humide du chemin. Cela fit bondir le VTT. Mais elle n'allait pas passer assez tôt. Elle changea de plateau et fit un nouveau bond en avant. Elle était passée.

Juste après, elle entendit un bruit de ferraille et sentit que la chaîne avait sauté. Elle se trouva déséquilibrée. La roue avant glissa sur une poignée de neige glacée et elle bascula.

Elle entendait maintenant un souffle, court et rauque, derrière elle, tout près, à la toucher.

Maréchal la vit passer par-dessus le guidon, tandis que la bicyclette chassait et se couchait. Sarah était allongée dans la neige.

Laetitia avait déjà presque traversé Hurlebois. Elle était remontée de l'autre côté de la place. Par là, il n'y avait personne. Elle se souvint que Maréchal lui avait dit que les policiers s'étaient installés à la buvette. Elle prit une venelle et descendit. Il lui sembla apercevoir une voiture sur la route du lac. Elle était à bout de souffle. Elle se jeta presque sur la Peugeot de Dubosc.

Elle s'expliqua et l'inspecteur la fit monter à côté de lui, puis il fit une chose que Laetitia trouva stupide : il passa la main par la portière et posa sur le toit de la Peugeot un gyrophare tout en mettant en route son Klaxon de police. Puis il accéléra brutalement dans la direction du chemin des crêtes.

Maréchal vit que le vélo de la petite avait arrêté la course du poursuivant. Celui-ci sembla empêtré un moment. Mais Maréchal était encore loin, plus de deux cents mètres estima-t-il. Il arriverait trop tard ! Il vit l'autre lever son bras au bout duquel on distinguait une sorte de gourdin. Il n'y avait plus qu'un espoir. Maréchal cria. Aucun son ne sortit de sa bouche, il était trop essoufflé. Il stoppa et recommença. Il parvint à émettre un cri, faible et dérisoire. Mais l'autre l'avait entendu. Il interrompit son geste et regarda dans la direction de Maréchal qui voyait Sarah se traîner à quatre pattes dans la neige pour s'enfuir.

L'autre se rendait compte que Maréchal était encore trop loin. Le bras se leva de nouveau.

A ce moment, le bruit du Klaxon de Dubosc éclata en bas de la pente, dans le chemin creux.

Cette fois, l'agresseur ne demanda pas son reste. Il jeta le gourdin dans la neige et s'enfuit par le chemin sur lequel il avait poursuivi Sarah. Maréchal entendait Dubosc qui montait. Un brouillard rouge devant les yeux, il avançait encore. Puis, il atteignit les plaques rocheuses, regarda la fillette qui se recroquevillait dans la neige, terrorisée. Il gargouilla, dans une grimace :

– Sarah ! C'est moi.

Il eut l'impression qu'elle lui souriait. Il tomba dans la neige, la tête la première, en se demandant s'il se relèverait un jour.

Depuis la voiture, Dubosc avait appelé du renfort et des hommes montaient à présent de plusieurs directions vers le chemin des crêtes.

L'inspecteur avait relevé Sarah et l'avait confiée à Laetitia, puis il s'était lancé à la poursuite de l'agresseur. Maréchal, malgré ses craintes, s'était relevé. Il regarda sur le chemin où était parti Dubosc. Déjà la silhouette noire atteignait la forêt de la combe. Maréchal était certain qu'on ne l'attraperait pas.

16

Quelques nuages passaient devant le soleil et il faisait alors très froid. « Le temps se gâte par l'ouest », pensa Maréchal.

Ils étaient chez les Fargue où Michel avait ramené sa fille dans ses bras. Maréchal avait porté le VTT. En arrivant à la maison, il avait remis la chaîne en place et la fillette s'était endormie, rassurée.

Une heure plus tard, le téléphone avait sonné. C'était Dubosc. Comme Maréchal l'avait prévu, l'agresseur l'avait semé dans les bois. Quand ses hommes étaient arrivés, il leur avait été impossible de retrouver la moindre trace sur le tapis de feuilles de la forêt. Il aurait fallu beaucoup plus de monde pour envisager d'encercler le bois, ou des hélicoptères. Mais le soir allait tomber...

Dubosc avait décidé de rentrer à Montpellier avec ses hommes. Seuls Vialat et Montagné resteraient à Hurlebois cette nuit.

Lorsque Michel rapporta la conversation, Maréchal traduisit :

– Il a la frousse. On n'a pas retrouvé le petit Chavert, il a manqué y avoir un nouveau meurtre et il se dit qu'il lui faut aller demander des ordres à ses chefs. Demain... il reviendra.

– En attendant, fit Solange, si tu n'avais pas été là, Dieu seul sait ce qui serait arrivé à Sarah.

Elle sanglota et s'enfuit vers sa cuisine. Maréchal fit signe à Michel qui la rejoignit.

– Et nous ? demanda Maréchal, qu'est-ce qu'on fait ? On rentre à La Grézade comme prévu ?

– Un si long week-end, soupira Laetitia. Je ne sais pas si je vais te supporter tout ce temps...

– Espèce de teigne !

– Je voulais te poser une question, mon chéri...

– Fais attention !

– Si cela avait été moi au lieu de Sarah ? Tu aurais couru aussi vite ?

– Je ne sais pas... Peut-être pas...

Il vit la mine de Laetitia changer et s'exclama :

– Idiote va ! Bien sûr que si : l'amour fait faire toutes les bêtises !

Ils s'embrassèrent. Brusquement, Maréchal la repoussa et, les yeux dans les yeux, lui demanda avec insistance :

– Qu'est-ce que je viens de dire là ?

– Je ne sais pas, minauda Laetitia.

– C'est sérieux !

– Tu as dit : « L'amour fait faire toutes les bêtises. »

Maréchal s'écria :

– C'est ça ! Evidemment c'est ça !

Il n'était pas plus de sept heures du soir et déjà la nuit était presque venue. Le ciel était rempli de nuages très noirs qui roulaient de l'ouest, portés par un vent qui feulait dans les arbres avant de venir racler les toits de Hurlebois. Par moments, il amenait des averses de grésil glacé qui crépitaient.

Maréchal descendit vers le village. Sur la place, il vit que tout le monde était parti. Il poursuivit son chemin jusqu'au débarcadère. Le lac était agité par le vent, de petites vagues faisaient s'entrechoquer les plaques de glace que le soleil du jour avait tenté vainement de faire fondre. Bientôt d'ailleurs elles se resouderaient. Cette nuit à coup sûr, dès que le vent aurait cessé.

Devant la buvette, il vit la camionnette de la gendarmerie. Les lampadaires venaient de s'allumer. C'était un luxe que Hurlebois devait aux vacanciers. Ce soir leurs halos jetaient des lueurs fantomatiques et tremblantes à cause des rafales qui secouaient les poteaux électriques.

Paul Vialat était assis à une petite table. Clément Delrieu s'affairait à grand bruit dans sa resserre.

– Bonsoir, dit Maréchal.

– Ah, c'est vous ! fit l'adjudant.

– Et Montagné, où vous l'avez mis ? demanda Maréchal.

– Il est dans sa chambre. Il n'en pouvait plus, répondit Vialat en souriant. Je crois qu'il se sera endormi…

– Vous n'avez pas l'air en forme, dit Maréchal.

– Vous connaissez une bonne raison pour ça ?

– Non, avoua Maréchal. Bien sûr, avant, il y avait l'Allemand !

– Ne vous foutez pas de moi, Maréchal. Ne faites pas comme l'autre !

– Il est parti ?

– Heureusement ! Il est allé prendre les ordres. Demain à la première heure, gare !

Maréchal fit signe à Clément avec les doigts : « Deux. »

Quand le cafetier eut servi les deux cognacs, Maréchal attendit qu'il se soit éloigné et dit doucement, en se penchant vers Vialat :

– Ça vous intéresserait de le doubler ?

– Vous rigolez ? Je n'y comprends plus rien ! Le petit Chavert qu'on n'a pas retrouvé, cet après-midi la fille de votre copain Fargue. Entre parenthèses : sans vous on aurait eu droit au pire ! Ne parlons pas des deux gamines et du retraité.

Maréchal avala une gorgée et dit calmement :

– Moi, je sais qui a fait ça.

L'adjudant le regarda, hésita, but à son tour et conclut :

– Je ne vous crois pas !

– Alors, c'est Dubosc qui tirera les marrons du feu...

Vialat réfléchit. Il regarda à nouveau Maréchal dans les yeux. Puis il constata :

– Vous avez l'air sérieux. Qui c'est ?

– Pas encore, Vialat. Si vous voulez le savoir, il faut suivre mes indications. (Et il ajouta en insistant sur chaque mot :) A la lettre !

L'adjudant balançait encore. Il se dit qu'il n'avait rien à perdre et Maréchal paraissait diablement sûr de lui. Il hocha la tête :

– D'accord. Qu'est-ce qu'il faut faire ?

– D'abord, vous réveillez Montagné. Ensuite... (Il sortit un papier de sa poche.) Vous allez chercher tous les gens qui sont marqués là. *Tous*, vous entendez,

Vialat ! S'il en manque un, ça ne marchera pas. Vous y allez et vous les embarquez. Puis vous les conduisez à la salle de la mairie. (Maréchal regarda sa montre et ajouta :) Dans une heure... Moi, je vous attends là-bas avec les Fargue et... votre fille...

Paul Vialat ne releva pas les derniers mots, il haussa seulement les épaules. Il partit vers les chambres.

Maréchal finit son cognac et sortit. De la porte, il entendit les protestations ensommeillées de Montagné.

Dehors le vent paraissait devenu fou et plaquait un grésil fin et coupant comme du verre pilé, contre les murs.

Maréchal remonta chez ses amis. Il sifflotait.

A neuf heures, Vialat revint accompagné de la Palinette. Celle-ci était la dernière de la liste de Maréchal. Tous les autres étaient déjà installés depuis un moment dans la salle du conseil municipal de Hurlebois.

Noël et Jacqueline Martel, Marc Santerres et sa femme Gisèle se trouvaient en compagnie de Michel et de Laetitia dans la partie gauche de la salle, assis sur les chaises de l'ancien conseil. Maréchal les avait placés et Michel avait remarqué qu'il avait fait asseoir Noël Martel entre Marc et lui-même.

La famille Chavert, père et mère, se tenait de l'autre côté de la pièce.

Un peu après ceux-là, on avait vu arriver Martin Dufour, l'air sombre, légèrement titubant, flanqué de sa Carmen qui avait refusé de rester seule au chalet. Maréchal avait noté le coup d'œil connaisseur du peintre vers Laetitia en entrant. Puis Dufour avait dit :

– Tiens, je vois qu'il y a du monde ! C'est quoi ce cirque, Maréchal ? Une sauterie ? Une veillée funèbre plutôt, non ? Mais le cadre n'est pas terrible !

– Tu verras bien, patiente un peu... Voyons. Disons que c'est pour le moment une réunion entre *amis ...* , avait répondu Maréchal en insistant sur le dernier mot.

L'autre avait maugréé, puis s'était assis sur le siège qu'on lui indiquait, en compagnie de sa dulcinée.

Et à présent, Vialat amenait la Palinette. Celle-ci, emmitouflée dans un châle de laine des Pyrénées, était tout sourires. Elle dit :

– Bonsoir tout le monde ! Ah, monsieur Maréchal, il paraît que vous vouliez me voir ? Eh bien vous voyez, je suis venue... (Elle ajouta, grondant Maréchal :) Toutefois c'est pas un temps à faire sortir de chez elle une personne de mon âge !

Maréchal ne sourit pas et fit signe à Vialat de la conduire à sa place. Puis il dit :

– Montagné, tout le monde est là, vous voulez bien fermer la porte ?

Maréchal prit le temps de les regarder tous, l'un après l'autre. Puis il commença :

– Comme vous pouvez le voir, presque tous les habitants de Hurlebois sont là... Il nous manque Solange Fargue qui s'occupe de Sarah et Noémie Landaut qui garde les autres enfants.

Il était visiblement ému et il alluma une Gauloise en faisant un clin d'œil à Laetitia. Puis, il reprit :

– Il manque encore deux autres personnes mais vous comprendrez plus tard pourquoi. Après tout ce qui s'est passé depuis lundi, vous devez penser que je suis dans un rôle qui n'est pas le mien. Vous savez, à la fin des romans policiers, l'inspecteur réunit les gens... et confond le coupable. Ici, vous le voyez : il n'y a pas d'inspecteur ! Et je ne suis pas sûr que le nôtre apprécierait ! Seulement voilà : c'est ce que j'ai trouvé de mieux. En vous réunissant tous, il m'a semblé que ce serait plus facile de mettre en évidence la vérité et donc justement de « démasquer le coupable », comme on dit en effet dans les livres.

Il fit une nouvelle pause, alla jusqu'à la table et écrasa sa cigarette. Quand il se redressa, il avait un air sombre pour regarder l'assistance. Il parla d'un ton sec :

– Si je vous ai réunis, c'est parce que je connais les mobiles de tous ces crimes... (Il s'interrompit quelques secondes et ajouta d'un ton dur :) Et je sais aussi qui est l'assassin...

Il n'essaya pas de lire dans les yeux des assistants, il savait que c'était inutile. « L'assassin » était bien trop fort. Il rencontrerait à tout coup dans son regard la même surprise que dans ceux des autres.

Malgré la colère qui l'habitait, Maréchal se sentait bien. Il se dit que toutes ses erreurs étaient oubliées. C'était vrai : il savait. Le seul point d'interrogation, c'était la réaction de ceux qui étaient là quand il donnerait les détails. Là, existait une part d'incertitude... même s'il avait essayé de prendre toutes les précautions.

Il affermit encore sa voix et dit :

– Il m'a fallu du temps pour comprendre ce qui se passait à Hurlebois. J'ai cru que je trouverais tout seul, et j'avais tort... J'ai dit tout à l'heure que les deux personnes qui manquaient jouaient un rôle. C'est vrai ! Et ce rôle est important. Mais elles ne sont pour rien dans ces crimes. Pourtant, il y a bien deux coupables. Ils sont parmi nous ce soir. En fait, j'ai soupçonné tout le monde à Hurlebois, sauf Michel et sa femme parce que je savais qu'ils n'avaient pas pu tuer Mélanie Martel : j'étais avec eux quand ce malheur est arrivé. Je vous l'ai dit : tout le monde, en dehors donc de mes amis et des parents de la fillette évidemment... Par exemple, Marc Santerres aurait pu être l'assassin. C'était un peu tiré par les cheveux, toutefois il aurait pu. Je veux dire que cela aurait été matériellement possible, quoique extrêmement difficile à réaliser ! Cependant l'hypothèse ne tenait pas davantage que si j'avais pensé à Noël Martel... La deuxième personne que j'ai soupçonnée, c'était le père Vauthier. J'avais pour cela des arguments autrement plus solides. Je ne vous les livrerai pas : je l'ai découvert mort dans sa cave à charbon. Victime, pas coupable !

Maréchal fit une pause. Tout le monde écoutait. Un silence de mort régnait dans la salle. Il reprit :

— Avec mon troisième suspect, les choses se corsaient. Il s'agissait de Martin Dufour...

— Tu te fous de moi ? cria le peintre. Nous sommes amis depuis trente ans !

— Non, Martin ! Nous nous connaissons depuis trente ans, ce n'est pas pareil. Il n'y a rien de commun entre nous, sauf peut-être, et vaguement je le crains, nos métiers. Vois-tu, même là, je crois que nous ne nous ressemblons pas. Et puis, tu as changé, Martin ! Beaucoup changé... la jeune femme qui est avec toi a énormément de patience de supporter tes coups de gueule... et davantage. Mais cela, ça vous regarde. Il y a plus grave, et c'est ce qui m'a fait te soupçonner à un certain moment.

– Et quoi donc, mon bon ?

– Ta peinture, mon cher, ta peinture ! Ta « nouvelle manière » comme tu dis ! Ces horreurs que tu m'as complaisamment montrées, dont tu es si fier !

– Qu'est-ce qu'elle a ma peinture ? Elle te dérange ?

– Oui, Martin, elle me dérange ! Et encore, je ne te dis pas tout ce que je pense. On n'est pas là pour ça... Tu es assez intelligent pour comprendre qu'en voyant tes toiles j'aie pu croire que tu faisais un suspect parfait. Trop parfait, justement. Et puis, j'ai eu beau réfléchir, il te manquait quelque chose.

– Quoi ?

– Le mobile, Martin. Un vrai mobile, je veux dire. Parce que depuis le début j'ai pensé que les meurtres n'étaient pas gratuits. Ils avaient un motif précis, quelque chose qui les rattachait à Hurlebois. De cela, j'ai toujours été sûr. Or, toi, rien ne te rattache à Hurlebois !

– Tu ne penses pas si bien dire ! Tu vas voir à quelle vitesse je vais foutre le camp !

– J'en suis sûr. Et tu feras bien : ta place n'est pas ici, dans ce pays !

– Je me demande pourquoi je suis venu ce soir ! cria Dufour.

– Parce que l'adjudant Vialat est allé te chercher et que tu crains les complications : la mauvaise publicité, ta carrière... etc.

– Salut la compagnie ! lança le peintre en se levant. Tu viens toi ?

Vialat s'avança d'un pas pour l'arrêter. Maréchal lui fit signe de la main :

– Vous pouvez laisser partir M. Dufour, adjudant. Il n'est pour rien dans ce qui s'est passé.

Le peintre sortit en claquant la porte violemment, Carmen sur ses talons qui pleurnichait : « Qu'est-ce qui se passe, mon chou ? » Quand la porte fut refermée par Montagné on entendit, à travers l'imposte entrouverte, les derniers mots de Dufour : « Ta gueule toi ! »

– Ça va mieux, vous ne trouvez pas ? lança Maréchal en respirant un bon coup. (Il ralluma une Gauloise et dit brutalement :) Monsieur Chavert, madame Chavert, il y a longtemps que votre fille Sylvie a des problèmes ?

Chavert se leva, déjà rouge de colère :

– Qu'est-ce qui vous permet ?

– Calmez-vous, je vous en prie. Oui, il y a longtemps qu'elle vit dans ce monde imaginaire et que rien de ce qui se passe autour d'elle ne l'atteint, n'est-ce pas ? Je veux dire la réalité, la vie quotidienne.

Chavert baissa la tête.

– Et vous, madame Chavert, est-ce qu'il y a longtemps que vous demandez conseil à Mme Lacroix ? dit doucement Maréchal qui ajouta, interrompant la réaction du militaire : Ne dites rien, Chavert, vous n'êtes pas au courant du tout, j'en suis sûr !

Mme Chavert était pâle comme une morte. La Palinette souriait finement, comme si elle attendait la suite.

– Maintenant, poursuivit Maréchal, je vais vous parler d'autre chose. Je vous l'ai dit, depuis le début j'ai été persuadé que tout tenait à Hurlebois. L'autre jour, je suis allé à Puyvalade. Michel y était allé aussi, mais moi, je cherchais quelque chose de précis et je connais là-bas quelqu'un qui est assez vieux pour tout connaître du passé du coin, assez sage et intelligent pour comprendre mes questions. Ainsi, j'ai appris une chose que même mon ami Fargue ignorait, il est bien trop jeune pour cela. Autrefois, Mme Lacroix et son fils Jules vivaient dans cette ferme qui se trouve près du ravin de Gaillasse, sous le chemin des crêtes. Ils n'habitent la maison de la forêt que depuis trente ans... Un type l'avait fait construire et il a dû filer, banqueroute à Alès, enfin, quelque chose comme ça, et c'est sans importance. Elle a acheté la maison pour une bouchée de pain. Quand il a eu vingt ans, Jules s'est marié et a repris la ferme à la mort de son père. Ça n'a pas marché : pas capable de tenir une ferme, Jules, trop occupé avec la chasse ! Et sa femme non plus, d'ailleurs. Elle n'était pas faite pour vivre ici, elle a fichu le camp. La ferme a périclité tout à fait. La mère et le fils sont allés vivre dans les bois. De toute façon, ils n'avaient pas d'amis à Hurlebois. Le caractère, les réputations, etc. Depuis Mme Lacroix fait l'épicière ambulante ! C'est commode pour tout le reste. Je veux dire : votre véritable activité ... Pas vrai, madame Lacroix ?

La Palinette haussa les épaules, un éclat de méchanceté s'était allumé dans ses yeux.

– Et puis, les Chavert sont revenus à Hurlebois. Seuls tout d'abord, au moment de la retraite. Jusqu'au jour où Sylvie Chavert est arrivée elle aussi. Mais elle, pas seule... avec Nicolas, et pas normale... disons : perdue dans ses rêves. Alors, Mme Chavert a été bouleversée. Au début, elle a dû croire que Sylvie guérirait. Puis le

temps a passé et elle a cherché du secours… Ailleurs !
C'est là qu'elle est allée trouver… la Palinette. Vous
permettez que je vous appelle comme ça, madame
Lacroix ?

La vieille femme le fixa avec un regard trouble, passablement inquiétant. Maréchal pensa : « A tous les
coups elle me jette un sort ! » Il continua :

– Au début il n'était question que d'un désenvoûte-
ment, comme c'est le cas pour la plupart de ses clients.
Là, tout d'un coup, la Palinette s'est dit que son fils
Jules était seul dans la vie. Un homme comme lui, fort,
plein de sang, il lui faut une femme ! Et puis, un jour,
elle ne serait plus là, elle, pour tenir son ménage !
Comment ferait-il ? Et voilà que comme par miracle
se présentait cette Sylvie Chavert ! Un peu « étrange »
peut-être, mais la Palinette pensait sans doute pouvoir
la guérir de ses rêves quand le moment serait venu…
Une belle fille, avec un gamin, pas bien costaud, mais
qui le deviendrait au travail. Quelques sous : ceux des
parents. Qu'est-ce qui manquait ?

Maréchal s'interrompit. Il prit son paquet de cigarettes, hésita, le remit aussitôt dans sa poche et lança :

– Des terres ! Voilà ce qui manquait ! Parce que, si
Jules avait échoué la première fois, c'était que la propriété était trop petite et qu'il lui manquait une
femme. Maintenant, il ne manquait que des terres.
Alors l'idée a commencé à prendre forme : si les fer-
miers de Hurlebois partaient, ça ferait beaucoup
d'hectares libres : un domaine magnifique ! Le problème évidemment c'était de les faire partir. Oh, elle
a dû mettre longtemps à fignoler son plan, à vérifier

les cadastres, supputer les possibilités de chacun. Et un jour, quand elle a été sûre, elle a frappé.

La Palinette le fixait. Maréchal pensa qu'il était heureux pour lui qu'il ne croie pas à toutes ces histoires de sorcellerie, sinon… Elle s'était levée et reculait lentement. Maréchal pointa son doigt vers elle :

– Lundi matin, elle s'est faufilée dans le brouillard, et elle a tué Mélanie.

Maréchal vit Noël se dresser. Il fit signe à Michel qui le retint. Ça c'était le quitte ou double de Maréchal : il pouvait arriver que Martel veuille se venger tout seul. Mais ce qu'il espérait arriva. Jacqueline Martel dit :

– Noël, pense à nous. Pense à Christophe et Romain.

Elle lui prit la main. Il lutta un peu et finit par se rasseoir, tout contre sa femme, les épaules tassées, les yeux remplis de larmes.

Maréchal respira.

– A ce moment, elle a eu un problème : le père Vauthier. Je l'avais soupçonné, je vous l'ai dit. Je crois toujours qu'il était lié à ces crimes, comme témoin. J'ai appris de mon vieil ami de Puyvalade que la Palinette ne dédaigne pas les tisanes et les philtres. Peutêtre Vauthier était-il en contact avec elle à cause de sa propre passion des herbes sauvages ? Peut-être seulement, à cause de cette même passion, s'est-il risqué ce matin-là dans le brouillard et a-t-il vu quelque chose qu'il n'aurait pas dû ? Toujours est-il que la nuit suivante, elle l'a tué. Ce qui me conforte dans mon hypothèse qu'il la connaissait bien, assez pour lui ouvrir sa porte en pleine nuit !

« Ce qui m'a donné la clé, c'est lorsque je suis allé chez elle, en son absence je dois le reconnaître. Dans une alcôve j'ai vu de ces poupées de cire, percées d'aiguilles, qu'utilisent les "sorciers" ! Ça m'a permis de mesurer qu'elle était parfaitement capable de vouloir sciemment provoquer la mort ! Cette femme a un sacré caractère : elle n'a pas bronché en constatant que je venais de visiter sa maison !

« J'ai été arrêté un moment par une idée fausse sur l'âge de la Palinette. Mon ami Michel m'a ouvert les yeux sur ce point. Ensuite, Vauthier éliminé, elle s'est aussitôt débarrassée, sur sa lancée, de la petite de Puyvalade. Les Raynal sont propriétaires des pâtures des deux côtés de la crête entre Hurlebois et Puyvalade. Vingt ou trente hectares ! Quand je suis revenu de là-bas, où j'avais eu ces renseignements, je me suis rendu compte qu'en fait cette femme était en train d'essayer de créer de toutes pièces un empire pour son fils. Et j'ai cru que la victime suivante serait un enfant Santerres. C'était logique : leurs terres sont voisines de celles des Martel et de la vieille ferme de Gaillasse. Et voilà, je m'étais trompé : le disparu s'appelait Nicolas Chavert ! Or les terres de ses grands-parents sont minuscules, éloignées de l'ancienne ferme des Lacroix, enfin : mon hypothèse devenait absurde ! Je m'étais trompé, toute ma théorie s'écroulait comme un château de cartes. Peut-être après tout l'assassin était-il seulement un rôdeur. Pourtant, je gardais un doute, un gros doute : toujours mon idée que tout tenait à Hurlebois. Mais Dubosc était là, tout ça ne me regardait pas. J'ai décidé de partir plutôt que de risquer de compliquer le travail de la police, quoique je pense des méthodes de l'inspecteur Dubosc.

La Palinette était maintenant toute proche de la porte. Les gendarmes ne prêtaient plus attention à elle.

– Et puis, reprit Maréchal, il y a eu la tentative d'assassinat contre Sarah Fargue. Or les Fargue ont beaucoup de terrain puisqu'ils ont acheté avec la maison qu'ils habitent tous ceux de l'ancienne ferme qui a brûlé en cinquante. Que l'on essaye de tuer Sarah était de nouveau logique, dans l'ordre des choses. Ce qui demeurait inexplicable, c'était qu'on s'en soit pris à Nicolas Chavert ! C'est Laetitia qui m'a donné la solution !

– Quand ? demanda la jeune femme qui buvait les paroles de Maréchal.

– Quand tu m'as répété ma propre phrase à propos de l'amour : « L'amour est la cause de tout ! »

– Tu avais dit : « L'amour fait faire toutes les bêtises. »

– Si tu veux. Alors j'ai compris : Nicolas, c'était pour détourner l'attention ! Pour qu'on ne s'aperçoive pas de la création de l'empire ! Pour innocenter la famille de celle qui, dans les plans, était la future impératrice : Sylvie Chavert, la maman de Nicolas !

– Elle l'a tué ? cria Laetitia.

– Non, bien sûr. Il est quelque part, à l'abri. Sans doute dans une chambre fermée de la villa des bois. On l'aurait retrouvé sain et sauf, un jour ou l'autre. Pas vrai, madame Chavert ?

Maréchal s'était brusquement retourné vers la femme du militaire. Celui-ci ne bronchait pas. Elle s'écroula, en larmes, repliée sur elle-même et murmura en se tournant vers son mari qui s'écarta d'elle légèrement :

— Je ne voulais pas ! Elle m'a forcée ! Dis-leur, toi, que je ne suis pas méchante !

— Imbécile, fit seulement Chavert.

— Imbécile ! cria la Palinette à son tour. Et vous aussi, Maréchal, vous êtes un imbécile : vous ne comprenez rien à rien ! Si vous croyez m'avoir comme ça !

Elle bondit vers la porte et l'ouvrit brusquement.

Jules se tenait derrière le battant, en larmes : il avait entendu à travers l'imposte. Lui savait que tout était fini. Quand sa mère ouvrit, il balbutia :

— Je t'avais bien dit de ne pas enfermer ce petit. Je t'avais bien dit...

Puis il poussa le canon de son fusil contre son ventre et tira.

Le coup de feu claqua. La Palinette s'écroula.

Vialat et Montagné se précipitèrent. Jules s'enfuit. On entendit son pas résonner puis, deux minutes plus tard, un second coup de feu claqua.

Lorsque Paul Vialat arriva en bas de l'escalier, il vit le corps de Jules étendu sur les dalles. Il s'était fait sauter la tête.

Épilogue

Quand ils sortirent de l'école, le vent avait cessé et la neige recommençait doucement à tomber.

La nuit était d'une noirceur d'encre.

Montagné faisait monter les Chavert dans la camionnette. Marc et Gisèle Santerres raccompagnaient les Martel, effondrés.

– Et maintenant ? demanda Michel.

– Oui, et maintenant ? renchérit Laetitia.

Maréchal la regarda, elle était très belle avec ces flocons qui s'accrochaient dans ses cheveux.

– Maintenant ? répondit Maréchal. Eh bien, ton père va aller chercher Nicolas Chavert et sa mère, et ils vont descendre dans la vallée.

– Oui, mais nous ? insista la jeune femme.

– Nous, dit Maréchal, on va demander à Michel d'embrasser de notre part Solange et Sarah. Puis on va descendre à La Grézade avant que la neige ne nous bloque ici ! (Il s'approcha de Laetitia et lui murmura à l'oreille :) Je te rappelle que le week-end ne fait que commencer...

La composition de cet ouvrage
a été réalisée par I.G.S. Charente Photogravure
à l'Isle-d'Espagnac,
l'impression et le brochage ont été effectués
sur presse Cameron dans les ateliers
de **Bussière Camedan Imprimeries**
à Saint-Amand-Montrond (Cher),
pour le compte des Éditions Albin Michel.

Achevé d'imprimer en avril 1999.
N° d'édition : 18182. N° d'impression : 991799/4.
Dépôt légal : mai 1999.